WATER EN WIND

Van Gerda van Wageningen verscheen ook:

Goede Vaart
Voorbij de horizon
Vertrouwde haven
De molenaarsdochter

Gerda van Wageningen

Water en wind

VCL serie

ISBN 978 90 5977 477 3
NUR 344

© 2010, VCL-serie, Kampen
Omslagillustratie en -ontwerp: Bas Mazur
www.vclserie.nl
ISSN 0923-134X

1

De regen sloeg bij vlagen tegen de ruiten. Binnen in de oude wipmolen, gelegen in het drassige polderland van Schouwen-Duiveland, huiverde Anne terwijl ze haar warme omslagdoek strakker om zich heen trok. Het was kil in de molen. Maar in watermolens was het altijd kil, behalve misschien in de hondsdagen midden in de zomer. De wind loeide om het molenhuis. De wieken zoefden met grote regelmaat langs de kleine ramen, die het daglicht schaars binnenlieten in de kleine kamer van de oude wipmolen waar Anne met haar ouders woonde. De peilschaal buiten gaf een veel te hoge waterstand aan, maar dat was niet ongebruikelijk in deze tijd van het jaar. Het water op zee stond hoog, dan kon het nieuwe stoomgemaal niet lozen en waren de watermolens van Schouwen onmisbaar. De maanden november en december waren meestal nat, waardoor haar vader meer dan genoeg werk had, en maar al te vaak dag en nacht zijn molen moest laten draaien. Anne moest hem dan vaak helpen. Maar nu stond het voorjaar voor de deur, en dat jaargetijde was minstens even nat. In februari en maart werkte haar vader zich doorgaans drie slagen in de rondte!

Anne rilde. Op de achtergrond hoorde ze hoe het water door het rad werd opgetild om in de hoger gelegen boezem te worden geloosd. Zo werkte dat. Laaggelegen polders als die van Schouwen waren in de winter bijna altijd drassig en net een moeras, ondanks de komst van het nieuwe stoomgemaal, nu alweer een jaar of vijftien geleden. Ze was tweeëntwintig, ze herinnerde zich dus nog al te goed de onzekerheden van haar vader, die niet wist of hij brodeloos zou worden door de komst van een gemaal. Die onrust van haar vader was echter al na een paar jaar minder geworden. Zeker, stoomgemalen waren in de afgelopen jaren gebouwd in alle natte polders van Nederland. Ze hadden grote verbeteringen gebracht voor de bewoners van die polders, zonder twijfel.

Vroeger, vertelde hun moeder soms over haar eigen meisjesjaren, was het in wintertijd nog natter en drassiger geweest. Maar ook nu kwam het nog voor dat wegen wekenlang onbegaanbaar waren en dorpen soms geïsoleerd raakten. Dan moesten boeren hun melk en boter met platte schuiten over de ondergelopen drassige weilanden varen, om zo bij hun afnemers te komen. Als het vroor, waren de mensen blij. Op ijs kon naar de dorpen worden geschaatst, en sleden gleden over ijs of de bevroren wegen, waarin men dan niet langer in de modder bleef steken. Zo konden producten worden aangevoerd zowel als afgevoerd. Maar er lag lang niet altijd ijs.

Anne huiverde opnieuw en stookte het fornuis in het piepkleine keukentje op. Wonen in een watermolen was een krappe bedoening, maar ze wist niet beter. Hier was ze geboren. Hun familie maalde al minstens vier of vijf generaties op deze molen, en daarvoor was de molen al door een ander geslacht van watermolenaars bewoond geweest. In een eikenhouten balk boven in de molen stond het jaartal 1752 gekerfd. Misschien was hun molen toen gebouwd? Niemand wist dat zeker. Als dat het geval was, moest er daarvoor in de duistere tijd vanaf de middeleeuwen een andere, nog oudere molen op deze plaats hebben gestaan. Geen land zonder molens, althans niet in de laaggelegen polders van Nederland. Vader had eens beweerd dat zonder watermolens Amersfoort aan zee zou liggen, en hoewel ze vroeger op school de meester nooit had durven vragen of dat waar was, geloofde Anne het best. Watermolens hadden hun land op de kaart gezet! In die oude tijden noemden de molenaars zich soms onderaannemer van God, omdat zij het land hielpen ontstaan. Land, dat zonder hen moeras was en dus onbewoonbaar. Wel had de meester op school weleens verteld dat het vermoedelijk de kruisvaarders waren geweest in de middeleeuwen die de kunst van molens hadden afgekeken op hun tochten naar het oosten. Haar vader wist echter niet of dat zomaar een verhaal was, of dat dit op waarheid berustte. De meester had ook verteld dat het polderland inklonk, ongeveer een halve meter per eeuw, juist doordat de van oorsprong moerassige ondergronden droger werden. Daardoor werd het, hoe raar dat ook was, steeds moeilijker een polder droog genoeg te houden zodat mens en dier daar konden blijven leven.

Wonen in een wipmolen was bijzonder krap met een heel gezin, nog krapper dan in de veel grotere achtkanters, die in de afgelopen tientallen jaren waren gebouwd, en waar de helft van de molen die niet nodig was voor het waterrad, net als in hun wipmolen, als woning diende. Maar in drassige, laaggelegen polders stonden nog veel wipmolens, eenvoudig om de reden dat zij veel minder gewicht hadden dan de grotere en zwaardere achtkanters, molens met een stenen onderlaag en met riet gedekt. Dat rietdekken gebeurde zo, dat er acht vlakken ontstonden die vanaf een meter of twee boven de grond tot aan het molenkruis reikten.

'Anne!'

Ze schrok op. Haar moeder mopperde soms dat ze een droomster was en daar had moeder misschien wel een beetje gelijk in. Ze mocht graag nadenken over het leven. Het was dat moeder haar hulp in het huishouden nodig had, zodat ze thuis moest blijven om haar daarbij te helpen. Als de waterstand zo hoog stond dat er dag en nacht gemalen moest worden, moest ze haar vader helpen. Bovendien moest ze bij tante Marie helpen, die verderop aan het modderige weggetje woonde waaraan ook de molen lag, omdat die opoe in huis had genomen en opoe was zeker niet de gemakkelijkste! De laatste jaren vergat ze van alles en ze kon zomaar om niets vreselijk boos worden. Haar jongere zus Sien had meteen toen ze op haar twaalfde van school kwam uit dienen moeten gaan. Ze werkte als meid op een boerderij die dichter bij het dorp was gelegen. Ze kwam op zaterdagmiddag thuis, bleef op zondag en moest maandagmorgen alweer voor dag en dauw terug naar de boerderij, waar ze al om zes uur in de morgen aan het werk werd verwacht. Sinds Sien een dienstje had, lag Anne doordeweeks alleen in de bedstee. Dat was eigenlijk heel prettig. Zelfs de bedsteden waren klein in hun molen. Je kon er eigenlijk alleen half zittend in slapen, zoals vader en moeder dat deden. Vroeger was het gebruikelijk geweest dat mensen zo sliepen. In sommige boerderijen waren de bedsteden zo groot, dat een mens er gewoon in kon liggen. Dat was veel prettiger, vond ze. Als Sien er niet was, ging Anne schuin in de bedstee liggen, dan sliep ze veel lekkerder dan wanneer ze hoog in de kussens lag.

Kom, nu stond ze inderdaad te dromen! Ook al hoefde ze niet uit dienen om een paar centen te verdienen, me dunkt dat ze het druk genoeg had! 'Ja moe, ik kom al.' Het was dinsdag en dat betekende dus dat ze moest strijken. Het was haar taak om het grootste deel van het zwaardere werk te doen, zowel thuis in de molen als verderop bij tante Marie. Ze vond het fijn als ze haar vader moest helpen, al sinds ze van school was gekomen. Werk waar gewoonlijk jongens bij moesten helpen. Ze had weliswaar een broertje, Johan, maar die was nog erg jong. Ja, vanzelfsprekend moest ook hij vader helpen, maar dan alleen met lichtere karweitjes. Soms maakte Anne zichzelf wijs dat ze inmiddels genoeg wist van wind en water en ook van molens opdat ze misschien wel zelf watermolenaar zou kunnen zijn, maar het polderbestuur zou haar vierkant uitlachen als het daarvan hoorde. Een vrouw op een watermolen? Ondenkbaar! En misschien terecht, want er moest niet alleen gemalen worden, er moest ook onderhoud gepleegd worden en dat was pas echt zwaar werk. Daar waren vrouwen lichamelijk niet geschikt voor. Maar niettemin! Afgelopen november was het gebeurd, dat vader met hoge koorts in de bedstee lag te ijlen, en dat ze heel alleen de molen op de wind had gekruid, de vang had gelicht en toen de wieken suisden en de molen het teveel aan polderwater begon weg te malen, had ze zich een paar ogenblikken lang zo licht om het hart gevoeld, dat er geen ander woord voor te vinden was geweest, dan dat het geluk moest wezen. Alleen zijn onder een dreigend grauwe lucht die nog veel meer regen beloofde, de wind die aan haar rokken rukte, in dienst zijn van water en wind en zo helpen hun prachtige polder te bemalen, ja, op dat moment wist ze dat ze in hart en nieren een molenaarsdochter was, dat haar voorvaderen al generaties lang hadden geholpen de eeuwige strijd te winnen, die Zeeuwen altijd moesten voeren tegen het water dat de eilanden omringde. Mensen wonnen die strijd meestal, maar soms was het gebeurd dat die strijd was verloren. Soms spande het erom en lukte dat maar net. In de voorbije paar eeuwen waren enkele dorpen voor de kust van Schouwen verdronken geraakt en hadden de mensen de zeedijken steeds verder naar binnen opnieuw moeten aanleggen omdat de zee te sterk was gebleken. Altijd weer hadden mensen dan nieuwe zeedijken gebouwd achter de oude inlagen, die hen opnieuw bescherming boden in deze nooit aflatende strijd. Hun molen stond nog geen twee kilometer achter wat na de laatste dijkdoorbraken de huidige zeedijk was geworden.

De sleekachel in de kamer brandde en de twee strijkijzers stonden er al op om warm te worden. De kamer was niet groot en besloeg ongeveer de helft van het vierkante onderste gedeelte van de wipmolen. In de andere helft was het grote rad, dat bij het malen door de wieken werd aangedreven. Dat rad dreef op zijn beurt het grote waterrad aan, waarvan de schoepen het water omhoog tilden om op de hoger gelegen boezem te worden geloosd. De sleekachel was aan het midden van de buitenkant, de kachelpijp ging door het hout naar buiten en leverde vanzelfsprekend altijd gevaar op. Een houten molen en vuur, daar moesten mensen altijd uiterst voorzichtig mee omgaan. Misschien was dat een reden waarom wipmolens tegenwoordig vervangen werden door de achtkanters met een stenen onderkant en een rieten kap? Nee, dat was niet waar. De grotere achtkanters hadden een groter wiekenkruis en maalden daarom veel meer water weg. Dat was vanzelfsprekend de enige en belangrijkste reden. Maar hoe lang nog? Een jaar of vijftien geleden was haar vader bang geweest dat de bouw van het stoomgemaal hem brodeloos zou maken, maar al snel was gebleken dat in natte perioden ondersteuning van de aloude molens nog onontbeerlijk was, en dus woonden er nog steeds watermolenaars in de molens, die door het polderbestuur betaald werden: een loon van niet meer dan enkele guldens in de week. Een watermolenaar verdiende net iets meer dan honderd gulden in een jaar, maar had wel recht van vrij wonen op de molen en kreeg als extraatje smeergeld, wat inhield dat daarvan de in aanmerking komende onderdelen van de molen moesten worden gesmeerd en de molenaar zelf voor zijn smeerolie moest zorgen. Rijk werden molenaars daar niet van. Maar met twee koeien op de dijk, een varken in het kot, wat kippen in de ren en een moestuin die in een groot deel van hun voedselbehoefte voorzag, leden ze evenwel geen honger. De palingen die haar vader bij het schoepenrad van de molen ving, vonden gretig aftrek in Zierikzee en dat was een welkome bijverdienste. Nee, echte armoede leden ze niet!

'Waar bleef je nu? Het ijzer is gloeiend heet,' bitste haar moeder. Ze had zeker weer pijn, dacht Anne in stilte. Er waren veel oudere mensen die reuma kregen, vooral als ze in hun leven veel kou hadden geleden. Als moeder pijn had, was ze altijd kribbig. Nu opoe bijna aan eind van haar leven was gekomen, kon deze nauwelijks meer lopen en lag ze het grootste deel van de dag op bed bij tante Marie. Opoe kon er niet tegen, zo hulpeloos te zijn geworden dat ze niet eens meer op eigen kracht uit bed kon komen en werd daar scherp en bevelend van. Bovendien wist ze alles niet zo goed meer. Kinds, noemde tante dat. Tante Marie zorgde naar beste kunnen voor opoe en Anne bewonderde in stilte de gelatenheid waarmee tante al het gemopper over zich heen liet komen. Het huisje van oom en tante bij de boerderij van De Bruijne was groter dan de molen, tante had dus meer plek en Annes moeder vond het niets erg dat haar zuster de zorg van de zo lastig geworden opoe op zich had willen nemen. Als tante op donderdag en vrijdag mutsen waste en streek, dat deed ze om wat bij te verdienen, moest Anne op haar opoe passen. Na die twee dagen was ze zo moe dat ze nog liever op maandag de was deed, wat ook haar taak was. 's Morgens de was in de molen, 's middags de was van oom en tante en natuurlijk van opoe. Nu was het dinsdag en moest ze thuis strijken. Tante was erg precies en streek liever zelf. Daar was ze goed in. De kanten mutsen van de klederdracht die ze waste en met stijfsel bewerkte voor die uiterst zorgvuldig gestreken werden, daar zou Anne nooit geduld voor hebben, wist ze. Tussen de bedrijven door moest ze haar vader een handje toesteken en in de moestuin werken. Nee, ze werkte niet, zoals Sien soms op haar mopperde, maar dat betekende allerminst dat ze tijd had haar altijd bezige handen in de schoot te laten rusten!

Alleen de woensdag was een feest. Dan mocht ze een dag in de week in de leer bij de naaister op het dichtstbijzijnde dorp. Vader wilde dat ze een vak leerde, want als vrouwen mogelijkerwijs niet trouwden, moesten ze zelf in hun levensbehoeften kunnen voorzien, anders werden ze afhankelijk van hun broers. Ze had er maar een. Johan was inmiddels elf, dus als hij volgend jaar van school kwam, ging hij bij vader in de leer. Of de jongen dat wilde of niet, daar werd zelfs niet over nagedacht. Anne wist overigens niet goed waarom haar vader ervan uitging dat ze misschien nooit zou trouwen, en een vrouw in die niet te benijden positie kon slechts in het onderwijs of liever nog gaan naaien. Andere mogelijkheden stonden niet voor hen open.

'Het werk wacht,' bromde haar moeder met een ontevreden gezicht.

'Heeft u pijn?' was de rustige reactie van haar dochter terwijl ze ondertussen het strijkkleed op de tafel uitspreidde en daar zorgvuldig de vouwen uit wreef. In het midden van de kamer stond de eettafel met vier stoelen eromheen. Naast de kachel stond de leunstoel van vader. Aan weerskanten van het kamertje, niet groter dan ongeveer drie bij vier meter, waren bedsteden. Een voor vader en moeder en aan de andere kant van de kamer die van Anne en Sien. Dan was er in het piepkleine keukentje nog een smalle bedstee waar Johan in sliep, zodat hij niet als zo veel andere molenaars-kinderen op de ijskoude zolder naast het rad hoefde te slapen, waar je in de wintertijd bijkans bevroor.

'Natuurlijk heb ik pijn. Met dit kille natte weer heb ik altijd pijn. Je weet toch hoe bang ik ben om later net zo afhankelijk van anderen te worden als opoe nu is? Is de was al droog genoeg?'

De narigheid van nat weer was dat er niet buiten gedroogd kon worden. Dan werd het wasgoed op houten rekken gehangen die rond de kachel werden gezet om te kunnen drogen, waardoor een mens in de toch al kleine woonkamer zich nauwelijks nog keren kon. De overals van haar vader en haar broertje werden noodgedwongen in het klompenhok te drogen gehangen, dus die waren nog lang niet droog.

De kachel brandde. Ze kreeg het snel warm en als altijd voelde haar arm loodzwaar aan van de zware strijkijzers. Als ze streek met het ene ijzer, stond het andere op de kachel om weer warm te worden. Tante had nog een ijzer, waarin gloeiende kolen gestopt moesten worden.

Twee uur later legde Anne het laatste stapeltje gevouwen goed in de kast. Haar moeder keek haar goedkeurend aan. 'Als ik jou toch niet had, kind. Het is maar goed dat je nog niet getrouwd bent. Ik zou me geen raad weten zonder jouw hulp.' Kennelijk was moeders' humeur inmiddels wat verbeterd. Ze had rustig in de kamer gezeten en de aardappels geschild terwijl Anne bezig was. De regen buiten kletterde nog steeds tegen de piepkleine ramen aan. De kachel brandde. Het gaf iets gezelligs aan de kamer, dacht Anne.

Dat ze nog niet getrouwd was, herinnerde haar overigens aan een uiterst pijnlijk periode, nu alweer drie jaar geleden. Ze was verloofd geweest met Constant, de zoon van een pachtboer, niet in hun eigen dorp, maar uit Noordgouwe. Ze had hem leren kennen toen hij eens bij een tante van hem logeerde in hun eigen dorp. In de wintertijd zochten mensen van het platteland elkaar in de avonduren graag een poosje op, om nieuwtjes uit te wisselen of om verhalen te vertellen. Er waren mensen die prachtig konden vertellen over tijden die anderen al lang en breed vergeten waren. Dat doodde de tijd, want lange, donkere winteravonden kropen voorbij. Slechts in weinig huizen, en dan alleen nog bij de welgestelden, spelde de heer des huizes in die tijd een krant uit, die drie keer in de week verscheen. Veel vrouwen konden zelfs helemaal niet lezen omdat ze vroeger te vaak van school thuisgehouden waren om daar te moeten helpen. Haar eigen moeder kon om die reden ook nauwelijks lezen. Gelukkig had Anne nooit problemen gehad op school, want ze leerde gemakkelijk. En er was toen ze klein was een wet aangenomen die het schoolgaan verplicht stelde, zodat kinderen niet meer zo gemakkelijk thuis gehouden konden worden om te moeten werken. Anne kon uitstekend lezen, maar doorleren was iets wat doodeenvoudig niet aan de orde was. Dat was alleen maar weggelegd voor jongens die geboren waren in betere kringen. De rest van de kinderen moest aan de slag zodra de schooltijd er op hun twaalfde jaar op zat. Ondanks het verbod op kinderarbeid hielden veel mensen zich daar niet al te streng aan. Op het platteland moesten kinderen van arbeiders nog steeds meehelpen met de oogst. Het graan werd doorgaans geoogst in de tijd van de grote vakantie, maar als in het najaar de aardappelen gerooid moesten worden, gingen kinderen vaak met hun ouders mee naar het land. De kleinsten werden soms zelfs in een kruiwagen te slapen gelegd en meegenomen, want alle handen waren welkom om het doorgaans karige loon aangevuld te krijgen, zodat er naast het eten van aardappelen hopelijk zo nu en dan ook een stukje spek op het bord kwam te liggen.

Anne keek op. 'Dat ik niet getrouwd ben, kan ik niet helpen, moe. Constant werd ziek en stierf voor er getrouwd kon worden.'

'Ja kind. Dat speet me voor je, want je had er veel verdriet van.'

'Ik hield van hem.'

'Nu, dan is dat dubbel erg. De meeste meisjes trouwen omdat er zich een vrijer aandient die een verstandige keuze is en waaraan haar vader zijn goedkeuring heeft gegeven.'

'Ging dat bij u zo?' vroeg ze om de aandacht van zichzelf af te leiden, want ze sprak niet graag over die tijd. Na die verdrietige tijd was er niemand meer geweest die om haar hand gedongen had en soms, als ze 's avonds wakker in de bedstee lag en nadacht over wat het leven had gebracht en mogelijk nog brengen zou, vreesde ze dat er nooit meer iemand anders zou komen, zodat ze levenslang bij haar ouders moest blijven wonen en voor hen moest zorgen als moeder net zo hulpbehoevend zou worden als haar opoe nu was. In grote gezinnen bleef vaak de jongste dochter ongetrouwd, die deze taak op haar schouders kreeg geschoven. Na het overlijden van de ouders kwam ze dan tot last van een van haar broers, bij wie ze dan moest gaan wonen en onvermijdelijk moest ze dan ook naar de pijpen dansen van die broer en diens vrouw. Vaak was dat een triest leven, zo veel had ze er wel van gezien. Anne rilde licht. Had vader daar misschien ook aan gedacht, toen hij na het sterven van Constant had gezegd dat ze maar bij een naaister in de leer moest gaan? Ze was opgehouden met bidden en God te smeken dat hij toch iemand anders zou sturen van wie ze houden kon, met wie ze trouwen kon, zodat ze moeder kon worden, wat haar het mooiste op de wereld leek. Waarschijnlijk wilde ze te veel en moest ze maar liever dankbaar en tevreden zijn met wat het leven haar wel had gebracht. Ze was soms jaloers op Sientje. Haar zeventienjarige zusje ging erg gemakkelijk om met jongens, waar ze zich zelf altijd verlegen voelde. Ze lachte ze gewoon uit, meende Anne soms. Ze had best gezien hoe Adrie van der Panne naar Sien keek, 's zondags in de kerk onder de preek, als hij kennelijk dacht dat niemand het in de gaten had. Adrie was net als oom Knelis, de man van tante Marie, arbeider bij boer De Bruijne. Sien lachte alleen maar als Anne er een enkele keer op zinspeelde dat ze mogelijk een verovering had gemaakt. Sien was vrolijk, maar zei zich nog lang niet te willen binden. Ze wilde een leuke tijd hebben, mopperde ze graag, maar hoe kon dat nu als een mens altijd maar moest werken en als er op zaterdagmiddag, wanneer ze thuiskwam, altijd nog wel verstelwerk op haar lag te wachten dat Anne en Sien moesten doen, omdat moeder altijd zei dat haar ogen zo gingen prikken van dat priegelwerk en dat ze daar dan vervolgens weer hoofdpijn van kreeg. Natuurlijk, er waren wel mensen die een brilletje droegen, maar brillen kostten geld en daar viel niet aan te denken als er twee dochters waren die het verstelwerk van hun moeder over konden nemen.

Haar moeder had koffie gezet en vader kwam binnen om die op te drinken. Negen uur in de morgen, dat was vaste prik. Koffie met een plak ontbijtkoek erbij, soms met boter erop, maar als die er niet was, dan gewoon zonder iets. Anne ging zitten en rechtte haar pijnlijk geworden rug. Na de warme middagmaaltijd ging ze naar tante Marie en dan was het bijna woensdag! Ze hield van het naaiwerk.

Ze had net een hap van haar plak koek genomen toen ze de gestalte van Sien langs het raam zag lopen. Verbaasd keek ze naar haar moeder. 'Wat moet Sien hier nu midden in de morgen?' Er volgde nog een andere gestalte, die ze door het kleine raam zo snel niet thuis kon brengen, maar nauwelijks een paar tellen later was haar zusje de kamer binnen gestapt en keek ze met een vuurrood hoofd en een bange blik in haar ogen naar haar vader. Achter haar was Adrie van der Panne naar binnen gestapt. Het was te zien dat Sien gehuild had.

'Is er iets gebeurd?' vroeg haar vader bars.

'Ja, nee, ik, eh, Adrie, zeg jij het maar.'

Nu was het de beurt van de jongeman om met zijn pet in de handen die hij verlegen ronddraaide, schichtig naar haar vader te kijken. 'Ik kom u vriendelijk om de hand van Sien vragen, Poldermans.'

'Zomaar op een dinsdagmorgen?' vroeg vader verbijsterd. 'Met Sien erbij, zonder eerst met mij te overleggen of ik een eventuele hofmakerij wel goed zou keuren?'

'Ja, ziet u, ik, eh, oh, ik weet niet hoe ik het moet zeggen, maar Sien en ik houden al een poosje van elkaar, ziet u, en eh...'

'Er is zeker een kind op komst?' verzuchtte moeder geschokt, terwijl ze van de een naar de ander keek.

'Ja, ziet u, ik, eh...'

'Ik was gistermiddag bij de dokter. Ik ben vaak misselijk 's morgens en begreep daar niets van, maar de boerin werd gistermorgen toen ik moest overgeven na de koffie boos en zei dat ik naar de dokter moest. Ik kan het nauwelijks geloven, moeder. Ziet u, we hebben maar een keer...'

Haar vaders vuist viel met een slag op tafel. Even was Anne bang, dat die onder de klap bezwijken zou. De tafel wiebelde en protesteerde krakend, maar bleef overeind. Ze sloeg haar ogen neer en voelde hoe haar eigen wangen begonnen te branden van schaamte.

'Is dat waar, Adrie? Kom jij zo schijnheilig om de hand van mijn dochter vragen, terwijl het al een uitgemaakte zaak is, dat jullie in schande moeten trouwen?'

2

Sien was in een onbedaarlijk snikken uitgebarsten en Adrie staarde met een vuurrood hoofd van schaamte en verlegenheid naar de grond, terwijl vader Poldermans beide jonge mensen de mantel uitveegde op een manier die niets te raden overliet. Anne wist zich evenmin goed raad met haar houding. Moeten trouwen omdat je een kind verwachtte was inderdaad een grote schande. Haar zus en Adrie zouden in de kerk voor het oog van alle mensen hun begane zonde moeten belijden en vanzelfsprekend moest er getrouwd worden, want ongehuwd een kind krijgen was een nog grotere schande, die als het even kon verdoezeld werd. Anne had tenminste weleens horen vertellen van een boerendochter die maandenlang naar een ver familielid uit logeren werd gestuurd en waarvan boze tongen dan beweerden dat ze daar een kind had gekregen, dat door andere mensen werd opgevoed. Soms gebeurde het dat een ongetrouwd meisje een kind kreeg. Dat waren dan altijd arme meisjes, die nergens heen konden gaan om de schande te verdoezelen. Als zo'n meisje dan later toch trouwde, heette het dat ze een voorkind had. Maar over dergelijke zaken werd in hun dorpsgemeenschap alleen maar heimelijk gesproken. En nu moest haar eigen zuster trouwen. Dat tot schande niet alleen van Sien, maar van hen allemaal, en het zou Annes eigen kansen op een huwelijk nog verder doen afnemen. Dat besefte Anne terdege. Misschien moest ze hierdoor zelf ongetrouwd blijven, en dat betekende onherroepelijk dat ze nooit het geluk van het moederschap zou mogen smaken. Ze kneep haar handen in haar schoot hard samen, tot ze er helemaal geen gevoel meer in had.

Maar uiteindelijk was haar vader uitgeraasd, want wat hij ook zei of schreeuwde, dat veranderde niets aan zijn machteloosheid nu hij werd geconfronteerd met feiten die evenmin te veranderen waren als te verdoezelen.

'Ik trouw met uw dochter, Poldermans. Ik neem mijn verantwoordelijkheid op me en ontloop die niet,' fluisterde Adrie van der Panne met omfloerste stem toen de oudere man eindelijk zweeg en de stilte hen als een drukkende last in hun greep hield, omdat eigenlijk niemand iets durfde te zeggen. Anne dacht ineens aan geruchten die ze weleens had gehoord. Dat Adrie het ook met andere dingen in het leven niet zo nauw nam. Dat hij al te graag een borreltje lustte. Maar zo wilde ze niet denken! Sien snoot inmiddels luidruchtig haar neus, maar nog steeds biggelden er tranen over haar wangen. 'Het is op oudejaarsavond gebeurd, vader, een keer maar. We wilden het niet, maar het gebeurde gewoon. We houden van elkaar, dat telt toch ook? En Adrie is een goede werkman, die als geen ander met de paarden van De Bruijne overweg kan. We krijgen hopelijk een eigen huisje van de boer. Adrie kan voor mij en het kind zorgen. Als het anders was gegaan, en ik niet zwanger was geworden, was ik ook graag met hem getrouwd.'

'Het belooft wat, als hij zich nu al niet in de hand kan houden,' bromde haar vader en weer sloeg hij machteloos op tafel, maar minder hard dit keer. De kopjes die erop stonden rinkelden slechts protesterend.

'Sien en ik zullen vanzelfsprekend zo snel mogelijk trouwen en natuurlijk zo stil mogelijk. Een dergelijk huwelijk hoeft niet veel te kosten en er verandert niets tot we een huisje voor onszelf hebben, Poldermans. Ik ga straks meteen met De Bruijne praten.'

'Zulk een bandeloosheid zal hij nooit goedkeuren,' bromde haar vader afwerend, en zijn gezicht vertelde de jongelui meer dan duidelijk dat hij het daar roerend mee eens was.

Anne keek naar haar moeder, die nog steeds bleef zwijgen, die niet eens naar Sien durfde te kijken, ook al probeerde haar dochter wanhopig oogcontact met haar moeder te maken. Snel sloeg ze haar eigen ogen neer. Eindelijk was haar vader het gefoeter zat. Hij slofte met gebogen schouders de kamer uit, schoot zijn klompen aan en staarde buiten ongetwijfeld lange tijd over het eindeloze polderlandschap in de verte, waarschijnlijk zonder ook maar iets te zien. Anne zag hoe de verslagenheid hem in zijn greep had genomen, toen hij was opgestaan.

'Moeder…?' snifte Sien.

'Ja kind, ik ben net zo boos als je vader, maar gebeurd is gebeurd en we zullen ermee moeten leven.'

'Juffrouw Poldermans, ik zal goed voor Sien zorgen, dat beloof ik u. Het gebeurde gewoon en we hadden er geen idee van dat een keer… Nu ja, ik zal er geen uitvluchten voor zoeken. Ik trouw graag met Sientje, want ze betekent veel voor me en straks zal ik naar beste kunnen voor mijn vrouw en kind zorgen.'

'Je had zeker gedronken,' bromde moeder Poldermans. 'Ik heb meermalen horen zeggen dat je hem wel lust.'

'Niet meer dan anderen,' verweerde Adrie zich met een opvlammende boosheid in zijn ogen, die hij echter snel weer verborg.

'Weten je ouders het al?'

'Eerst moesten u en uw man het weten. We gaan nu naar mijn ouders en tot slot vertel ik het de boer.'

'Als hij je maar niet ontslaat.'

'De wintertijd is bijna voorbij. Als het droog wordt, moet er geëgd worden. We zijn nog niet helemaal klaar met dorsen. Hij weet dat ik een harde werker ben, die als geen ander met zijn paarden overweg kan.'

'Maar hij heeft principes.'

'Ik werk al sinds mijn twaalfde voor deze boer, dat is al bijna mijn halve leven. Uw zwager werkt ook voor hem, als vaste knecht. Het is bovendien niet al te erg geheim dat zijn zoon twee jaar geleden een dienstmeisje in de problemen heeft gebracht, waarna het arme kind ontslagen werd en de zoon verder leefde alsof er niets was gebeurd.'

'De mens is altijd geneigd de fouten van een ander scherper te zien dan die van hemzelf of van zijn dierbaren, Adrie. Goed dan, er is immers niets meer aan te doen. Laat vader maar een poosje met rust, het is een slag voor hem die hij moet verwerken en dat kost tijd. Wees alsjeblieft nederig als je met de boer praat. Harm de Bruijne is een hooghartig man, eigenaar van een grote boerderij, lid van de kerkenraad en bevriend met de dominee. Dat maakt me bang. Zo'n machtig man moet je maar liever niet teveel dwars zitten.'

'Ik ben eigenlijk ook wel een beetje bang voor wat de boer zal zeggen, moeder.' Sien snoot inmiddels voor de laatste maal haar neus. 'Ik moet het mijn eigen boerin ook zeggen, en ik kan niet veel anders verwachten dan dat ik daar meteen kan vertrekken. Als we eenmaal getrouwd zijn, zal ik bij boerin De Bruijne wel mee moeten helpen, dat gaat altijd zo.' Ze vermande zich en lachte heel voorzichtig naar de jongeman naast haar. 'Wel Adrie, het ergste is nu achter de rug. Ik was het bangst voor mijn vader. Laten we nu maar naar jouw ouders gaan. Dat is nog een flink eind lopen in dit hondenweer. We kunnen dat gesprek echter ook maar beter zo snel mogelijk achter de rug hebben. Dag, moeder.'

De oudere vrouw slaakte een diepe zucht. 'Ja, dag kind. En eh... Dag Adrie.'

De jongeman zette zijn pet weer op en tikte daartegen. 'Ik hoop dat ooit de dag komt waarop u en uw man blij zijn met mij als schoonzoon,' zei hij toen.

Anne keek het tweetal na toen hun gestalten opnieuw langs het raam kwamen. Het regende nog steeds.

Haar vader stond een uur later nog steeds naast de poldersloot in de verte te staren. Anne ging uiteindelijk naar hem toe. 'Vader,' probeerde ze voorzichtig. 'Komt u toch binnen om een borrel te drinken. U bent helemaal nat geworden. Straks loopt u nog wat op. Ik zorg wel voor de molen.'

'Mijn eigen dochter,' klonk zijn gebroken stem. 'Mijn eigen dochter maakt me te schande. Denk erom dat ik dat met jou nooit laat gebeuren, Anne.'

Het huwelijk had al een paar weken later in alle stilte plaatsgevonden, maar niet nadat er voor het front van de gemeente in de kerk schuld was bekend en de zonde was beleden. Dat waren eveneens vreselijke momenten geweest, zowel voor Sien en Adrie alsook voor Anne en haar ouders, en zelfs voor tante Marie en haar man Knelis, die immers eveneens voor boer De Bruijne werkte. Er was geen arbeidershuis leeg, dus sliep Adrie als vanouds in de knechtenkamer van de grote boerderij en Sien voorlopig met twee andere meiden in het meidenkamertje op de zolder van die boerderij. In het weekeinde was ze nog net als voor het huwelijk thuis, maar vader liet niet toe dat ze met Adrie op zijn zolder ging slapen. Hij moest elke avond weer weg, als hij in de molen was geweest.

Een sombere maartmaand was tot tevredenheid van de boerenbevolking gevolgd door een mooi voorjaar.

In mei begon het bij Sien te tekenen dat ze een kind droeg, ze werd dikker en dikker. Als vrouw van Adrie, vrouw van een knecht, hielp ze volop mee op de boerderij van De Bruijne. De boer beloofde hen snel een huisje omdat de oude paardenknecht had opgezegd. Meiden en knechten wisselden gewoonlijk in mei of in november. Adrie kon als knecht aanblijven en omdat de paardenknecht naar een andere boerderij vertrok, kreeg hij de aanstelling waar hij zo vurig op had gehoopt, en vanzelfsprekend mocht hij met zijn vrouw gaan wonen in het bij dat werk behorende paardenknechtshuisje. Zodra het huisje leeg kwam, hielpen Anne en tante Marie hen om het schoon te maken en met wat bij elkaar gekregen oud meubilair trokken Sien en Adrie al een paar dagen daarna in hun huis. Het kind werd eind september, begin oktober verwacht. Sien voelde zich inmiddels gelukkig en tevreden, had ze kort daarna aan Anne bekend.

Het was inmiddels juni geworden en dat betekende veel werk op het platteland. Boeren, knechten, mensen hier waren bijna allemaal afhankelijk van de landbouw.

Er had een vervelend voorval plaats op de watermolen vlak bij het nieuwgebouwde stoomgemaal bij Flaauwers, een paar kilometer bij hun eigen molen vandaan. De molenaar daar had een beroerte gekregen en was een week later overleden. Anne ging met haar ouders naar de begrafenis. Er waren ook twee mensen van het polderbestuur bij aanwezig, die vertelden dat er al een andere watermolenaar was benoemd. Hij kwam van Duiveland, waar hij als knecht bij zijn vader maalde, maar die taak werd overgenomen door een jongere broer die tot dan toe uit noodzaak als los arbeider had gewerkt.

Verder was het eigenlijk een rustige zomer. Zoals altijd was er veel werk in hun moestuin. Er moest geweckt worden om een wintervoorraad te hebben. Er moesten bonen in het zout, kool moest worden geschaafd en in het zout gezet om zuurkool te krijgen, bruine bonen en erwten werden te drogen gehangen en de zoete appeltjes moesten eveneens gedroogd worden. Bovendien was Anne vaak te vinden in het huis van haar tante om er te helpen met wassen op maandag en met het in de was zetten van de meubelen op donderdag, die ook weer uit te wrijven en ondertussen op opoe te passen. Opoe werd minder, maar ja, ze was al bijna tachtig jaar en dat was vanzelfsprekend stokoud. Er werden maar weinig mensen tachtig jaar. De Bijbel sprak daarom van de zeer sterken, als een mens die hoge leeftijd mocht behalen. Vanzelfsprekend gebeurde het zo nu en dan dat een mens zelfs negentig jaar werd en er was ergens in de buurt van Zierikzee zelfs een stokoude man geweest, die vorig jaar honderd was geworden, maar drie maanden daarna uiteindelijk toch was overleden. De laatste jaren van zijn leven was hij hulpeloos en blind geweest, een zwaar lot om te dragen. Over zulke oude mensen spraken de mensen nog lang na, want zoiets gebeurde immers bijna nooit.

Het leven had zijn gang hernomen, peinsde Anne op een heerlijke junidag. De boeren waren druk doende de eerste snee hooi binnen te halen, die gedroogd was op oppers. Er moest wintervoer komen voor de beesten, zo ging het al eeuwenlang. Het gras kon

weer verder groeien. Ondertussen waren de mensen druk met wieden tussen de opkomende aardappelplanten, die niet verstikt
mochten worden door het opkomende onkruid en ook in het graan
en tussen de suikerbieten moest gewied worden. Meekrap begon
snel uit de streek te verdwijnen, want de teelt van deze plant, die
gewonnen werd om de kleurstof in de wortels, was niet langer ren-
dabel nu in fabrieken veel goedkoper dezelfde kleurstoffen konden
worden gemaakt. Ook de teelt van raapzaad en koolzaad liep
terug, nu lampen steeds minder vaak op de olie van deze planten
brandden, maar meer en meer op petroleum. Tegenwoordig kwam
een petroleumboer langs de deur, zodat mensen bij hem hun beno-
digde brandstof konden kopen. Bijna iedereen schafte een petroleumstel aan om in de zomer op te kunnen koken, of om gerech-
ten als stoofvlees of stoofperen langdurig op gaar te kunnen stoven
zonder dat dit veel kostte. Op zondag zaten de moegewerkte mannen soms een dutje te doen onder de preek in de kerk, terwijl Anne
als altijd graag haar ogen rond liet dwalen om naar de andere kerk-
gangers te kijken. De nieuwe molenaar leek een rustige man te
zijn. Hij was kennis met hen wezen maken, was daartoe op een
avond langs gekomen. Hij was ook bij de andere watermolenaars
in de omgeving geweest. Het kon immers altijd gebeuren dat ze
elkaar nodig hadden. Bij die gelegenheid had hij haar vader verteld dat hij komend najaar voor een dag in de week als stoker op
het gemaal zou gaan werken, om zijn verdiensten aan te vullen,
maar ook om te leren hoe het er daar aan toe ging, want Jaap
Clements, zoals hij heette, was somberder over de toekomst van de
Nederlandse watermolens dan haar eigen vader.

Sien kwam tegenwoordig minder vaak thuis. Ze had er een
gewoonte van gemaakt om op zondag na de ochtenddienst thuis te
komen koffiedrinken, zoals zo veel kinderen dat bij hun ouders
deden. Gelukkig woonden ze niet ver bij elkaar vandaan, dat
scheelde. Haar vader deed nog steeds stug tegen Adrie, die hard-
nekkig vriendelijk en beleefd deed tegen zijn schoonouders. Hij

bood vader zelfs aan dat hij altijd een beroep om hem mocht doen als hij een helpende hand nodig had, ongeacht met wat. Hij wilde vader wel helpen met de palingvisserij, als hij vrij was van de boer, maar vader was nergens op ingegaan. Nee, de schande was nog niet vergeten en zelfs niet vergeven, hoezeer dat laatste toch als een grote christelijke deugd werd gezien.

Sien zag er echter gelukkig uit, besefte Anne. Op een zonnige en bijna windstille zondag aan het einde van deze grasmaand dronken ze op een zondagmorgen buiten koffie. Adrie vertelde met glanzende ogen van trots over de twee veulens van de boer, waar deze erg verguld mee was. Hij vertelde eveneens dat hij had horen vertellen dat zoon Koos, de stamhouder en erfgenaam, om de hand had gevraagd van de jongste van de twee zussen Goemans, die haar vrijer echter nogal afstandelijk aan het lijntje hield. Moeder ontdooide bij zulke nieuwtjes. Tante Marie en oom Knelis waren er ook. 'Je moeder houdt teveel van roddelen,' gniffelde tante vrolijk met haar bruine kraaloogjes. Tante had tot haar verdriet lang geleden na drie miskramen alleen een na vijf maanden zwangerschap dood geboren kindje gebaard en daarna was er nooit meer een kind gekomen, maar ondanks dat was ze altijd vrolijk en in voor een pleziertje. Haar moeder vond haar zuster daarom lichtzinnig, wist Anne. Zelf moest ze echter lachen.

'Ze zal het misschien niet met haar vader eens zijn,' overwoog ze. Sien was opgestaan en slenterde naar de moestuin. Anne ging in een opwelling achter haar aan. 'Wij hebben ook een tuintje,' vertelde Sien onbekommerd en Anne zag hoe haar hand bijna achteloos over haar opzwellende buik gleed.

'Ben je gelukkig, Sien?'

'Jawel hoor. Echt Anne, we hadden er geen idee van dat er een kind kon komen van de allereerste keer en het was beter geweest als we op de gewone manier met elkaar hadden kunnen trouwen, maar het is nu eenmaal zo gegaan en ja, Adrie is best goed voor me. Ik heb mijn eigen huishoudinkje en hoef niet langer te rennen en te vliegen op de commando's van mijn vroegere boerin. Dat is fijn. We hebben het niet breed, maar Adrie verdient bijna net zo veel als vader en dus hebben we het ook niet slecht. En het huis is veel minder koud en tochtig dan onze oude houten molen. Adrie drinkt alleen wat veel en soms zeg ik daar iets van. Dan wordt hij soms boos op me, maar daar trek ik me niets van aan! En jij? Heb jij je hart nog steeds niet verloren?'

Even werd Anne somber. 'Nee. Misschien gebeurt dat wel nooit meer en moet ik tot in lengte van jaren moeder en tante Marie helpen.'

'Mogelijk ben je te kieskeurig.'

'Ik ben verloofd geweest, maar tot een huwelijk mocht het jammer genoeg niet komen. Dat overkomt je gewoon, Sien. Hoe voelt dat nu, een kind dragen?'

Haar zus moest lachen. 'In het begin was ik aldoor misselijk. Daar begreep ik eigenlijk niets van, want wat weten wij meisjes nu van zwanger worden en kinderen baren? Over die dingen wordt immers nooit gesproken. De boerin kreeg het echter in de gaten en zei dat ik naar de dokter moest gaan. Toen ik het net wist, durfde ik niet met vader en moeder te praten en dus ging ik eerst naar tante Marie. Die zei op haar beurt weer dat ik het toch moest vertellen en liefst zo snel mogelijk. Zo is het gegaan. Begrijp je?'

'Eigenlijk niet, nee. Juist daarom vraag ik ernaar. Nieuwsgierigheid.'

'Jij hield toch ook van Constant? Adrie zei steeds dat alle jongemannen daar behoefte aan hebben, ook al zijn ze nog niet getrouwd en…'

'Dat hoef ik niet te weten, Sien.'

'Ik voelde daarnet leven,' gooide Sien het meteen over een andere boeg.

'Wat is dat dan?'

'Dan voel je het kind in je buik bewegen. Ik weet niet of jij het ook voelen kan? Hier.' Sien pakte de hand van Anne en legde die op haar rok, maar ze voelde niets bijzonders.

'Als het kind groter is, laat ik je nog weleens voelen,' grinnikte Sien. 'Ach, Adrie en ik hebben het best goed met elkaar. We zijn gezond en hebben geen honger. Veel meer mag een mens niet van het leven verlangen.'

'Misschien,' peinsde Anne hardop. 'Het zou wel fijn zijn als ik ook weer van iemand kon houden.'

'De meeste mensen trouwen uit verstandelijke overwegingen, Anne. Ik ben in die zin bevoorrecht. Ik ben verliefd.'

'Ja, dat is duidelijk.'

'Maar liefde is vluchtiger dan bezit, zegt tante Marie steeds. Ze zal wel gelijk hebben. Boer en boerin De Bruijne leven bijna samen als kat en hond, weet je dat? Ze maken over elke scheet ruzie.'

'Vreselijk lijkt me dat.'

'Ach, ze zoenen het weer af in de bedstee.'

'Nu ja!!' Anne schoot niettemin in de lach.

'Zeg Anne, ik zou aan moeder willen vragen of jij bij mij mag komen bakeren, als mijn tijd is gekomen. Zou je dat willen?'

'Wat weet ik daar nu vanaf?'

'Niets, en ik ook niet. Maar een baker kost geld dat Adrie en ik liever uitsparen, al komt ze natuurlijk wel voor de bevalling. Ik wil maar zo kort mogelijk in bed blijven, maar tante zegt dat het twee weken moet. Ik hoorde laatst van een vrouw dat die al op de achtste dag na de geboorte buiten was gezien, maar ze kwam weer in bed te liggen. Tante zei dat ook. Op de achtste dag buiten is op de twintigste weer in bed. Een vrouwenlichaam moet kunnen herstellen van een geboorte.'

'Maar ik weet niets af van die dingen.'

'Tante Marie zegt dat ze alles weet van tepelkloven, navelbandjes en allerlei andere dingen. Ze leert me veel en elke avond werk ik aan de uitzet. Ik naai hemdjes en brei truitjes, dat is leuk om te doen, Anne.'

Ze keek haar zus onderzoekend aan. 'Je bent inderdaad gelukkig geworden,' stelde ze toen met een glimlach vast.

'Ja, inderdaad,' antwoordde Sien met die nieuwe rustige volwassenheid die ze tegenwoordig over zich had. 'Ik ben inderdaad gelukkig geworden. Misschien meer dan Adrie en ik hebben verdiend, maar het is zo.'

'Is het echt waar dat Adrie weleens dronken is?' waagde Anne het erop nu ze zo vertrouwelijk met elkaar waren.

Sien beet bijna ongemerkt op haar lip. 'Ach, dat stelt niets voor. De meeste mannen nemen voor het middageten een borreltje en doen dat 's avonds ook. Adrie vindt dat lekker, ja. En als hij meer dan een enkel borreltje neemt, pak ik de fles af. Ik hou hem zo onder de duim.'

Anne huiverde even en wist niet eens hoe dat kwam.

Drie dagen later was op een windstille middag Jaap Clements onaangekondigd langsgekomen en hij had lang met haar vader staan praten. Ze hoorde van zijn bezoek doordat haar moeder het haar vertelde. Waarover de twee mannen hadden gesproken, wist moeder niet. Anne was bij tante geweest en toen ze thuiskwam, deden haar armen pijn van het boenen en wrijven van de meubelen. Opoe was niet lekker geweest en tante maakte zich zorgen, vertelde Anne op haar beurt aan haar moeder.

'Ik ga er morgen wel even kijken,' antwoordde deze terwijl ze de koffie warm maakte en de tafel dekte voor de avondboterham.

Haar vader had een tevreden uitdrukking op zijn gezicht liggen, zag Anne even later toen hij binnenkwam omdat het tijd was geworden om te eten. Ze aten zoals meestal in stilte, er werd nauwelijks iets gezegd als er niets te melden was. Na het eten stopte haar vader tevreden zijn pijp en nadat haar moeder had afgewassen en zij de vaat had gedroogd en opgeborgen, schonk haar moeder de koffie voor hen allemaal in, terwijl Anne zelf haar breikous oppakte om de verplichte toeren voor die dag te breien.

'Lekker, koffie.' Haar vader lachte van oor tot oor, en dat was lang geleden, besefte Anne.

Zijn vrouw had het ook opgemerkt. 'Je kijkt als een kat die van de room heeft gesnoept,' stelde moeder dan ook vast, terwijl ze eveneens een breikous oppakte.

'Dat is ook zo. Ik heb goed nieuws, uitstekend nieuws zelfs.'

'Van wie heb je dat gehoord?' Moeder liet het breiwerk in haar schoot rusten en keek haar echtgenoot onderzoekend aan.

'Het gaat om Anne. Ze gaat trouwen.'

Haar hart stopte bijna van schrik. 'Ga ik trouwen? Waarom weet ik daar zelf niets van af?'

'Ik heb vanmiddag een lang gesprek gehad met Jaap Clements. Je gaat met hem trouwen, Anne. Het zal me geen tweede keer gebeuren dat een dochter van mij in schande de kerk in komt om haar jawoord te geven.'

3

Even was ze zó met stomheid geslagen, dat ze haar vader met open mond aanstaarde. 'Ik trouwen met Clements? Ik heb hem, behalve dan op zondag in de kerk, zegge en schrijve twee keer gezien, en u zegt dat dit genoeg is om met iemand te gaan trouwen?'

Haar vader keek haar strak aan. Zo kende ze hem niet! Hij leek wel boos te worden omdat ze het waagde vragen te stellen over zijn besluit. 'Het is verstandig. Clements heeft zijn vrouw verloren, toen die het leven schonk aan een tweeling. Die kinderen worden sinds hun geboorte door zijn zuster groot gebracht. Hij heeft haar vroeger met een moeilijke kwestie geholpen, vertelde hij, en ze was hem dus een wederdienst verschuldigd. Hij ziet de twee meisjes bijna nooit en dat doet hem verdriet, maar als hij trouwt kunnen zijn kinderen bij hem op de molen komen wonen. Hij mist zijn dochters.'

'Heeft hij al kinderen?' reageerde ze geschokt. 'Hoe oud is hij dan wel niet?'

'Vierendertig. Hij is een goede watermolenaar en je komt in een grote molen te wonen. Bovendien werkt hij bij het stoomgemaal. Je toekomst is dus zeker.'

'Maar...'

'Protesteer niet. Jij ook niet, Aagt! Ik weet dat jij en Marie Annes hulp zullen missen, maar dat is geen reden om haar voor altijd thuis te houden. Als ze moet wachten tot Johan getrouwd is, zijn haar kansen verkeken. Nee, ik heb er goed over nagedacht, nadat Clements het verzoek aan mij deed, of hij Anne het hof mocht gaan maken, omdat hij niemand kende die beter geschikt zou zijn om met hem te trouwen. Het is een goede kans voor Anne en de molens staan niet zo ver bij elkaar vandaan dat ze jou en Marie helemaal niet meer helpen kan.'

'Maar ze krijgt meteen een heel gezin om voor te zorgen! Daar heeft ze haar handen vol aan,' protesteerde zijn vrouw. 'Dan kan ze moeilijk ook nog eens de was voor mij erbij blijven doen en hoe moet Marie het volhouden als Anne niet twee dagen op moeder past?'

Anne voelde zich lamgeslagen. Dat haar vader over haar toekomst besliste zonder haar zelfs maar te vragen of ze het daarmee eens was, viel haar ijskoud op haar dak. Een man die twaalf jaar ouder was dan zijzelf, die ze niet kende, die ze misschien zelfs helemaal niet aardig vond en die bovendien al eens getrouwd was geweest en twee kinderen had! Ze rilde hartgrondig, maar tegelijkertijd werd ze bang van de onverzettelijkheid die het gezicht van haar vader uitstraalde. Zo kende ze haar vader helemaal niet! Anne werd werkelijk bang. Voor het eerst van haar leven was ze bang voor haar vader!

'En als ik er niet mee instem?' vroeg ze benepen.

'Natuurlijk stem je ermee in. Het is een goed huwelijk. Je bent tweeëntwintig. Nadat je verloofd bent geweest met Constant, is er niemand meer langsgekomen om je op zaterdagavond het hof te maken. Hij is al meer dan drie jaar dood! Wil je soms overschieten? Ik had ook niet gedacht dat je nog een kans zou krijgen, maar nu is dat anders. Je zult wel verstandig worden, als je er goed over na hebt gedacht. Wat wil je anders? Misschien wachten op een rijke boerenzoon die nooit van zijn leven om je hand zal komen? Nee Anne, je trouwt met Clements omdat dit het beste is wat je kan overkomen. Je houdt van de molen en 'De Koe' is een grotere, betere molen dan onze molen. Als je aan de gedachte gewend bent, ga je inzien dat het een goede beslissing is.'

'Maar…'

Opnieuw kwam de vuist van haar vader met een slag op de wankele eettafel terecht, net als op de dag toen Sien met haar onzalige boodschap thuis was gekomen. De ogen van haar vader bliksemden vervaarlijk. 'Het zal me niet nogmaals gebeuren, dat een dochter van mij in schande gaat trouwen!!!' donderde zijn stem.

Haar moeder zweeg en pakte haastig haar breikous weer op om zich een houding te geven.

'Als er geen vrijer te bekennen is, kan daar geen sprake van zijn,' hakkelde Anne verontwaardigd. 'Eerst zegt u, dat ik kennelijk de moeite niet waard ben dat een man naar me kijkt en een minuut later bent u bang dat ik ongetrouwd een kind moet krijgen. Dat lijkt me niet erg met elkaar te verenigen.'

'Je trouwt met hem. Basta. Een gehoorzame dochter doet wat haar wordt opgedragen, en meer is er niet over te zeggen!' Haar vader stond op. Toen Anne haar mond opendeed om toch nog wat te zeggen, kreeg ze een harde klets tegen haar wang. Even later staarde ze verbijsterd naar de deur die met een klap achter haar vader was dichtgevallen. Voor het eerst van haar leven had vader haar geslagen!

De tranen die in haar ogen kwamen, waren zeker niet alleen van de pijn. Haar moeder durfde haar oudste dochter niet aan te kijken.

Op dat moment wist Anne voor de rest van haar leven wat het was om eenzaamheid te voelen, ook al was je niet alleen.

Zaterdag na de avondboterham zei ze tegen haar moeder dat ze nog even langs tante ging. Die had een lap stof gekocht waaruit Anne een nieuwe zondagse japon moest naaien voor haar opoe en ze wilde opoe de maat nemen.

'Is dat de enige reden?' wilde haar moeder met een bezorgde blik in haar ogen weten. Vader was nog met de molen bezig. Die zou hij pas laat op de avond stil zetten, want vanzelfsprekend mocht er op zondag niet gemalen worden, zelfs niet als de mensen in de polder bijna natte voeten kregen. Er was twee dagen geleden een flinke onweersbui over het land getrokken die lang was blijven hangen en veel regen had gebracht. Het water in de sloten van het Schouwse polderland stond nog steeds veel te hoog. De watermolens maalden dag en nacht om het nieuwe stoomgemaal te ondersteunen. De wieken van De Koe draaiden gelukkig ook, dus die zouden de ongewenste aanbidder wel verhinderen op zaterdagavond langs te komen, maar Anne was bang en wilde zich uit de voeten maken, want je wist het natuurlijk maar nooit. Ze wilde tante Marie en oom Knelis om raad vragen. Misschien konden die vader tot rede brengen? Daar was op dat moment al haar hoop op gevestigd.

Tot haar verbijstering zat Sien met behuilde ogen eveneens bij tante aan tafel. Tante Marie was een lieve, vrolijke, begripvolle vrouw. Misschien dat ze het laatste jaar wat stiller en treuriger was geworden omdat de toenemende zorg voor opoe haar zwaar begon te vallen, maar beide meisjes hielden veel van hun tante.

'Je hebt gehuild,' stelde Anne vast, meteen haar eigen zorgen vergetend. 'Ligt opoe al op bed, tante? Ik heb wel maten van haar, maar ik moet controleren of die nog kloppen.'

'Ze wordt al magerder en kleiner,' glimlachte tante. 'Neem haar eerst de maat maar, dan luister ik ondertussen naar Sien. Hier kind, drink je koffie op. Dat zal je goeddoen.'

Anne liet de deur openstaan en hoorde dat haar zus weer begon te huilen. 'Adrie zei vanavond dat ik het kind beter weg had kunnen laten halen, tante, in plaats van hem in een huwelijk te lokken waar hij nog niet aan toe was,' hoorde ze Sien hakkelen door de openstaande deur.

Anne schrok enorm. Ze had steeds gedacht dat Sien dan weliswaar niet op een nette manier getrouwd was, maar dat dit alleen had kunnen gebeuren uit liefde, en ook dacht ze dat Sien gelukkig was geworden. Dat had ze immers zelf gezegd? Hoe kon dat nu ineens veranderd zijn? Kennelijk had ze zich vergist of er moest iets akeligs voorgevallen zijn. Wel, reden te meer om zichzelf niet zomaar een huwelijk op te laten dringen! Een huwelijk uit liefde was dus niet altijd het beste dat een vrouw kon overkomen, zoals ze had gedacht in de gelukkige tijd van haar verloving met Constant. Dacht haar vader daar ook zo over? Had hij echt de beste bedoelingen met haar?

Ze wist het niet. Ze was bang, onzeker en nerveus. Opoe sliep half, terwijl Anne de maten controleerde. Hier en daar moest wat veranderd worden op het matenlijstje. 'Zo, nu mag u lekker gaan slapen,' fluisterde ze tegen de oude vrouw, die er steeds slechter uit ging zien.

Opoe glimlachte flauw. 'Maak maar geen haast met die japon, lieve kind. Die draag ik toch niet meer.'

'Wat zegt u nu?' protesteerde Anne geschrokken. 'Kom, ik ga eens horen waarom Sien moet huilen, terwijl ze eerst zo gelukkig zei te zijn.'

Opoe knikte en Anne sloop op haar tenen het piepkleine kamertje uit, waar opoe in de bedstee lag. In haar witte nachthemd en met haar slaapmuts op de dunne grijze haren leek het bijna alsof ze inderdaad al dood was, stelde Anne met een zwaar hart vast.

In de kamer was oom binnengekomen en die zat ondertussen tevreden zijn pijp te stoppen. Sien droogde haar laatste tranen. 'Trek het je maar niet aan,' troostte tante nog. 'Jullie houden van elkaar, dan komt alles wel goed. Ruzies komen in de beste families voor, moet je maar denken.'

Anne ging zitten. 'Ik hoorde wat Adrie je verweten had en ik kan me voorstellen dat dergelijke woorden pijn doen.'

'Wees maar blij dat je nog niet getrouwd bent,' slaakte Sien een zucht. 'Ik dacht dat het allemaal rozengeur en maneschijn zou zijn, maar dat is dus niet waar. Adrie maakt de laatste weken telkens ruzie, als ik de borrelfles verstop omdat hij meer wil drinken dan goed voor hem is. Eerst ruzieden we er alleen maar een beetje om, maar gisteren heeft hij me zelfs geslagen omdat de fles leeg was en er geen nieuwe in voorraad was. Toen is hij naar de Heerenkeet gelopen om een nieuwe fles te kopen en kwam hij pas heel laat en stomdronken thuis. Geniet er dus maar lekker van dat je nog vrij bent om te kunnen doen en laten wat je wilt.'

Anne slaakte eveneens een diepe zucht. 'Als het aan vader ligt, duurt dat niet lang meer. Hij wil dat ik trouw voor ik ook schande over de familie breng, en wel met een weduwnaar die een stuk ouder is dan ik en die al twee kinderen heeft.'

Op slag leek Sien haar eigen sores te zijn vergeten. Tante vergat van de schrik dat Anne nog geen koffie had gekregen en zelfs oom Knelis vergat de brand te steken in zijn net gestopte pijp. Alle drie keken ze Anne met open mond aan. Ze ging met een vuurrode kleur verder. 'Het schijnt dat de molenaar van De Koe om mijn hand is komen vragen,' zei ze met vlakke stem, terwijl ze van de een naar de ander keek. 'Er is me gezegd, opgedragen liever, dat ik met hem moet trouwen en toen ik protesteerde heeft vader me zelfs geslagen.'

'Daar geloof ik niets van,' reageerde tante Marie als eerste.

Prompt kreeg ze opnieuw tranen in haar ogen. 'Ik kon het ook niet geloven. Zo ken ik mijn vader helemaal niet. Maar het zal hem niet overkomen dat ook zijn tweede dochter in schande moet trouwen, zoals hij aldoor herhaalt. Ik wilde niet thuis blijven uit angst dat Jaap Clements langs zou komen.'

'Ik ken hem alleen van gezicht, omdat hij trouw elke zondag naar de kerk komt,' peinsde tante Marie. 'Het kan best een goede man zijn, Anne. En hij is molenaar op een mooie watermolen. De Koe was jaren geleden een bouwval, toen er over het stoomgemaal werd gesproken, maar toen eenmaal duidelijk werd dat een stoomgemaal alleen niet voldoende zou zijn, is de molen grondig opgeknapt.'

'De molen is in 1845 gebouwd,' wist oom Knelis, 'en nog maar twaalf jaar geleden, in 1878, wilde het polderbestuur de molen zelfs verkopen, maar gelukkig kwamen ze al snel op dat besluit terug. Ik heb inderdaad van horen zeggen dat Clements een heel geschikte kerel is.'

'Dat kan wel zijn en daar ligt het ook niet aan, maar tante, het is zo gevoelloos, dat ik zomaar opgedragen krijg te gaan trouwen met iemand die ik nauwelijks ken, die bovendien al getrouwd is geweest en kinderen heeft.'

'Dat laatste wist ik helemaal niet,' mompelde Sien.

'Zijn kinderen wonen bij een zus van hem, zegt vader. Ze komen thuis als hij trouwt.'

'Van zijn kant is wel het te begrijpen dat hij aan een huwelijk denkt, maar zelfs als dat uit verstandelijke overwegingen is, ga je toch eerst eens peilen of het meisje van jouw keuze dat ook ziet zitten,' mompelde oom. Hij keek haar onderzoekend aan en er lag bezorgdheid in zijn ogen. 'Ik heb veel ellende gezien van huwelijken die door vaders opgedrongen zijn, Anne.'

Ze knikte stom en snoot haar neus. 'Mag ik koffie, tante?'

'Natuurlijk, natuurlijk. Stom van mij dat ik daar geen erg in had. Maar dan moet je naar huis, Anne. Als de man niet langskomt, heb je niets te vrezen en als hij wel komt, moet je hem maar liefst zo snel als maar kan en zo eerlijk mogelijk zeggen wat je van de gang van zaken denkt.'

Oom Knelis grinnikte zelfs. 'Mannen houden niet van vrouwen die hun zegje duidelijk weten te doen, lieve.'

'Dat kan zijn,' vond tante. 'Jij bent anders ook met mij getrouwd en ik heb er nooit moeite mee gehad te zeggen wat ik op mijn hart heb.'

'Daarom hou ik juist van je!' Oom stak eindelijk de brand in zijn pijp en Sien begon te giechelen. 'Hou op zeg, jullie zijn al oude mensen.'

'Ja kind, misschien wel in jullie ogen, maar ik wens het je toe dat jij en je Adrie elkaar nog net zo kunnen plagen, als jullie onze leeftijd hebben bereikt.'

Anne dronk haar koffie en liet de anderen praten. Maar niet veel later stond ze op. 'Misschien heeft u gelijk, tante, en moet ik maar liever onder ogen zien wat er staat te gebeuren. Als Clements weet dat ik niets voor dat huwelijk voel, zal hij hopelijk nog iemand anders op het oog hebben.'

Niet veel later liep ze over de schemerig geworden weg terug. Het silhouet van de molen waar ze was geboren en opgegroeid, de molen die altijd haar thuis was geweest, stak donker af tegen de grauwe horizon. De dikke, loodgrijze wolkenlaag beloofde opnieuw regen, maar koud was het niet.

Ze haalde diep adem toen ze de deur van de molen opende en daarmee in een smal portaaltje kwam. Aan de linkerhand lag de kleine keuken. Een klein aanrecht en een waterpomp, een plank aan de muur met pannen erop. Een andere plank met twee petroleumstellen waarop gekookt kon worden als de kachel niet brandde en de bedstee waar Johan sliep. Haar broertje zat in zijn bedstee en keek op toen Anne binnenkwam. Hij moffelde haastig een oude krant onder zijn deken. Vader hield er niet van dat de jongen las, maar hij deed het graag en als hij iets te pakken kon krijgen om te lezen, deed Johan dat. Hij had een goed stel hersens, dat zei de meester op school ook. Johan ging graag naar school en vond het erg dat dit over een jaartje voorbij zou zijn. 'We hebben visite, Anne. Hij komt voor jou.'

Ze zuchtte. 'Ik was er al bang voor.' Ze haalde diep adem om haar moed te verzamelen voor ze de kamer binnenging. Het was er warm en benauwd, want de kachel brandde zachtjes, en behalve vader en moeder zat er de rossig blonde man die ze al had gevreesd te zien.

'Ben je daar eindelijk? Waar was je?' bromde haar vader.

'Ik moest opoe de maat nog nemen voor haar nieuwe japon,' antwoordde ze gedwee.

De man was inmiddels opgestaan en stak haar zijn hand toe. Hij stak een heel eind boven haar uit en zijn ogen keken goedig. 'Dag Anne.'

'Goedenavond, meneer Clements,' antwoordde ze stijfjes.

'Kom, kom, niet zo formeel,' grinnikte haar vader terwijl hij uiterst tevreden van de een naar de ander keek, terwijl haar moeder strak haar ogen op haar breiwerk gericht hield.

'Ik heet Jaap. Je vader heeft je ondertussen verteld waarom ik hier ben, nietwaar?'

Ze keek hem eindelijk fier aan terwijl ze ging zitten. Zijn blauwe ogen stonden niet onvriendelijk. Anne rechtte haar rug. 'Een paar dagen geleden deelde mijn vader me mee dat ik met u moet gaan trouwen, ook al ben ik daar fel op tegen,' antwoordde ze dapper. Ze zag hem schrikken van die bewoordingen en haar moeder vergat prompt verder te breien.

'Dat klinkt wel erg bot,' mompelde hij een tikje onzeker terwijl hij de oudere man aankeek.

Deze schraapte zijn keel. 'Anne, ik heb je duidelijk gemaakt dat jouw mening niet telt, omdat het een goed huwelijk is. Na de dood van Constant hebben we het nooit meer over een ander huwelijk gehad en ongetrouwd wil je toch zeker niet blijven?'

'Ik zou graag willen dat je er goed over nadenkt, Anne. En ik wilde eigenlijk alleen maar weten of je vader het ermee eens zou zijn dat ik je beter leerde kennen. Ik bedoel, we schelen nogal in leeftijd en…'

Ze ging zitten. 'Nee moe, ik hoef geen koffie, die heb ik bij tante Marie al gehad.' Toen keek ze de andere molenaar weer aan. 'Ik heb begrepen dat u hulp nodig hebt op de molen en dat u uw kinderen alleen naar huis kunt halen als er een vrouw is die voor hen zorgt. U heeft dus kennelijk bedacht dat ik die taak maar op mijn schouders moet gaan nemen en buiten mij om met mijn vader afspraken gemaakt.'

'Zo is het niet helemaal gegaan. Maar…' Hij begon te hakkelen en kreeg een vuurrood hoofd. 'Het komt er wel op neer dat we het erover eens waren dat het een goed huwelijk zou zijn voor ons allebei. Kijk, jij bent ook alleen en hebt net als ik een smartelijk verlies geleden. Toch gaat het leven verder. Je vader vertelde me dat je vorig najaar, toen hij ziek was, helemaal alleen met de molen gemalen hebt. Anne, zo'n kranige vrouw zie ik graag. En toen dacht ik…'

'We kennen elkaar nauwelijks, Clements, en dan wordt me gezegd dat er voor mij niets te kiezen valt, niets te beslissen is, en wordt mij opgedragen, een ander woord is er niet voor, dat ik daarom met u moet trouwen. Is het zo vreemd dat ik daar weinig enthousiasme voor op kan brengen?'

Voor de derde keer in korte tijd kwam de vuist van haar vader op de wankele tafel in de oude molen terecht, die dat geweld krakend onderging maar opnieuw overeind bleef. 'Je bent een brutaal nest, Anne! Ik kan me voorstellen dat Clements begint te denken dat ik mijn dochters ongehoorzaam en slecht heb opgevoed.'

De man stond haastig op. 'Ik begrijp dat de kwestie erg gevoelig ligt,' haastte hij zich. En Anne zag met minachting hoe hij zich uit de voeten wilde maken.

Maar opnieuw had ze buiten haar vader gerekend. 'Niets ervan. Ga zitten. Kom, moeder, het is droog geworden. Wij gaan een ommetje maken naar Marie. Johan is thuis als chaperonne. De twee jongelui moeten elkaar hoognodig eens een beetje leren kennen.'

4

Een paar tellen later waren ze samen in de warme, benauwde kamer achtergebleven. Jaap Clements viste zijn zakdoek uit zijn broekzak om zijn plotseling bezwete voorhoofd af te vegen. 'Ik had er geen idee van dat mijn verkennende gesprek met je vader zulke vervelende gevolgen zou hebben, Anne. Ik hoop werkelijk dat je dat wilt geloven. Dat was zeker niet mijn bedoeling. Mijn verontschuldigingen,' bromde hij, duidelijk zenuwachtig door de ontwikkelingen van de laatste paar minuten, iets wat hij niet had verwacht. 'Ik bedoelde eerlijk gezegd dat ik wilde weten of je vader het goed vond dat ik pogingen deed om je beter te leren kennen. En ja, daarbij had ik wel degelijk een huwelijk in gedachten en dat is ook ter sprake gekomen.'

Ze keek hem eindelijk in zijn helblauwe ogen.

'Nu ja, dan ben ik min of meer gerustgesteld. Mijn vader heeft me erg doen schrikken met de opdracht in het huwelijk te treden met een veel oudere weduwnaar, die ik niet kende en die al kinderen heeft. Is dat zo vreemd?' Ze werd eindelijk wat rustiger en dacht aan wat tante haar had aangeraden. Een betere kans om haar weerzin duidelijk te maken, kreeg ze waarschijnlijk niet, en de man scheen naar haar te willen luisteren. Dat was al heel wat.

'Nee, eh, natuurlijk niet, maar ben ik dan echt zo oud?'

'Vierendertig, zei mijn vader. Ik ben twaalf jaar jonger.'

'Maar al verloofd geweest.'

'Op mijn achttiende, ja. Drie maanden na de verloving liep Constant een flinke wond aan zijn been op en daarna kreeg hij hoge koorts. Hij is een anderhalve week later overleden. Daar heb ik veel verdriet van gehad, want we hielden veel van elkaar.'

'Mijn vrouw kreeg koorts na de geboorte van de tweeling. Twee meisjes. Een paar dagen later stierf ze. Mijn zus had toen een baby van vijf maanden die nog borstvoeding kreeg. Om mijn kinderen in leven te houden, moesten ze wel met haar mee, want kinderen die koeienmelk krijgen als ze zo klein zijn, gaan meestal toch dood, beweerden alle vrouwen in mijn familie. Ik had geen keus. Clara woont met haar man en kinderen in Sirjansland. Ik zie mijn dochters dus bijna nooit meer nu ik hier molenaar ben. De reis is te ver als je geen paard hebt of met iemand op een kar mee kunt rijden. De diligence komt daar niet. Lopen duurt uren. Ik zie ze veel te weinig meer en heb daar verdriet van. In plaats van een gezin te hebben zoals ik bij hun geboorte dacht en hoopte, bleef ik alleen achter. Het viel me zwaar. Ik had een goede vrouw, weet je, ik was gelukkig met haar. Gelukkig kon ik niet lang geleden op De Koe komen als molenaar. Ik heb nooit iets anders gewild dan water malen, zie je. Verandering van omgeving zou me helpen weer een nieuw leven op te bouwen, dacht ik. En het werk in het gemaal is interessant. Gemalen zijn toch de toekomst, Anne. Watermolens alleen houden het land onvoldoende droog nu de polders, juist door het wegmalen van zoveel water, steeds dieper komen te liggen ten opzichte van de zee. De vooruitgang zal niet te stoppen zijn. Stoom doet schepen over de zeeën varen, net zo goed als treinen rijden en er machines staan in fabrieken die overal in het land hun intrede doen.'

Ze ontspande min of meer. Molens waren een veiliger onderwerp om over te praten dan persoonlijke zaken. Hij keek haar niet veel later een tikje geschrokken aan. 'Ik praat veel te veel over mezelf.'

'Dat kwam omdat u probeerde uit te leggen waarom u een vrouw nodig hebt. Ik begrijp het wel. Maar ik dacht nog niet aan trouwen, ziet u. Mijn vader is helaas niet de gemakkelijkste als hij zijn zin niet krijgt. Bovendien is hij nog steeds van streek omdat mijn jongere zus Sien dit voorjaar moest trouwen. Er is een kind op komst. Hij schaamt zich voor Sien. Maar nu is ze keurig getrouwd en ik had niet verwacht dat het gevolgen voor mij zou hebben.'

'Je moet je niet iets op laten dringen als je er grote weerstand in je hart tegen voelt, denk ik. Dat moet ik natuurlijk niet zeggen, omdat het tegen mijn eigen belang indruist, maar ik heb veel ellende gezien van een huwelijk waarin de echtelieden elkaar niet konden luchten of zien. Zo te moeten leven lijkt me zo'n beetje de hel op aarde.'

Ze knikte. 'Heeft u dat mijn vader duidelijk gemaakt?'

'Nogmaals, zo ver is het gesprek niet gegaan. Ik had er geen idee van dat hij jou meteen op zou dragen mij als verloofde en later als echtgenoot te aanvaarden.'

'Waarom dacht u eigenlijk aan mij?'

'Nu ja, dat is toch niet zo vreemd? Praktisch is het, want jullie molen is de dichtstbijzijnde bij die van mij. Je kunt met de molen omgaan. Je handen staan niet verkeerd. Het is in het dorp bekend dat je in het huishouden helpt, hier en bij je tante.'

'Ik ben geen kinderen gewend.'

'Het zijn geen zuigelingen meer en over een poosje krijgt je zus een kindje, dan kun je als vanzelf leren hoe dat allemaal gaat, want daar heb ik vanzelfsprekend als man al helemaal geen kijk op. Natuurlijk hoop ik dat er meer kinderen komen als ik eenmaal ben getrouwd. Ik keek om me heen in de kerk op zondagmorgen als ik soms te moe was om mijn hoofd bij de preek te houden.' Hij kleurde opnieuw toen hij dat bekende. 'En kwam zodoende bij jou uit. Je bent aardig en leuk om te zien.' Zijn kleur werd dieper. 'Dat is natuurlijk ook plezierig.'

Anne wist werkelijk niet hoe ze op al die ontboezemingen moest reageren. Haar hersens werkten vliegensvlug. Ze slaakte een zucht. 'Wel, ik zal van mijn kant even eerlijk zijn als u dat bent. Ik kan het me niet veroorloven mijn vader momenteel te veel tegen mij in het harnas te jagen. Als u mij belooft dat we elkaar rustig een aantal keren kunnen zien zonder dat u verwachtingen krijgt van mijn kant, dan kan ik dat wel accepteren. Dan leren we elkaar een beetje kennen en in die tussentijd kan ik me erover beraden wat ik eigenlijk zelf met mijn toekomst zou willen aanvangen.'

Hij knikte. 'Je hebt dus tijd nodig om na te denken, en ik zie er geen enkel probleem in je die te geven. Het sluit wel ongeveer aan bij wat ik in gedachten had: elkaar een beetje beter leren kennen. En dat lukt niet als we elkaar alleen maar groeten bij het verlaten van de kerk. Mag ik op zaterdagavond blijven komen?'

'Daar praten de mensen al snel over.'

'Ze kunnen achteraf hooguit zeggen dat je een vrijer die zich had aangediend, hebt afgewezen,' meende hij met grote nuchterheid. 'Niemand, ook je vader niet, kan je verplichten een huwelijk aan te gaan als je dat echt niet wilt.'

Daar was ze nog niet zo zeker van, maar toch haalde ze min of meer opgelucht adem omdat hij zo nuchter en redelijk was. 'Nu, goed dan. Elkaar wat beter leren kennen, zonder verplichtingen, dat is in orde en mijn vader wordt dan hopelijk minder gebeten op dat huwelijk.'

Hij keek haar onzeker aan. 'Ik heet Jaap. Ik zou het prettig vinden als je me zo wilt noemen, Anne.'

'Veel vrouwen noemen hun mannen nog bij de achternaam als ze er al lang en breed mee getrouwd zijn,' gaf ze terug.

'Die gewoonte is rap aan het verdwijnen.' Hij glimlachte zelfs. 'Ik heb nog een laatste verzoek. Mag ik je ouders en jou, en ook je zus Sien met haar man, volgende week na de kerk uitnodigen om bij mij koffie te komen drinken? Dan leer je mijn molen kennen en kun je in je overwegingen meenemen of je daar misschien toch wel zou willen wonen.'

Het zou haar vader gerust stellen, meende ze. Ja, de mensen zouden er achter haar rug stevig over roddelen, maar dat zouden ze nu al doen als iemand opgemerkt had dat Clements op zaterdagavond bij hen langs was geweest. Zo was dat nu eenmaal. Met een dergelijk bezoekje gaf een jongeman immers onverbloemd te kennen dat hij geïnteresseerd was. En het was waar, ze kon hem altijd nog afwijzen als het haar niet beviel wat hij haar te bieden zou hebben. Hij was hierin veel redelijker dan haar vader, die haar bot te verstaan had gegeven dat ze maar met Clements diende te trouwen.

Met Jaap. Ze moest er vreselijk aan wennen om zelfs maar aan hem te denken als Jaap.

Hij stond op en stak haar zijn hand toe, ze legde die van haar erin.

'Dank je, Anne, dat je ondanks de dwang van je vader vanavond naar mijn uitleg hebt willen luisteren, en ik kijk ernaar uit je volgende week mijn molen te laten zien. Wil je zelf tegen je vader zeggen dat jullie allemaal zijn uitgenodigd?'

Onwennig keek ze om zich heen. Haar ouders waren al gaan zitten en ook Sien ging op een stoel zitten. Anne keek nauwlettend rond. Adrie was nog buiten en keek bij het waterrad. Haar vader zat te glunderen terwijl hij naar zijn oudste dochter keek. Ze voelde zich erg gespannen. Van de hele preek, eerder die morgen, had ze nauwelijks iets kunnen onthouden, zo was ze in beslag genomen door het komende bezoek. Ze hield met moeite een zucht binnen, en zag verbaasd toe hoe Clements, nee, Jaap, de kachel oppookte, er een ketel water op zette, een cake tevoorschijn haalde en daarvan plakken sneed alsof hij nooit van zijn leven andere dingen had gedaan dan dergelijk vrouwenwerk. Even had ze zich afgevraagd of ze hem moest helpen, maar nee, dat kon niet, dan zou ze hier vrouwendingen doen in deze molen alsof ze er al woonde en ze dacht niet dat dat er ooit van zou komen, want al de hele week zat haar vader haar dwars met opmerkingen over het uitstekende huwelijk dat ze in zijn ogen ging sluiten, alsof dat al een vaststaand feit was. Maar het nam niet weg dat ze haar ogen goed de kost gaf. Ze ging zitten en volgde de blonde rijzige man vanuit haar ooghoeken. Koffie, melk en suiker, alles ging bij elkaar in de koffieketel en hij haalde kommen tevoorschijn om die met de koffie te vullen. 'Je handen staan niets verkeerd,' verbrak haar vader de stilte toen die toch wel een beetje drukkend begon te worden.

'Dat moet wel, hè? Ik heb geen ongetrouwde zus die hier kan

komen wonen, dus toen mijn moeder overleed heb ik geleerd om een hap eten voor mijn vader en mezelf te koken en meer van die dingen. Alleen de was spaar ik nog op. Ik probeer zo nu en dan naar Sirjansland te gaan, omdat ik het belangrijk vind dat mijn dochters mij geregeld zien. Dan neem ik de was mee. In de wintertijd hoop ik soms een paard te kunnen lenen van een boer. In de zomer, als de dieren op het land nodig zijn, kan dat niet. Lopen is erg ver, dan kan ik amper op een dag heen en terug, zelfs als ik dwars door de weilanden ga. Dan moet ik soms thuisblijven of nogal omslachtig en duur met de diligence gaan. Het zou een zegen zijn als er inderdaad een stoomtram over het eiland gaat rijden, waarover inmiddels gepraat wordt.'

'Wat vreselijk, je kinderen maar zo weinig te zien,' verzuchtte haar moeder meelevend, 'maar aan Anne krijg je een goede vrouw, Jaap.'

Hij glimlachte, maar liet zich niet verleiden daar een antwoord op te geven. Eigenlijk was hij best sympathiek, moest Anne toegeven. Hij maakte geen vervelende opmerkingen tegen haar, was beleefd en voorkomend. Hij gaf haar, in tegenstelling tot haar vader, de ruimte om rustig zelf tot een beslissing te komen en dat waardeerde ze. Natuurlijk, ze had meteen al gezien dat hij nette kleren droeg en dat het in de molen ook opgeruimd was, zelfs het kleine keukentje dat ze net had gezien, was opgeruimd en schoon. Ze kon er niet omheen dat Jaap Clements gewoon een goed mens scheen te zijn, iemand die net als zij al een groot verdriet in het leven had gekend. Maar hij had zich meer dan zij gerealiseerd dat er toch nog een toekomst was. Zij had sinds de dood van Constant weinig meer over die toekomst nagedacht, behalve dan dat ze ooit wel kinderen zou willen hebben en dat ze niet levenslang alleen maar voor familie wilde zorgen, zonder ooit een eigen leven te hebben.

De kamer besloeg ongeveer de helft van de molen. De wand waar de sleekachel stond, was recht en deelde de molen in tweeën.

Aan twee kanten van de kamer stonden schotten, waarachter de bedsteden verborgen lagen. Alles was mooi donkerrood geverfd en het zag er goed onderhouden uit. De halfronde wand van de kamer, te danken aan de vorm van de molen waar de onderkant van hun wipmolen vierkant was, werd onderbroken door een tweetal ramen. Onder de bedsteden zou Jaap wel net als iedereen de aardappelen bewaren. In molens was het gebruikelijk die ruimten dan eerst met een stapel turf te bekleden zodat de aardappelen niet konden bevriezen als ze tegen de buitenmuur van de molen kwamen te liggen. In de wintertijd was het in alle molens koud, zeker in watermolens, maar dat was ze immers gewend. Al met al had hij hier veel meer ruimte dan zij die hadden in hun veel kleinere molen. De kamer had een deur die in de ruimte kwam waar het grote rad draaide, net als bij hen. Jaap had hen bij binnenkomst laten zien, dat hij daar net als zij een kleine ruime had afgescheiden dat als keuken in gebruik was en daar was zelfs een keldertje. Een waterpomp had hij niet, hij schepte water met een akertje uit een waterton. Wel had hij een doos in de molen, zodat hij daarvoor nooit naar buiten hoefde. Na de lange kerkdienst en de wandeling naar huis moesten de dames daar nodig gebruik van maken en Anne stelde vast dat het comfortabel was voor haar behoefte niet elke keer naar buiten te hoeven gaan, zoals bij hen het geval was en eigenlijk bij de meeste huizen.

Dan liep je door een pad langs het rad verder de molen in om aan de ene kant in de kamer te komen. Aan de andere kant was een trap naar boven. Daar waren ook nog twee bedsteden, vertelde Jaap ongevraagd, en vandaar was er nog een trap naar boven. Daar mondde het rookkanaal uit, want rook vond door de rieten kap van de molen vanzelf wel een weg naar buiten. Naast die trap was nog een afgescheiden hoekje, dat Jaap met een groot woord zijn kantoortje noemde. Er stonden een tafeltje, een plank met wat boeken en papieren en een stoel. Meer niet en daarmee was de ruimte dan ook bomvol. Ja, ze had alles goed in zich opgenomen.

Hij vertelde onbekommerd dat hij net als haar vader vrij wonen had en door het polderbestuur werd betaald, zowel voor het werk op de molen als op het gemaal, ongeacht of er veel gemalen moest worden of weinig, dat loon bleef gelijk. De groentetuin was nog maar half in gebruik. Hij had wel een varken om te mesten en een paar kippen voor de eieren, had ze gezien. Geen koe, ondanks de naam van de molen. Hij kon van een boer een stukje grond pachten bij de molen, om een koe op te weiden en meer voedsel te verbouwen. Als hij eenmaal getrouwd was, zou het daar wel van komen.

Ach, hij redde zich eigenlijk uitstekend als man alleen en dat was uitzonderlijk te noemen, want weduwnaars hertrouwden doorgaans snel, omdat ze niet voor zichzelf konden zorgen of omdat het noodzakelijk was iemand te hebben om voor hun kinderen te zorgen. Als ze het zich konden permitteren, redden ze zichzelf ook wel door een huishoudster in dienst te nemen. Adrie kwam binnen met Johan op zijn hielen en Jaap had inmiddels iedereen van koffie voorzien. De cake was lekker. Net als het brood was dat door de bakker bezorgd. Andere levensmiddelen werden net als bij hen aan huis bezorgd. Jaap redde zich dus best. De spanning begon te wijken en na de koffie gingen de mannen buiten kijken, boven kijken, de hele molen werd grondig bekeken.

'Je komt hier mooi te wonen,' knikte haar moeder met een glimlach naar Anne.

'Als ik al met hem trouw,' hield ze zich op een afstand.

'Natuurlijk trouw je met hem. Het is een goed huwelijk, je vader wil het en hij ook.'

'Maar ik weet het nog niet, moeder.'

'Je moet je vader maar liever niet te veel dwars zitten, meisje. Een vrouw moet getrouwd zijn. Dat is het beste, nietwaar, Sien?'

Haar zus haalde haar schouders op. Onder haar rokken bolde haar buikje nu duidelijk zichtbaar naar voren. Anne wist niet veel af van zaken als huwelijkse verplichtingen en kinderen krijgen, maar ze leefde op het platteland en ze hadden in de molen een poes die geregeld jongen kreeg na het bezoek van een kater een paar weken daarvoor. Helemaal onwetend was ze dus ook weer niet.

'Adrie is een goede man, maar het is niet altijd gemakkelijk, moe.'

'Dat is het nooit, kind. Een vrouw moet zich maar schikken, dat is nog het beste.'

'Zo denkt u erover, maar Adrie beslist alles en ik heb niets in te brengen.'

'Zo hoort het ook,' vond haar moeder echter. 'In de Bijbel staat ook dat de man door God boven de vrouw is gesteld. Dien je man, daar is niets mis mee.'

Sien schokschouderde en dat maakte Anne ongerust. 'Je bent toch wel gelukkig, Sien?'

'Het gaat. Adrie is een harde werker en dat is goed, maar het is inderdaad waar dat hij de neiging heeft erg veel te drinken. Als hij dronken is, verandert hij erg.' Ze keek plotseling bedrukt, maar wist zich toch weer te vermannen, vooral omdat haar moeder haar wenkbrauwen vragend optrok. 'Nu, in mijn toestand kan ik niet meer bij de boerin meewerken, en ik weet niet altijd wat ik moet doen. Van nietsdoen word ik dan moe. Vroeger wist ik niet eens dat zoiets kon.'

'Straks heb je de kleine en dan komt alles wel weer goed,' suste haar moeder met een lichte onrust in de ogen. 'Je moet niet klagen, Sien. Dan had je maar beter op moeten passen.'

Anne werd rood en was blij dat de mannen weer binnenkwamen. Na een tweede kom koffie kon ze gelukkig opstaan en schudde ze Jaap de hand. Hij lachte naar haar zonder dat voor de anderen te verbergen. 'Ik hoop dat mijn molen je is bevallen, Anne. Tot zaterdagavond.'

Sien giechelde een beetje en haar vader praatte aldoor tegen Adrie over de molen, terwijl ze terug liepen naar hun eigen huis.

Ja, dacht Anne, haar vader nam gewoon aan, dat hij zijn zin wel zou krijgen.

Ze dacht er veel over na. Het gebeurde dat ze 's avonds de slaap niet kon vatten, zozeer hield het haar bezig wat ze nu moest doen. Uiteindelijk sprak ze op zaterdagmiddag met tante Marie over haar zorgen en vragen. Opoe lag in bed. Tante maakte zich een beetje zorgen om haar moeder, had ze net bekend. Ze was oud en at steeds minder. Het leek wel of ze magerder werd en Anne moest dat bevestigen, want opoe had voor ze ging rusten de jurk gepast die ze voor haar naaide, en die was aan de ruime kant. Gelukkig was de jurk alleen nog maar geregen, dus ze kon ervoor zorgen dat ze de naden nog iets verder innam. Een naaimachine hadden ze niet. Het stikken waar ze nu aan moest beginnen, zou ze met de hand moeten doen.

Anne keek haar tante onzeker aan. 'Vanavond komt Jaap Clements weer. Vader neemt als een vaststaand feit aan dat ik met hem ga trouwen, maar ik weet echt niet wat ik moet doen. Ik heb zo veel vragen, tante, zo veel onzekerheden.'

'Staat hij erop?'

Ze knikte. 'Eerst schrok ik me een hoedje, toen hij me zo ongeveer opdroeg met een man te gaan trouwen die ik amper kende, tante. Het is harteloos, dat vind ik nog steeds. Maar vorige week hebben Clements en ik tamelijk openhartig met elkaar gesproken, en hij lijkt me wel een goed man toe. De molen is veel mooier dan die van ons. Vanuit mijn vaders' standpunt bezien zou het inderdaad een goed huwelijk zijn.'

'Maar hoe denk jij er nu over?'

Ze haalde aangeslagen haar schouders op. 'Ik zie tegen vanavond op en ben bang dat hij alsnog aan gaat dringen.'

'Overhaast niets,' overwoog tante hardop. 'Maar aan de andere kant, Anne, moet je ook nuchter zijn. Ook al hou je niet van de man, misschien hou je nooit meer van een andere man omdat je diepe gevoelens hebt gehad voor je verloofde Constant. Dan is het, praktisch bezien, het beste huwelijk dat je kunt sluiten. Of je moet werkelijk liever ongetrouwd willen blijven?'

'Nee tante, dat heb ik me in de afgelopen dagen al honderd keer afgevraagd. Ik wil wel trouwen, want ik wil zo graag kinderen hebben van mezelf.'

'Dan moet je ook beseft hebben dat de kans nogmaals een grote liefde tegen te komen niet zo groot is. En als zich dan een man met een goed karakter aandient? Als jullie naturen een beetje bij elkaar passen? Hij is molenaar en jij houdt van het molenaarsleven. Dan is er toch iets voor te zeggen dit mogelijke huwelijk goed te overwegen, Anne.'

Ze knikte, want dat had ze zelf ook al bedacht. Niet dat de twijfel daarmee verdwenen was, integendeel zelfs, hoe meer ze nadacht, hoe onzekerder ze zich begon te voelen. 'Jaap Clements is inderdaad een sympathieke man. Het was ook schoon in de molen en zijn kleren waren netjes.'

'Ook belangrijk,' beaamde tante. 'Naast een stinkende kerel in de bedstee te moeten liggen is een zware last, zeker als hij ruim gebruikmaakt van drank.'

'Tante!'

'Wees nuchter, lieve kind, maar je moet er wel zelf achter kunnen staan, anders kun je het beter niet doen. Ik heb het al eerder gezegd: laat je niets opdringen waar je doodongelukkig van zou worden. Maar als je verstand zegt dat het misschien het beste is met hem te trouwen omdat er geen andere opties meer zijn, moet je het ook niet te snel van de hand wijzen.'

En daar kon ze het dus mee doen. Toen Jaap die avond de keuken binnenkwam, wist ze al met al nog steeds niet wat ze toch moest doen.

5

Halverwege augustus begon het te regenen en na ruim een week waarin het nauwelijks droog was geweest, dacht Anne dat het nooit meer op zou houden, maar toch kwam halverwege die maand de dag, dat de zon aarzelend zijn stralen over het doornatte polderland liet schijnen. Haar vader was moe van het harde werken dat al die regen met zich mee had gebracht en Jaap liet zich al die tijd niet zien. Dit overigens tot haar grote opluchting. Dag en nacht draaiden de molens om het polderland zo droog mogelijk te houden. Zelfs de komst van een stoomgemaal kon niet verhinderen dat de grond drassig was en op veel plaatsen zelfs meer op een grote watervlakte leek dan op iets anders. Gewassen begonnen weg te rotten in al die nattigheid. De landarbeiders waren gedwongen landerig naar buiten te staren, waar aardappelen en suikerbieten met hun wortels in het water kwamen te staan, zodat ze zouden gaan rotten als al dat water niet naar behoren weggemalen kon worden. Zelfs nu, aan het einde van de zomer, met de nog lange en lichte nachten die daarbij hoorden, moest de molen ook in het duister zijn werk blijven doen. Malen bij nacht vond haar vader altijd akelig. Het polderland was dan gehuld in een diepe duisternis en als er een dik wolkendek was, gaf zelfs een volle maan geen enkel sprankje licht af. Anne dacht aan het gezegde dat haar vader soms bezigde. 'Het molenaarsleven heeft God ons gegeven, maar het malen bij nacht heeft de duivel bedacht.'

Soms dacht Anne dat haar eigen leven net zo donker was als de lucht die aldoor grauw en somber over het land bleef hangen. Het was donker en als de hemel huilde, moest ze zelf bijna meehuilen. Inderdaad, Jaap Clements liet zich al die tijd niet zien, maar dat betekende niet dat haar vader niet liet blijken dat ze maar te doen had wat hij haar opdroeg. Kennelijk was hij er ten stelligste van overtuigd dat hij alleen maar trots op zijn dochter kon zijn als hij zijn zin kreeg en Anne daadwerkelijk met de molenaar van die andere watermolen trouwde.

Er kwam een moment dat haar vader uitgeput sliep, na een doorwaakte nacht met aldoor draaiende wind, die dan eens stormachtig over het land joeg en op andere momenten bijna helemaal wegviel. Juist dan moest een molenaar alert blijven. Als het constant waaide en de molen maalde, dan ging vader gerust slapen. Hij hing dan een klomp aan een touwtje aan de winstille kant van de molen. Als de wind dan draaide, begon de klomp tegen de molen te klapperen en van het geluid dat daardoor ontstond, werd vader dan wakker. Dan stond hij op om de kop van de molen weer op de juiste windrichting te kruien. Om te zwichten, dus minder zeil op de wieken, of er juist meer zeil bij te zetten, dat was in het donker gevaarlijk. Verraderlijker waren de windvlagen, waarbij een molenaar maar moest gokken of het verstandig was de wieken bedekt met zeil te laten draaien of juist niet. Meerdere keren moest Anne aan de andere kant helpen met afzeilen, wat inhield dat het zeil van de hekken moest worden gehaald, omdat het harder ging waaien. Het zeil moest, als dat weer gedroogd was, zorgvuldig worden opgerold. Ook dat was zwaar werk. Maar als haar vader overdag slaap inhaalde en zij lette op de molen, terwijl ze alleen rondliep om na te gaan of alles ging zoals het moest gaan, dan voelde ze zich gelukkig. Ja, als ze aan dat gevoel dacht, besefte ze dat het zo gek nog niet was, te trouwen met een molenaar als Jaap Clements. Maar dat haar vader er zo op aandrong zonder dat er gevoelens bij om de hoek kwamen kijken, maakte haar aan de andere kant koppig en weerbarstig.

Soms dacht ze aan Sien. Haar zusje was lang niet meer zo gelukkig als in de eerste weken van haar huwelijk, dat was Anne wel duidelijk geworden. Sien had in de afgelopen tijd geleerd dat een huwelijk ook een andere kant kon hebben, zeker als een vrouw getrouwd was met een man die zichzelf niet in de hand had als het om drank ging. Een getrouwde vrouw had veel verantwoordelijkheden. Een man, die op tijd eten moest hebben als hij tussen de middag moe gewerkt naar zijn huis kwam, of ze zelf moe was of niet. Nu Siens zwangerschap vorderde, viel het leven haar elke dag zwaarder, leek het wel. En Adrie was lang niet zo aardig, vrolijk en gemakkelijk als haar zusje afgelopen winter tijdens hun vrijerij had gedacht. Misschien was Sien naïef geweest door te denken dat het leven als zijn vrouw een groot feest zou zijn. Als Anne erover nadacht, kende ze goedbeschouwd maar weinig vrouwen die na jaren huwelijk nog liefdevol naar hun man keken. Ja, tante Marie, die wel, maar die had haar eigen tegenslagen en verdriet te incasseren gekregen, want ze was nooit moeder geworden en ze werd vanzelfsprekend ook nooit grootmoeder, iets was ze deze dagen sterker voelde, nu haar zus Aagt op het punt stond grootmoeder te worden. Ze had onlangs een paar opmerkingen gemaakt waaruit Anne dat op had kunnen maken.

Anne leefde op toen de zon eindelijk weer door de wolken brak. Nee, het betekende niet meteen dat het werk nu voorbij was, want voorlopig gaf de peilschaal nog een veel te hoge waterstand aan en dus betekende dat, dat de molen bleef draaien. Maar de wind werd rustiger, tot die zelfs bijna wegviel en zonder wind kon de molen niet malen, zelfs niet al stonden op het land overal grote plassen water. Op vrijdagmiddag viel de wind zelfs helemaal weg. Haar vader lag al snel te snurken in de bedstee, om wat achterstallige slaap in te halen. Haar moeder meende dat Anne alsnog naar tante Marie moest gaan om daar te helpen, maar het meisje protesteerde. 'Ik heb vader geholpen waar ik kan, moe. Ik ben ook moe, en ik ga ook rusten.'

Haar moeder had het hart niet dat ze zich daartegen verzette.

Ze moest in slaap gevallen zijn, want ze werd wakker van vreemde stemmen buiten en het duurde even eer het tot haar doordrong dat het Jaap Clements was, die naar de molen was gekomen. Haastig trok ze haar rok en blouse naar zich toe en even later friste ze in het keukentje haar gezicht op. Nauwelijks was ze daarmee klaar en had ze een kom koffie ingeschonken uit de ketel die op een laag gedraaid petroleumstel stond om warm te blijven, of hij kwam binnen. De klok wees vier uur aan en ze had een duf hoofd overgehouden aan haar middagdutje. Jaap leek nergens moe van te zijn geworden, flitste het nog door haar hoofd. Ze nam juist een slok van het vocht, in de hoop dat haar hoofd er weer wat helderder door zou worden, toen hij de kamer van de molen binnenstapte. Hij was alleen.

'Dag Anne. Je begrijpt wel dat ik net zo druk was met malen als jullie, zodat ik een poosje niet kon komen.'

Ze knikte stom. 'Moet je niet helpen op het gemaal? Daar zal harder gewerkt worden dan ooit, nu de wind is gaan liggen.'

'Als het morgen nog niet gaat waaien, ga ik daar werken. Het is te hopen dat de molens weer snel kunnen gaan malen, nu het zo nat is op het land. Ik heb je gemist.'

Ze had hem eerlijk gezegd in het geheel niet gemist, maar dat durfde ze vanzelfsprekend niet te zeggen. 'Je hebt het even druk gehad als wij hier. Ik heb vader meermalen moeten helpen. Johan is nog zo jong.'

'Ik had een helpende hand ook best kunnen gebruiken. Ik ben halve nachten op geweest. Ik heb in de afgelopen nachten met de steeds wisselende windrichtingen en toenemende of juist weer afnemende wind maar weinig kunnen slapen. Dan dacht ik eraan dat het prettig is dat er straks een vrouw komt, die een beetje voor me zorgt.'

Ze bloosde en voelde verzet opkomen omdat hij kennelijk voetstoots aannam dat ze uiteindelijk wel ja zou gaan zeggen, als hij haar een aanzoek ging doen. Anne rechtte haar rug en keek afwerend. 'Had je een boodschap voor mijn vader, dat je midden op de dag hierheen bent gekomen?'

'Nee.' Zijn felblauwe ogen namen haar onderzoekend op. 'Zoals ik al heb gezegd, ik miste je. Je hebt de afgelopen periode tijd genoeg gehad om na te denken, Anne. Nu ben ik gekomen om je beslissing te horen. Gaan we trouwen, jij en ik?'

Ze werd totaal door zijn vraag overvallen. Ze hield haar adem in van schrik en het kon niet anders of hij moest dat merken. Dus keek ze hem aan, een beetje bang en tegelijkertijd ook omdat ze zich niet als een mak lammetje naar de slachtbank wilde laten leiden, al was dat natuurlijk een nare vergelijking als het om een huwelijk ging, dat inderdaad, zoals vader steeds herhaalde, passend zou zijn.

'Ik kan maar niet tot een beslissing komen,' probeerde ze. 'Het gaat allemaal veel te snel.'

'Vind je dat? Zoals ik al zei, je hebt nu een paar weken de tijd gehad om na te denken. Als dat niet voldoende is om tot een beslissing te komen, dan moeten er onoverkomelijke bezwaren van jouw kant zijn, en in plaats van beledigd weg te lopen omdat ik kennelijk als vrijer word versmaad, zou ik liever eerlijk willen vernemen waarop jouw resterende tegenzin nog berust. Ik dacht namelijk dat we al het een en ander hadden uitgesproken. Dan moet er nog iets anders zijn. Hoort je hart toch aan iemand anders toe, Anne? Heb je over je bezwaren met je vader gesproken?'

Ze ging er maar bij zitten en voelde zich ineens moedeloos en verslagen. 'Er is geen ander. Als het over dat huwelijk met jou gaat, is er wat mijn vader betreft helaas niets te bespreken. Ik heb eenvoudig de opdracht gekregen met jou te gaan trouwen, en dat is nog steeds het grootste obstakel.' Ze wist zelf niet hoe het kwam dat ze zo ongenadig eerlijk tegen hem was, het moest wel haar duffe hoofd zijn, nadat ze anderhalf uur lang diep en uitgeput geslapen had. Maar het voelde eigenlijk best goed om gewoon te kunnen zeggen wat ze van de situatie dacht. 'Er is echt niemand anders. Die is er nooit geweest nadat mijn verloofde Constant is gestorven, maar de wetenschap dat ik gedwongen word een richting op te gaan waar ik zelf niets over te zeggen hebt, roept een sterk verzet in me op.'

Zijn ogen gleden onderzoekend over haar heen. 'Je verzet je dus meer tegen je vader dan tegen mij? Mag ik het zo opvatten?' Hij was eveneens gaan zitten. Zijn ogen stonden trouwhartig.

Ze durfde hem nauwelijks aan te kijken. 'Zo zou je het kunnen noemen. Jou ken ik nauwelijks en het beangstigt me mijn leven onverbrekelijk te verbinden aan iemand die toch een vreemde is.'

'Had je dergelijke bedenkingen ook tegen je vroegere verloofde? Of kende je die beter?'

'Niet toen hij werk van me begon te maken,' moest ze schoorvoetend toegeven. 'Maar hij maakte iets los in mijn hart en nu...' Ze bloosde en keek betrapt van hem weg.

'Dat is dus duidelijk. Ik wek geen enkele genegenheid in je op.' Het klonk als het vaststellen van een feit, gelukkig niet als een verwijt, en daardoor ontspande ze toch min of meer. 'Kijk Anne, ik ben aan hertrouwen gaan denken omdat ik een thuis wil, een vrouw die voor me zorgt. Mijn kinderen moeten bij mij opgroeien en ik hoop te zijner tijd alsnog een zoon te krijgen, een verlangen dat de meeste mannen hebben als ze trouwen. Een opvolger. Jij lijkt me een lieve vrouw toe, je wordt zonder enige twijfel een goede huisvrouw en je bent een molenaarsdochter. Bij mij gaven die overwegingen de doorslag. Dat zou bij jou ook het geval kunnen zijn. Ik heb geen moment verwacht dat je genegenheid voor mij zou hebben opgevat. Kunnen we misschien toch nog de zaak beklinken, Anne, als zijnde een verstandig besluit waar we uiteindelijk allebei wel bij kunnen varen? Gewoon omdat we daar beiden bij gebaat zijn, er beiden bij zullen winnen? Natuurlijk kun je nog jaren gaan zitten wachten, tot je heel misschien voor een tweede keer je hart verliest, maar of dat moment ooit komt? Wil je misschien de rest van je leven toch liever alleen blijven, omdat niemand in de schaduw van een gekoesterde herinnering kan staan? Nu, dat wil ik niet. Ik kan niet leven alleen door terug te denken aan warmte die ik in het verleden heb gekend, maar die nu voorgoed verdwenen is. Ik wil evengoed in het heden leven en het goed hebben. Voor zover ik je heb leren kennen, zouden wij het zeker goed met elkaar kunnen hebben, jij en ik samen. Maar als je een afkeer voelt voor mij als persoon, houd me dan niet langer aan het lijntje en zeg dat eerlijk, want dan is het voortzetten van dit gesprek of zelfs de hele vrijerij compleet zinloos. Heb je een hekel aan me? Voel je afkeer voor me?'

'Nee, dat niet, maar…'

'Ja, wat maar?'

Ze keek hem hulpeloos aan en haalde haar schouders op. 'Ik weet het gewoon niet. Ik voel me verplicht, en dan nog wel tot iets dat ik niet zelf kies, maar dat ik moet doen van mijn vader.'

Op dat moment ging de deur open. Haar vader kwam met een overtuigd gezicht de molen binnen. 'Is de zaak nu beklonken, kinderen?'

De jongere man keek van vader naar dochter. 'Zeg het maar, Anne? Dit is het moment. Ik ga niet langer wachten op je antwoord dan vandaag. Komt er een huwelijk of niet?'

Er kroop een brok in haar keel toen ze haar vader zag schrikken. 'Natuurlijk komt dat huwelijk er. Niet, Anne?'

'Ik weet het echt niet.'

Jaap slaakte een zucht. 'Dat is dan jammer. Dan ga ik maar. Ik wens u allemaal het beste, maar een vrouw die mij niet wil, die ga ik niet dwingen en ik ga geen jaren verdoen door daar eindeloos op te wachten. Wie dat doet, vindt de hel op aarde, is mijn stellige overtuiging. Het is jammer, Anne. Ik vind De Koe een prachtige molen en ik was er stellig van overtuigd dat jij dat ook zou vinden. Dat we daar beiden zouden passen.'

'Maar ik wijs het ook niet af, ik weet het alleen niet.'

Hij aarzelde toch. 'Nu of nooit. Ja of nee?'

Ze dacht aan wat tante had gezegd. Ze dacht in een flits ook aan haar angst om over te schieten en in de toekomst afhankelijk te worden van haar ouders of later haar broer. Nee, een vrouw moest een eigen huis hebben, eigen kinderen. Tante had overigens eens gezegd dat een verloving altijd nog verbroken kon worden, en als Jaap nu wegging, dan...

'Goed dan,' nam ze een beslissing zonder verder nog na te willen denken. Dat zou ze later nog wel doen. Het was nog steeds zomer. Ze was nog niet getrouwd. Ze was nog lang niet getrouwd!

Twee mannengezichten ontspanden en vertoonden opluchting. Jaap glimlachte zelfs. Nee, zelf was ze helemaal niet blij. Zelf was ze alleen maar onzeker. Mannen als vader en Jaap zetten haar voor het blok, en daar had ze een hekel aan, maar tegelijkertijd was ze zich op dat moment haarscherp bewust van de ultieme angst van alle vrouwen: overschieten, een oude vrijster worden genoemd. De meeste meisjes van haar leeftijd waren inderdaad al getrouwd. Zelfs haar jongere zus was al getrouwd en zou over een paar weken moeder worden. Haar vader riep om moeder en schonk een borreltje in voor hemzelf en voor Jaap. De laatste kwam naar haar toe en pakte haar hand. 'Dank je Anne, ik ben heel blij met je beslissing. Ik zal alles doen wat in mijn vermogen ligt, om ervoor te zorgen dat je een goed leven bij mij krijgt.'

Ze kon slechts sprakeloos knikken en verzette zich niet toen hij haar op de wang zoende.

Hij stond een uurtje later op het punt van vertrekken toen Adrie de molen binnen stormde. 'Ze hebben me laten roepen. Het is begonnen voor Sien. Ze wil jou erbij hebben, Anne.'

'Ik ga ook mee,' besliste haar moeder. 'Het is nog weken te vroeg. Ga jij maar om de baker, Adrie. Een eerste kind heeft tijd nodig, maar het is beter als ze al gewaarschuwd is. Heeft ze weeën?'

Hij knikte. 'Lelijke krampen, en de vliezen zijn ook al gebroken, net voor ik wegging. Ik ben eerst naar tante Marie gerend, maar die weet vanzelfsprekend niets van bevallingen.'

'We komen. Vader, smeer zelf maar een boterham als we er met etenstijd niet zijn,' kreeg de oudere man nog te horen en Jaap pakte in het voorbijgaan nogmaals haar hand. 'Dank je, Anne. Ik kom morgenavond terug. Dan gaan we plannen maken.'

Ze knikte maar wat en het drong niet echt tot haar door wat hij daarmee bedoelde.

Ze liepen zo snel ze konden. Anne hijgde slechts licht toen ze de landweg afliepen in de richting van de grote boerderij van De Bruijne, met daarnaast een drietal tegen elkaar aan gebouwde arbeidershuisjes en even verderop het kleine losstaande paarden-knechtshuisje waar Sien op het punt stond moeder te worden. Achttien was ze, net geworden. Dat was jong, maar zeker niet ongebruikelijk. Haar moeder moest langzamer gaan lopen omdat ze lelijke steken in haar zij kreeg, maar toch duurde het niet lang voor de twee vrouwen het huis van Sien binnenstapten. Ze lag in de bedstee en kreunde. Er biggelden tranen over haar wangen. Tante Marie stond op. 'Er staat al water op, Aagt. Ik ga maar. Hier kan ik toch niets doen.'

'Geef Adrie straks wat te eten en ons ook, als je wilt?' vroeg moeder. Toen streelde ze met haar hand over de natte wang van haar jongste dochter. 'Rustig maar, meisje. Nu zijn wij er. We hebben Adrie al naar de baker gestuurd. Het water staat al op en voor de rest kunnen we alleen maar geduld hebben. Om de hoeveel tijd komen de weeën?'

'Dat weet ik niet. Ik heb er niet op gelet, moeder. Ik moet er aldoor aan denken dat ik nu misschien dood ga.'

'Er sterven lang niet meer zo veel vrouwen in de kraam als vroeger. Kom nu, als je bang bent, moet je maar liever bidden. Toe, vouw je handen en sluit je ogen. God helpt de mensen altijd uit hun nood, probeer daar maar aan te denken.'

Sien probeerde het, maar een wee verstoorde het stille gebed. 'Au... au-au.'

Naarmate de pijnen heviger werden, werd Sien vreemd genoeg minder bang. Adrie keek nog even met een wit gezicht om de hoek, maar werd meteen door de inmiddels gearriveerde baker weg gejaagd. 'Weg jij, mannen bij een kraambed, dat is niets gedaan. Ga maar eten bij je tante en als het kind er is, sturen we wel een boodschap. En jij ook naar buiten, meisje. Ga ook maar naar je tante, want aan jou hebben we hier evenmin iets.'

Anne werd eveneens weggestuurd, zoals dat gebeurde met ongetrouwde meisjes. Zou dat zijn omdat ze niet bang mocht worden van alles wat er bij een bevalling gebeurde? Ze had Sien zo veel pijn zien hebben. 'Ga jij maar, Adrie. Ik wacht hier buiten nog wat,' knikte ze tegen haar zwager. 'Het komt wel goed, en kijk alsjeblieft niet als een geslagen hond. Je bent straks vader. Als je iets voor Sien wilt doen, moet je maar liever ophouden met drinken.'

'Als alles maar goed gaat,' mompelde hij verslagen, zonder op die laatste opmerking in te gaan. 'Kijk maar naar Clements. Ik kan Sien verliezen en dat wil ik niet, Anne. Ik geef heel veel om haar.'

Ze moest tegen wil en dank glimlachen. 'Dat is goed.'

Een klein halfuur later hoorde ze Sien gillen als een varken dat de doodssteek kreeg. Anne huiverde over heel haar lichaam. Tien minuten later kwam haar moeder glimlachend naar buiten. Ze schrok op toen ze Anne zag. Het was inmiddels al acht uur in de avond geworden. Ze had er niet aan gedacht dat ze moest eten of wat dan ook.

'Sien heeft een zoon, een gezonde jongen, en het is wonderbaarlijk gemakkelijk en snel gegaan voor een eerste kind,' lachte haar moeder.

Anne huiverde opnieuw. Ze hoorde Sien als het ware opnieuw krijsen. En dat heette snel en gemakkelijk? Wat moest een moeilijke bevalling dan wel niet zijn?

6

Toen de baby gewassen en ingebakerd was, mocht de familie naar het jongetje komen kijken. Zoals te verwachten was, werd hij naar zijn grootvader vernoemd en zou daarom door het leven gaan als Jan van der Panne. Anne was er een beetje bang voor om naar Sien te kijken, maar tot haar stomme verbazing was van pijn en ontzetting over de bevalling niets meer te merken. Sien straalde gewoon!

Een gezond kindje, ruim zeven pond, alles erop en eraan. Adrie glunderde van prille vadertrots. 'Wil je hem misschien even vasthouden?' vroeg Sien aan Anne, nadat de trotse grootmoeder als eerste de baby van haar had overgenomen.

Anne knikte stom. 'Je lijkt zo blij, maar eerder hoorde ik je zo hard gillen dat ik er bang van werd.'

'Zo gaat dat altijd. Een bevalling ben je zo vergeten,' glimlachte haar moeder. 'Staat je goed, Anne, zo'n zuigeling in de armen.'

Ze bloosde en gaf de boreling haastig aan haar jongere zus terug. Maar of ze het wilde of niet, er was op dat moment een bepaald gevoel in haar wakker geworden dat zich niet langer liet negeren. Ze wilde zelf graag een kind hebben. Ze wilde moeder worden, net als Sien, maar dat kon vanzelfsprekend alleen als er eerst getrouwd werd. Veel keus had ze niet. Als ze een gezin en een eigen huishouding wilde, zat er niets anders op dan zich niet langer te verzetten tegen het huwelijk met Jaap Clements, ook al hield ze in het geheel niet van de man en bleef ze hem zien als een soort ongewenste vreemdeling.

Ze nam de hele zaterdag de tijd om daar grondig over na te denken. Toen hij die avond zoals beloofd weer zijn opwachting maakte, had ze een bepaalde berusting gevonden. Haar ouders wilden dit huwelijk. Andere kansen waren er niet en zouden hoogstwaarschijnlijk ook niet meer komen. Hij stond haar niet tegen, ook al hield ze totaal niet van hem. Ze zag er huizenhoog tegenop dat ze meteen voor zijn twee dochtertjes zou moeten gaan zorgen, vreemde kinderen, kinderen die ze niet kende en die de dochters waren van een andere vrouw. Maar aan de andere kant was De Koe een prachtige molen en zou ze daarom goed terecht komen. Jaap verdiende extra loon bij het stoomgemaal en net als haar vader viste hij graag. Ook daarmee verdiende een watermolenaar een paar mooie centen bij. In de stad, zoals het dichtbijgelegen Zierikzee eenvoudig door de mensen in de streek werd genoemd, vond paling altijd gretig aftrek. Het Schouwse palingbrood was een gewild streekgerecht. Ze moest gewoon verstandig zijn. Dat was het. Aan Sien kon ze zien dat een huwelijk uit liefde niet altijd gelukkiger hoefde uit te pakken dan huwelijken die om een andere reden werden gesloten. Jaap was een rustige man zonder grote ondeugden. Hij dronk niet bovenmatig. Ze had er nooit iets over horen vertellen dat hij bijvoorbeeld onverstandig met zijn geld omging. Hij had geen opvliegend karakter of loszittende handen, en joeg niet achter allerlei vreemde vrouwen aan, zoals de zoon van boer De Bruijne dat deed, die volgens zeggen al eens een dienstmeisje in de problemen had gebracht, zonder met het arme kind te willen trouwen toen zijn lichtzinnigheid eenmaal de te verwachten gevolgen had gekregen. Ze moest dus verstandig zijn. Toen Jaap na een kom koffie en een snee krentenbrood voorstelde nog even een ommetje te maken, stond ze dus gelaten op. Ze had haar beslissing genomen, besefte ze. Ze betaalde een prijs, maar had niet alles in het leven zijn prijs?

Toen hij er even later naar vroeg of ze misschien nog sinds hun vorige ontmoeting op haar genomen besluit teruggekomen was, kon ze hem dus naar eer en geweten aankijken. 'Het is goed, Jaap. Ik zal met je trouwen, gewoon omdat mijn vader dat graag wil en het inderdaad een verstandig besluit is. Als je daar tevreden mee bent, maak ik er niet langer bezwaren tegen om je vrouw te worden.'

'Dat heb je wel gedaan.'

Ze knikte. 'Mijn vader probeerde me te dwingen en daar moest hij liever niet mee aankomen. Dat heeft me diep gekwetst en dat neem ik hem inderdaad kwalijk. Daar ben ik nog steeds niet helemaal overheen gestapt.'

'Hij bedoelde het goed.'

'Niettemin, hij had zijn goede bedoelingen uit kunnen leggen, in plaats van mijn toestemming te eisen.'

Jaap bleef staan en zijn bijzondere blauwe ogen keken haar onderzoekend aan. 'Weet je het wel echt zeker?'

Ze dacht aan wat tante had gezegd, dat een verloving nog geen huwelijk was, en ineens besefte ze dat het voor hem net zo onzeker was.

Ze keek hem recht in de ogen. 'Bij jou is het ook een verstandelijke overweging, Jaap. Jij wilt je dochters zien opgroeien. Je mist ze. Om dat te kunnen bereiken, heb je een vrouw nodig, en het is handig als die vrouw ook een beetje overweg kan met de molen en alles wat daarbij komt kijken.'

'Eh, ja. Ik zou het niet direct zo stellen, maar het komt er wel op neer.'

'Ik benoem het zoals het is. Dat geeft duidelijkheid en wekt geen valse verwachtingen.'

'Goed dan, Anne. Zou je er bezwaar tegen hebben om in december met me te trouwen?'

'Waarom juist dan?'

'Dan zijn we met Kerstmis een gezin. Het voorjaar is nog zo ver weg.'

'Goed, dan zullen we inderdaad met Kerstmis met zijn vieren zijn. Ik hoop dat ik je niet teleurstel.'

Hij moest glimlachen. 'Dat geldt andersom ook. Ik beloof je plechtig dat ik mijn vieze sokken niet overal op de grond zal laten slingeren.'

Ze wist niet of hij dat meende of dat het daadwerkelijk een grapje was. 'Dan kunnen we het nu aan mijn ouders gaan vertellen.'

Hij knikte. 'De volgende keer dat ik mijn zuster, Clara, op ga zoeken, wil ik je graag meenemen om met de kinderen kennis te maken, en ook met mijn bejaarde vader en mijn broer die op de molen wonen.'

'Ja, dat is wel verstandig. Als ik niet met je kinderen op kan schieten, komt alles toch weer op losse schroeven te staan. Ga je nu mee naar binnen?'

'Eerst nog iets anders.'

Voor ze het kon verhinderen, sloeg hij een arm om haar heen en plantte hij zijn mond vol op die van haar. Ze voelde er niets bij, maar het stond haar ook niet tegen. Hoe anders was dat destijds geweest met Constant! Maar dat was voorbij, voor altijd voorbij. Hij leefde niet meer. Ze moest verstandig zijn. Ze zou een rustig huwelijk krijgen en in een mooie molen gaan wonen, vlak bij de streek waar ze was geboren en opgegroeid. Tevredenheid, dat was een goed ding, vertelde tante Marie graag. Zij had ook niet alles gekregen in het leven waar ze als meisje van had gedroomd, maar ze was wel tevreden met hoe het nu was. Zover zou Anne ook willen komen, maar dat vergde nog wel even tijd, besefte ze. Berusting moest groeien en dat vroeg tijd.

Een week voor Kerstmis trouwden ze. Met gemengde gevoelens, nog steeds, klom Anne op die kille wintermorgen in de geleende sjees van boer De Bruijne, gekleed in een nieuwe zondagse japon, met een kanten sluiermuts op het hoofd en een warme omslagdoek om zich heen getrokken, nog steeds bevangen door twijfel of ze hier nu wel goed aan deed. Het hart was leeg, besefte ze. Op het moment dat Adrie op de bok van de sjees het paard met het klakken van zijn tong in beweging zette, keek ze door haar wimpers naar de man die inmiddels met een brede lach om zijn mond naast haar in het rijtuig zat.

Het was haar trouwdag. Ze was op weg naar het dorp, om haar jawoord te geven aan een man op wie ze weliswaar niets tegen had, maar tot wie ze zich evenmin aangetrokken voelde. Ze was op weg om een stap te zetten die niet terug te draaien viel. Ze wendde haastig haar ogen af van de man naast haar en keek achterom. De sjees reed stapvoets. Achter hen liep de rest van de familie. Kleine Jantje, de baby van Sien, was in het huisje van tante achtergebleven. Een zusje van Adrie paste op opoe en de kinderen. Ook de tweeling van Jaap, Elly en Evelien, was daar zolang ondergebracht. Johan was vanzelfsprekend groot genoeg om bij het huwelijk aanwezig te zijn. Ze zouden na de kerkdienst daar allemaal terugkomen. Tante had soep gekookt en er was een broodmaaltijd. Dat was alles. Een bescheiden bruiloft. Het was eenvoudig zonde om veel geld uit te geven aan uitgebreide feestelijkheden. Dat kon nuttiger worden besteed. Anne zuchtte.

'Zenuwachtig?' klonk het onmiddellijk naast haar.

'Jij niet dan?'

Hij haalde lichtjes zijn schouders op. 'Ik ben alleen maar blij dat het eindelijk zover is.'

Hij had reikhalzend naar deze dag uitgezien, besefte ze. Zelf had ze er voornamelijk tegenop gezien, juist vanwege het dubbele gevoel dat haar zelfs nu nog in de greep hield. Ze hoorde tante Maries lach boven al het andere lawaai uitklinken. Nog was er een uitweg, flitste het even door haar hoofd. Nog had ze haar jawoord niet gegeven. Als ze dat eenmaal had gedaan, dan was er echt geen ontsnappen meer mogelijk. Nog had ze tijd om zich te bedenken.

Maar toen werd ze rustiger. En wat dan? Mee terug met vader en moeder, met schande overladen? Overschieten en een oude vrijster worden? Nooit een kindje van zichzelf krijgen? Ach nee, dit soort gedachten had ze de afgelopen tijd honderden keren gehad. Jaap was een goede man, ze kwam op een mooie molen te wonen. Het was gewoon een verstandige keuze om hem straks haar jawoord te geven. Ze had zijn kinderen inmiddels twee keer ontmoet. Het waren rustige, aardige meisjes. Ze leken sprekend op elkaar en ook op Jaap. Gelukkig leken ze niet op de onbekende vrouw met wie hij eerder getrouwd was geweest en die zo smartelijk was gestorven, zonder ooit de kans te hebben gehad haar eigen kinderen op te zien groeien. Ze voelde hoe zijn hand die van haar pakte. Hij keek haar zijdelings met een glimlach aan. 'Je kijkt zo zorgelijk, Anne. Je hoeft nergens bang voor te zijn.'

Doelde hij nu op de onvermijdelijke huwelijksnacht, waar ze misschien nog meer tegenop zag dan tegen de eigenlijke trouwerij? Ach, ze piekerde domweg te veel! Dat was het.

Ze glimlachte onzeker. 'Het is koud om stil te zitten in de sjees.'

'Het is aardig van De Bruijne om op onze trouwdag met de sjees naar de kerk te mogen rijden.'

'Ik heb nooit eerder in een rijtuig gezeten, jij wel?'

Hij lachte breder. 'Niet zo deftig. Dat kan ook alleen omdat Adrie op die boerderij de paardenknecht is en kennelijk een potje kan breken bij zijn boer.'

'Ja, hij schijnt een goede kracht te zijn. Hij is soms dronken, zegt Sien, maar gelukkig nooit als hij met de paarden in de weer is.'

'Zoals ik een goede molenaar ben, en jij een goede molenaarsvrouw.'

Ze knikte maar wat. Achter hen liepen de mensen stevig door, maar niet lang daarna gingen de voetgangers zoals gebruikelijk dwars door de weilanden op het dorp aan, omdat dat veel dichterbij was dan de slingerende landwegen te moeten volgen van het Schouwse land.

In het dorp waren veel mensen uitgelopen om de bruid te zien. De plechtigheid in het gemeentehuis was kort en sober. Ze werden door de burgemeester getrouwd en vandaar was het snel oversteken naar de kerk, waar hun huwelijk zou worden ingezegend. De dienst was sober en soms een beetje langdradig, geheel in de stijl van hun eigen dominee. Er waren mensen in het dorp die de dominee te licht vonden, maar die waren er altijd. Hun huwelijkstekst kwam uit de bergrede en Anne probeerde dapper haar aandacht bij de woorden van de dominee te houden. Ze stond op om haar hand in die van Jaap te leggen. Nee, op dit moment was er geen weg meer terug, wist ze. Op het gemeentehuis was haar jawoord het moment geweest dat haar leven voorgoed veranderd had, maar nu pas, toen ze dat in de kerk herhaalde, voelde ze dat echt vanbinnen. Nu was ze getrouwd. Nu was er geen weg meer terug. Haar leven lag vast. Ze voelde hoe Jaap naar haar keek. Er lag een gelukkige blik in zijn ogen en dat ontroerde haar toch wel. Ja, het was goed. Ze was getrouwd. Ze had een gezin. Ze woonde op een watermolen. Dat alles was goed en als haar hart opnieuw vreemde dingen begon te zeggen, moest ze dat maar liever meteen naast zich neerleggen. Ze knielden en ontvingen de zegen. Op dat moment werd Anne pas echt rustig.

Natuurlijk werden er bruidssuikers gestrooid bij het verlaten van de kerk. Vanzelfsprekend moest de familie opnieuw een flink eind teruglopen naar het huis van tante Marie, maar dat waren ze immers gewend. Wie op het platteland woonde, moest op zondag altijd een flinke wandeling maken om in de kerk te komen, als je ver weg woonde kon het vaak niet anders dan dat je slechts een dienst bijwoonde, maar als het kon, werd er van de mensen verwacht beide zondagse diensten in de kerk te zitten, en er werd altijd scherp op gelet of iemand verstek liet gaan en of dit mogelijk zelfs onnodig was, want dan kwam er wel een ouderling langs om te vragen waarom iemand niet aan zijn verplichting had voldaan. Anne huiverde. Er was een kille wind op gestoken. Haar adem kwam in kleine wolkjes. Ze moest weer stilzitten in de sjees, waar ze diep in haar hart misschien veel liever gelopen had net als de anderen, daar werd je weer warm van en een stevig eind lopen was goed tegen de zenuwen, dat ook. Ze was gek genoeg nog steeds zenuwachtig, maar haar lot lag nu vast en tijd voor gekke gedachten, zoals toen ze van de molen vertrokken waren, was er niet langer.

In stilzwijgen waren ze teruggereden. Ze kwamen eerder aan dan degenen die met de benenwagen terug moesten komen. Hendrien, het zusje van Adrie, lachte verlegen toen ze Anne en Jaap feliciteerde. De twee kleine meisjes moesten op bevel van hun vader hun nieuwe moeder een kus op de wang geven. Ze waren erg verlegen, besefte Anne niet voor de eerste keer. Het zou tijd vergen eer ze over en weer aan elkaar gewend waren. Opoe lag in de bedstee. Het ging niet goed met haar en tante maakte zich grote zorgen. Opoe besefte niet zo goed meer dat haar oudste kleindochter vandaag trouwde. Ze hoestte bovendien om de paar minuten hartverscheurend. Anne stak haar handen uit naar de brandende kachel om weer warm te worden. Jaap stak haar een cognacje met suiker toe. 'Drink maar op, dat helpt bij het warm worden.'

Ze aarzelde. 'Ik hou helemaal niet van cognac met suiker.'

'Het helpt tegen de kou.' Zelf sloeg hij in een teug het kleine borrelglaasje achterover dat hij voor zichzelf had gevuld. 'Ziezo. Ik ben blij dat we eindelijk getrouwd zijn, Anne.'

Ze knikte maar wat. Wat kon ze anders doen?

De rest van de dag was als een roes aan haar voorbijgegaan. De warme kippensoep smaakte heerlijk. Het brood en krentenbrood verdwenen als sneeuw voor de zon, begrijpelijk na een lange koude wandeling. Anne huiverde niet langer toen ze eenmaal warme soep gegeten had. Haar vader zat trots naar haar te lachen. Waarom stak zijn tevredenheid haar nu nog steeds? Boer De Bruijne kwam langs met zijn vrouw om hen te feliciteren en hij ook was het, als ouderling, die een lang tafelgebed uitsprak, waarin werd gevraagd om de zegen over dit pasgesloten huwelijk. Er werd gelachen om een gedicht dat de zus van Jaap voordroeg, samen met haar man Cor Kik. Zij was het, die in Sirjansland woonde en de kinderen tot vandaag had verzorgd en opgevoed. Nee, ze zouden vannacht niet alleen in de molen zijn. Gisteren was zijn familie al aangekomen en morgen zouden ze pas weer vertrekken. Ze zouden boven slapen in de bedsteden en zelfs op de nog hoger gelegen verdieping van de zolder, al was dat laatste geen pretje in de rook van de kachel. Na het eten werd er afscheid genomen en Anne moest haar vader en moeder en haar broertje Johan gedag zeggen. Elly en Evelien hadden nog geen oog voor hun nieuwe moeder, maar liepen vrolijk kwebbelend met hun vertrouwde tante Clara mee, de vrouw die ze weliswaar tante noemden, maar die eigenlijk van het begin af als een moeder voor ze had gezorgd.

Het was niet al te ver lopen naar de andere molen en de beweging deed Anne goed. Ze werd er warm van en haar hart begon ondanks de spanning rustiger te kloppen.

In de molen was alles opgeruimd. Er hing een papier boven de deur met 'Leve het bruidspaar', er hingen vlaggen in de wieken van de molen, die vanzelfsprekend in de vreugdestand was gezet. Onder luid gelach van haar nieuwe familieleden, waarvan ze verschillende vandaag pas voor het eerst ontmoette, droeg Jaap haar over de drempel haar nieuwe thuis in.

Het was er kil. Behendig pookte Jaap de sleekachel in de kamer op. Onwennig ging Anne zitten op de versierde stoel die op haar wachtte. 'Die hebben we vanmorgen versierd, voor we jullie op gingen halen,' lachte Clara vriendelijk. 'We zijn gisteravond de hele avond bezig geweest om papieren rozen te maken.' Jaap had een zus en een broer. Zijn moeder leefde al jaren niet meer. Zijn vader woonde bij de broer van Jaap in de molen. Anne was wel blij geweest niet ook nog eens schoonouders in huis te krijgen waar ze voor moest zorgen zolang die bleven leven. Ze zag bij tante Marie dat het lang niet altijd gemakkelijk was, die zorg, als ouders ziek werden en veel verzorging of aandacht nodig hadden. Vanzelfsprekend liep Clements al snel met Rien, de oudste zoon van Clara en Cor, waarover ze nog niet veel had horen spreken, en Jaap naar buiten. Ook Cor verdween achter hen aan. 'Praatjes over koetjes en kalfjes,' lachte Clara, die duidelijk haar best deed Anne op haar gemak te stellen. 'Zit je lekker, Anne? Ik ben zo blij dat Jaap eindelijk weer getrouwd is.'

Ze knikte. 'Hoe was ze eigenlijk, Elly?' vroeg ze aarzelend.

Omdat de moeder was overleden voor Jaap aangifte had gedaan van de geboorte, was de eerstgeborene van de tweeling naar haar moeder vernoemd, wist ze inmiddels. Dat was een zware gang geweest voor haar man, besefte Anne. Op een en dezelfde dag aangifte doen van het overlijden van je vrouw en de geboorte van twee kinderen, maar het was een gang die niet ongebruikelijk was. Hoewel het minder vaak voorkwam dat kraamvrouwen stierven bij de bevalling dan in de tijd dat haar moeder haar had gebaard, gebeurde het toch nog geregeld.

Clara ging zitten en keek haar nieuwbakken schoonzus onderzoekend aan. 'Zit je dat dwars?'

'Dat is niet helemaal de juiste uitdrukking, maar ik denk er wel vaak aan.'

'Elly was rustig en kalm. De meisjes lijken wat karakter betreft meer op haar dan op hun vader. Jaap hield veel van haar, maar het is duidelijk te zien dat hij dat nu van jou doet.'

Ze bloosde en reageerde daar maar niet op. Clara ging verder. 'Dat is juist zo mooi met houden van, Anne. Het raakt nooit op. Er komt alleen maar steeds meer van.'

Ze bloosde verlegen. 'Wat zeg je dat mooi.'

Clara knikte. 'Ik hoop oprecht dat er een dag komt dat je net zo naar mijn broer kijkt als hij naar jou.'

Haar kleur werd dieper. 'Het is een verstandshuwelijk.'

'Dat zijn de eerste overwegingen geweest, maar mijn broer kreeg gevoelens voor je toen hij je beter leerde kennen.'

'Hij is aardig,' bracht Anne uit.

Clara knikte en haar ogen stonden lief, niet verwijtend. 'Dat heb ik gezien en hij heeft het ook gezegd. Maar jouw hart is nog niet zover.'

Anne bloosde. Gelukkig kwamen de mannen weer binnen. 'We gaan malen,' kondigde Jaap aan. 'Het water staat te hoog en we hebben nog een paar uur voor het donker wordt.'

De mannen verdwenen weer naar buiten. Twee zoons, hun vader

7

L ang had ze wakker gelegen in het donker van de vreemde bedstee, en geluisterd naar het eveneens vreemde geluid van zijn ademhaling en soms het lichte snurken pal naast haar.

Jaap had haar een zoen gegeven en zich omgedraaid, toen ze in de bedstee lagen. Meer niet. Daar piekerde ze over en tegelijkertijd was ze enorm opgelucht, want stel je voor dat er boven geluiden werden gehoord. Dat was iets waarvoor ze zich diep geschaamd zou hebben. Aan de andere kant zou ze de volgende avond opnieuw op van de zenuwen in de bedstee stappen, want wat nog moest gebeuren was vanzelfsprekend onvermijdelijk en ze was er bang voor omdat het onbekend was. Tante Marie had haar moederlijk toegefluisterd, een paar dagen geleden nog maar, dat mannen nu eenmaal plezier beleefden aan de dingen die in de bedstee gebeurden en dat vrouwen er verstandig aan deden dat zo kalm mogelijk te ondergaan. Het was als een storm die over een vrouw heen raasde en die snel genoeg weer uitdoofde, was haar te kennen gegeven. Tante kon het weten. Haar moeder had nergens over gerept, waarschijnlijk schaamde ze zich daar te veel voor. Maar Anne zag er nog steeds tegenop, enkel en alleen omdat het onbekend was. Hij was geen rustige slaper, stelde ze vast toen hij zich in zijn slaap voor de zoveelste keer op zijn andere zij draaide. Zonder er woorden aan vuil te maken, was hij achterin de bedstee gaan liggen, en zij lag voorin, zodat ze er 's nachts uit kon gaan als dat moest. Dat was bij de meeste echtparen zo. Als er eenmaal kinderen waren die hun moeder midden in de nacht nodig hadden, kon een vrouw zodoende gemakkelijk de bedstee verlaten zonder haar man onnodig wakker te maken. Mannen deden in bijna alle gevallen zwaar lichamelijk werk, die hadden hun rust dus hard nodig.

Op een gegeven moment moest ze toch in slaap gevallen zijn, want toen ze wakker werd omdat er een arm zwaar over haar heen lag, klonken er vreemde geluiden van voetstappen boven. Het was nog aardedonker, maar het was midden in de winter en dan werd het pas heel laat licht. De deurtjes die de bedstee overdag aan het zicht onttrokken, stonden in de nacht open. Dat scheen haar man prettiger te vinden. Haar man. Wat klonk dat raar, nog zo vreemd. Maar ja, ze was zijn vrouw en dat was voor altijd. Ze haalde diep adem en keek door haar wimpers naar zijn gezicht dat vlak naast haar op het kussen lag. Ze wist haar schrik over die ongewone intimiteit naar ze hoopte te verbergen.

Zijn ogen waren open en keken haar aan. 'Goedemorgen,' glimlachte hij. 'Ik heb heerlijk geslapen. Jij ook?'

Ze bloosde ervan, maar dat kon in het schemerduister van de bedstee niet te zien zijn. Ze durfde zich niet te verroeren. 'Gaat wel. Eerst lag ik een poos wakker van alle geluiden, die vreemd zijn.'

'Een molen is een molen.'

Gelukkig nam hij die arm van haar af en ging hij zitten. Haastig deed ze hetzelfde en zwaaide ze haar benen over de rand. Even later stond ze veilig bij hem vandaan op de grond. 'Elke molen is anders. Elk huis is anders. Het went wel, Jaap.'

Hij knikte. 'Het is kil hier. Wacht, ik zal eerst de lamp opsteken zodat je wat kunt zien. Daarna zal ik de kachel voor je oppoken.'

Even later brandde de olielamp op de tafel en kon ze meer onderscheiden dan wat vage contouren. Ze keek hem op zijn handen, want de asla legen en de kachel daarna oppoken zodat het smeulende vuur weer oplaaide, was eigenlijk haar werk, het eerste werk van de huisvrouw. Behendig gooide hij wat turven en kolen in de kachel. 'Ik zal je verwennen op de eerste dag van je nieuwe leven. Ik haal water uit het vat. Als ze boven de deur horen opengaan, weten ze meteen dat we wakker zijn, want ze houden zich al een hele tijd gedeisd om ons niet te storen.' Hij moest er zelf om lachen en Anne bloosde maar weer eens.

Hij had een watervat in de keuken en ervoor zorgen dat het water daarin vers was, was vanzelfsprekend zijn taak. Het was toch wel handig een man te hebben van wie de handen niet verkeerd stonden als het op het huishouden aankwam, besefte ze. Zodra hij de kamer had verlaten, haastte ze zich om wat water uit de lampetkan in de daarbij behorende schaal te gieten en de zeep te pakken uit het bakje om zich te wassen. Maar ze was er nog mee bezig toen hij weer binnenkwam en een snelle blik op haar wierp, zoals ze daar met ingezeepte armen in haar hemd stond. Ze spoelde met een vuurrood hoofd van verlegenheid de zeep van zich af en trok haar kleren naar zich toe.

Hij grinnikte. 'Het went snel genoeg, Anne. Je hoeft je niet verlegen te voelen.' Hij trok prompt zijn hemd uit en zomaar in zijn blote bast pakte hij de schaal met zeepwater om die bij het rad in de molen te legen en daarna te vullen met het laatste water uit de kan. Nog nooit had ze zich zo haastig aangekleed, maar daarna voelde ze zich eindelijk wat beter op haar gemak. Ze haastte zich naar de ruimte van nauwelijks twee vierkante meter die de weidse naam keuken droeg. Nu hij niet langer naar haar keek, draaide ze haar vlecht handig in een knot en ook maakte ze haar tanden schoon, spoelde haar mond om met een beetje water uit het vat. Ziezo. Daarna opende ze het luik dat de kelder afsloot. De kelder van de molen was vanzelfsprekend ook maar klein. Ze keek er onwennig rond, maar al snel had ze gevonden waar ze naar zocht. Brood, kaas, stroopvet en jam. Zou ze boter meenemen? Ze wist het niet, maar deed het toch. Ze zag een bruin vat met zoute bonen en een ander met zuurkool. Aardappelen zouden wel net als overal onder de bedstee liggen. Er hing een stuk spek aan een haak en er stond een pekelvat waarin nog meer vlees lag. Wel, ze zou vanavond wat te eten op tafel kunnen zetten. Ze hadden het nog niet over geld gehad. Dat zou wel moeten gebeuren. Thuis betaalde vader de rekeningen en boodschappen werden aan huis gebracht. Dat zou bij Jaap niet veel anders gaan. De meeste mannen vonden immers dat hun vrouwen te weinig verstand hadden om met geld om te kunnen gaan. Tante Marie had wel een beursje van zichzelf waar geld in zat, maar ze moest van oom wel alle bedragen opschrijven die ze uitgaf, die hij dan op zaterdagavond controleerde.

Met haar armen vol haastte Anne zich terug naar de ruimte in de molen waar het gezinsleven zich afspeelde. Jaap was nergens te bekennen. Clara keek haar echter glimlachend aan. 'Goedemorgen, Anne. We hebben gewacht met naar beneden komen tot we jullie hoorden. Lekker geslapen?'

Ze bloosde dat het een aard had, want de onderzoekende ogen van haar schoonzus waren erg genoeg.

'Ja, dank je.' Daarna haalde ze een gloednieuw tafellaken van haar uitzet tevoorschijn, dat ze op tafel uitspreidde. 'Toe maar, we gaan voor deftig,' lachte Clara vrolijk.

Ze keek onzeker. 'Is Jaap buiten?'

'Natuurlijk. De molen moet draaien. Er staat wind en het is winter. Cor en Rien helpen hem. Zal ik de meisjes gaan halen? Ze zijn al een hele tijd aangekleed.'

Anne knikte en ging verder met de tafel, waarop ze de levensmiddelen uitstalde. Ze pakte een paar borden, gewone witte borden, geen mooie zondagse. Omdat Jaap al eens getrouwd was geweest, had ze wel het idee dat ze nu leefde met de spullen van een andere vrouw. Daar zou ze het met Jaap over moeten hebben. Omdat ze zelf een uitzet had meegebracht, hadden ze nu veel te veel lakens, tafellakens en noem maar op. De kleine kast puilde daarom uit. Maar ze durfde uit eigen beweging geen spullen weg te doen die ooit aan een andere vrouw hadden behoord. Ze zou hem voorstellen, die spullen op te bergen in een kist met mottenballen, zodat de meisjes later het goed van hun moeder konden krijgen, als ze dat wilden. Dat alles schoot door haar hoofd terwijl Clara naar boven ging, waar de kinderen bij wijze van uitzondering hadden geslapen. Vanavond zouden ze gewoon in de andere bedstee in de kamer liggen, zoals ook Sien en zij in dezelfde kamer in een bedstee hadden gelegen als haar ouders. 'Goedemorgen, jongedames,' zei Anne even later glimlachend tegen de verlegen kijkende tweeling. 'Komen jullie maar vast aan tafel zitten, dan gaan we zo eten.'

'Jullie nieuwe moeder is al bezig om de tafel te dekken,' benoemde Clara de nieuwe situatie, die Anne toch weer verlegen een kleur deed krijgen. Ze sneed handig dikke sneden van het wittebrood af. Zou Jaap alleen wittebrood eten? Dat was duurder dan gewoon bruinbrood of roggebrood. Thuis aten ze alleen op zondag wittebrood. Ook dat moest ze hem vragen. Later.

Toen alles klaarstond en Jaap nog buiten was met zijn vader en zijn broer, hielp ze daarom de meisjes maar met het vlechten van hun haar, terwijl die haar verlegen aangaapten en pas ontspanden als ze het tegen tante Clara hadden. Begrijpelijk. Voor die twee kinderen was zij niet meer dan een vreemde vrouw, die ze misschien wel tegen wil en dank moeder moesten gaan noemen. Het voelde vanmorgen allemaal vreemd en ongemakkelijk, besefte ze. Allemaal vreemde mensen om zich heen, die nu haar naaste familieleden waren, in een vreemde kamer, en nu kwam die eveneens vreemde man binnen, met wie ze de rest van haar leven door zou moeten brengen, wat ze daar ook van vond.

Ze moest maar liever niet zo veel nadenken, wist ze. Het zou allemaal vanzelf wel wennen. Een weg terug was er toch niet meer. Of ze dat wilde? Daar moest ze later maar over nadenken. Jaap kwam binnen met een frisse blos van de winterkou buiten op zijn wangen en met de andere mannen op zijn hielen. De twee aangeklede meisjes zaten inmiddels aan tafel te wachten. Iedereen ging zitten. Jaap wees haar de plek die ze voortaan als die van haar moest beschouwen, recht tegenover hem. Zijn zus en zwager zaten aan een zijkant, elk met een kind naast zich. De andere familie drong om de tafel die veel te klein was voor zoveel mensen. Jaap vouwde zijn handen en iedereen deed hetzelfde om met gesloten ogen te luisteren naar het door hem uitgesproken gebed. Anne bleef afwachtend kijken en zag hoe Jaap boter op een boterham smeerde. Toen keek ze vragend naar Clara. 'Zal ik een boterham voor hen smeren? Wat willen ze er graag op? Ik wil straks graag meer horen over wat ze fijn vinden, wat ze graag eten, Clara, voor jullie weggaan.'

'Dat kan,' antwoordde de ander kalm. 'Maar Cor en ik hebben al brood op onze borden liggen om voor hen te smeren, zoals we dat altijd doen. Eet zelf maar, Anne. Verder zorgt iedereen gewoon voor zichzelf.'

Ze beet op haar lip en voelde zich ondanks alle goede bedoelingen op een zijspoor gezet. Ze smeerde net als haar man boter op haar wittebrood en deed daar suiker op, voor haar een feestmaal. Ze aten grotendeels in stilzwijgen, zo nu en dan onderbroken door de dingen die de meisjes zeiden en waar Clara dan antwoord op gaf. Na het eten trok Jaap de gloednieuwe familiebijbel naar zich toe om er een stuk uit te lezen, over Maria en Jozef, die naar Bethlehem vertrokken vanwege een door de Romeinse keizer verplicht gestelde volkstelling. Een verhaal zo oud als de mensheid, dat Anne bijna woord voor woord kende, maar waar ze toch eerbiedig naar luisterde. Toen hij de Bijbel had dichtgeslagen en gedankt had, stond Clara op. 'Ik pak boven onze spullen bij elkaar en daarna wil ik nog met Anne praten over de kinderen, zodat ze meer van hen weet,' deelde ze mee. 'Dan kunnen we allemaal zoals afgesproken na de koffie vertrekken. Adrie heeft beloofd om met paard en wagen van boer De Bruijne onze hele familie terug te brengen naar Sirjansland. Fijne man lijkt me dat.'

'Hij was gisteravond straalbezopen,' bromde haar oudste zoon Rien goed hoorbaar, en dat leverde hem een boze blik op van zijn vader, waarop de jongeman inbond.

Het was inmiddels al halfnegen geworden. Dat was laat. Thuis stond ze altijd om halfzes op, een meer normale tijd om op te staan voor hardwerkende mensen. Maar vandaag was alles nog wennen. Het water op de kachel was al warm geworden. De kinderen bleven op hun plaats zitten terwijl Anne de afwas ging doen in de keuken. Clara kwam drogen. 'Wel, Evelien is de rustigste van de twee. Elly kan soms driftig uitvallen, Evelien doet dat eigenlijk nooit.'

'Lijken ze dan alleen uiterlijk zo veel op elkaar?'

'Je houdt ze al uit elkaar, hè? Elly is de aanvoerster van beiden, Evelien is de volgzame. Als er kattenkwaad wordt uitgehaald, heeft Elly zo goed als zeker het voortouw genomen.'

'Ik ben zo bang iets verkeerds te doen.'

'Het is alleen maar onwennig, Anne.' Clara legde even vriendelijk haar hand op de arm van de ander. 'Het is wennen, voor jou, voor hen, en zelfs voor Jaap, want zijn kinderen hebben hem slechts om de zoveel weken gezien, als hij in de gelegenheid was bij ons op bezoek te komen.'

'Het zal ook wennen zijn voor jou, ze voortaan te moeten missen.'

'Ik heb mijn eigen kinderen, dat is druk genoeg.'

'Ze waren er niet bij.'

'Mijn schoonmoeder kwam op ze passen.' Clara glimlachte. 'Ik heb drie kinderen. De oudste, Rien, is al veertien. Hij heeft overigens een andere vader. Hanna is de volgende en is zeven, ten slotte heb ik nog een dochter van drie, Lijnie, die maar vijf maanden ouder is dan de tweeling.'

'Ik heb begrepen dat het feit dat jij borstvoeding gaf, hen destijds het leven heeft gered.'

'Er was anders wel een andere vrouw gevonden die nog voeding genoeg had om de kinderen te zogen en dat tegen een vergoeding wilde doen. Maar Jaap vond het wel prettig dat ze bij familie konden blijven en zodoende niet te veel van hem vervreemdden.'

Anne knikte. Ze knoopte alles in haar oren wat Clara zei en hoopte maar dat haar gloednieuwe schoonzuster gelijk kreeg met de bewering dat ze over een paar weken allemaal aan hun nieuwe leven gewend zouden zijn. 'Is je eerste man dan overleden, Clara?

Ik bedoel, Rien is erg donker en lijkt helemaal niet op jou.'

'Over wat er is gebeurd, praten we nog weleens,' antwoordde Clara, die plotseling haast leek te krijgen.

Anne stond naast Jaap bij de molen toen zijn familie door Adrie met paard en wagen van de boer werd opgehaald, die ze naar huis ging brengen. Op dat moment huilden allebei haar stiefkinderen, stelde Anne ongemakkelijk vast, want ze beschouwden haar als een vreemde en Clara kenden ze al hun hele leven lang. Nu moesten de driejarige meisjes achterblijven bij een man die ze de laatste tijd nauwelijks hadden gezien en een vrouw die ronduit een vreemde voor hen was. Ze nam ze mee naar binnen en beloofde ze een babbelaar als troost.

Jaap ging weer aan het werk.

Een paar dagen later besefte ze juist dat de ergste onwennigheid begon te verdwijnen, toen Sien ineens binnenkwam. 'Je moet meekomen, Anne. Het gaat slecht met opoe en tante zegt dat iedereen maar vast afscheid moet komen nemen.'

'Gaat opoe dood?' vroeg ze uit het veld geslagen.

'Het lijkt erop. De dominee is gewaarschuwd en komt later op de dag, om met opoe te bidden.'

Ze zocht haar man op, die de stal van het varken aan het uitmesten was. 'Jaap, ik moet meteen naar opoe. Sien is gekomen om te zeggen dat het niet goed met haar gaat en mogelijk zelfs afloopt. Wat doe ik met Elly en Evelien?'

Hij glimlachte. 'Ga maar en maak je geen zorgen. Als je moet blijven waken, kun je dat gerust doen. Ik zorg wel voor mijn dochters.'

'Maar je bent dat niet gewend.'

'Jij ook niet, maar hebben we ons de afgelopen dagen niet prima gered? We hebben net warm gegeten. Ik geef de kinderen vanavond brood te eten en leg ze vroeg in de bedstee. Morgen zien we wel verder.'

Ze knikte. Ze was bang, maar durfde dat niet te zeggen. Ze trok haar werkkleren uit, friste zich snel op en trok een japon aan. Tot haar trouwdag was dat de zondagse geweest, na de bruiloft diende de nieuwe japon als zodanig. Jaap kwam de kamer in. De meisjes zaten op hun stoelen. Sien glimlachte. 'Ze hebben allebei net geplast. Laat ze straks wat op de vloer spelen, Jaap. Dat vinden ze leuk. Ze moeten voldoende beweging hebben.'

Hij lachte schaapachtig. Anne gaf hem een zoen op de wang en trok haar warme omslagdoek zo dicht mogelijk om zich heen. Het was twee dagen voor Kerstmis, maar van sneeuw en vorst was niets te bekennen. Er raasde een gure wind over het land en van tijd tot tijd vielen er kille regenvlagen. Dicht naast Sien tornde Anne tegen de wind op. Ze was bijna blij even later in de vertrouwde molen van haar vader binnen te stappen. Haar moeder bleek al naar tante Marie te zijn gegaan. Anne keek verlangend om zich heen in de vertrouwde ruimte en slaakte een zucht.

'Kom mee, Anne. We weten niet of het snel gaat of niet. Zie je er tegenop?'

Ze haalde haar schouders op. 'Wij hebben nog nooit iemand zien sterven.'

'Kom, je bent nu een getrouwde vrouw. Je hebt de afgelopen dagen al zo veel nieuwe dingen ervaren, dus dit kan er ook nog wel bij.'

Ze keek even bij haar vader, die op de molen bleef omdat er gemalen werd, en stapte meteen daarna achter Sien aan naar buiten. 'Valt het mee, getrouwd te zijn?' grinnikte haar zus.

Anne bloosde, maar dat was in dit weer toch niet te zien. Jaap gaf haar een zoen zodra ze in de bedstee lagen en draaide haar zijn rug toe. Kennelijk vond hij dat voldoende. Het zat haar toch wel een beetje dwars. Was ze soms niet goed genoeg voor hem?

Vond hij twee kinderen toch wel druk genoeg en liet hij haar daarom met rust? Of vond ze het alleen vervelend omdat ze er maar tegenop bleef zien om te gaan slapen, tot dat onbekende achter de rug zou zijn? Ze wist het niet en kon geen antwoord op haar vragen vinden, niet bij hem en niet bij haar zus, want over zulke dingen praatte men nu eenmaal niet.

'Het is wennen. Alles is zo anders,' antwoordde ze daarom maar neutraal.

Niet veel later stapten ze bij tante Marie naar binnen. De dominee was net aangekomen en zat naast een bleke, sterk vermagerde opoe om een stuk uit de Bijbel voor te lezen, voor hij met opoe zou gaan bidden. Moeder huilde een beetje. Tante Marie knikte naar Anne en Sien. Fijn dat jullie er zijn, betekende dat, maar zolang de dominee voorlas, liet niemand zijn stem horen, dat sprak.

Toen de dominee had gebeden, een paar woorden van troost had gesproken en weer was vertrokken, zat Anne samen met haar moeder naast de bedstee. Sien was naar huis gegaan om voor man en kind te zorgen, baby Jantje moest de borst hebben. Tante was een poosje gaan slapen, want ze was het grootste deel van de afgelopen nacht in de weer geweest. Het had geen zin om de dokter nog te laten komen. Hier liep overduidelijk een leven af en viel er niets meer te redden.

Zo heel nu en dan opende opoe de ogen en keek ze naar de twee vrouwen die bij haar waakten. Langzaam maakte het daglicht plaats voor duisternis, die in deze tijd van het jaar altijd vroeg viel, en dat werd nog versterkt door het sombere, regenachtige weer. Er brandde een olielamp op tafel, die zo was neergezet dat opoe er geen last van had. Anne keek naar haar moeder, die het er zichtbaar moeilijk mee had. Ooit zou er een dag komen dat ze bij haar eigen moeder waakte, dacht ze zomaar. Het moest altijd moeilijk zijn om je moeder te verliezen, zelfs al was opoe met haar tachtig jaren zeer oud en had ze vrede met het naderende einde.

Een uur of twee later begon opoe wat onrustig te worden. Anne boog zich voorover. 'Opoe, heeft u pijn?'

De oude vrouw schudde nauwelijks merkbaar het hoofd. Daarna werd het weer stil. Tante wisselde hen af en Sien kwam terug.

Anne at twee boterhammen maar kon haar moeder niet overhalen ook iets te eten. Ze strekte haar benen een kwartiertje en ging toen terug naar tante.

Ze had opnieuw een uur stilgezeten en geluisterd naar het komen en gaan van de zwakke adem, toen opoe opnieuw de ogen opende. 'Ik ben geroepen.' Een zweem van een glimlach gleed om de mond van de stervende vrouw. 'Het is mooi... Zo mooi...' Er klonk een zucht en daarna duurde het heel lang eer er opnieuw een flauwe zucht kwam.

Anne veerde op. 'Moeder, wakker worden.' Haar moeder was ingedut in de leunstoel van oom, die hier was neergezet. 'Ik ga tante roepen.'

Haar moeder begon te snikken en tante trok een stoel vlak naast de bedstee om met Anne te kunnen waken, nu de nachtelijke uren waren aangebroken. Sien zat steeds te dutten, zo moe was ze. In die donkere kamer, stil en met hun vieren bij elkaar, luisterden de vier vrouwen naar de steeds oppervlakkiger wordende ademteugen, tot de laatste ongemerkt al zo lang geleden was, dat tante fluisterde: 'Aagt, ik denk...'

Moeder knikte en vouwde de handen, maar het was tante die een paar dankwoorden uitsprak, omdat de Here hun dierbare zo vredig thuis had gehaald.

'Ik ga moeder afleggen, Aagt. Als we tot morgenochtend wachten, is het lijk helemaal stijf geworden. Ik doe het liever zelf dan dat ik het aan de buren overlaat. Ga jij maar even buiten lopen en de mannen roepen. Knelis kan morgenochtend meteen naar te timmerman en gaan aanzeggen. Sien, ga toch slapen, Jantje moet straks weer gevoed worden. Anne, wil jij straks voor het brood zorgen? Als opoe is klaargemaakt voor de eeuwigheid, kan Knelis jou naar de molen brengen, als hij naar het dorp gaat. Maar eerst moet je helpen.'

Toen Anne vragend keek, haalde tante haar schouders op. 'Met afleggen. Ik zal je alles wel leren.'

8

Het was meegevallen, bekende ze laat die avond aan Jaap. Ze zat weer in de kamer van hun molen en haar man vroeg belangstellend naar het einde van de oude vrouw. De begrafenis zou kort na de Kerst plaatsvinden. Haar nieuwe zondagse jurk zou voor een jaar en zes weken, de rouwtijd voor een grootouder, de kast ingaan. Vanaf nu zou ze gedurende al die tijd in het zwart gekleed moeten gaan. Eerst zonder een enkel sieraad, zonder ruches of kantjes. De zware rouw zou pas na verloop van tijd lichter worden. Over een paar maanden waren ruches of randjes weer toegestaan, daarna granaten of parels, buiten de eigenlijke gitzwarte rouwsieraden, en ten slotte waren wat de kleding betreft de kleuren grijs of paars toegestaan, als de rouw na verloop van nog meer tijd nog lichter werd.

Haar man stopte rustig zijn pijp. De kinderen sliepen in de tweede bedstee. Ze waren nog te klein om boven te slapen, maar na verloop van tijd zou dat onvermijdelijk zijn. Toen Anne vanmorgen thuis was gekomen, had Jaap erop gestaan dat ze eerst wat slaap in zou gaan halen, na een hele nacht te hebben gewaakt. Ze had het heerlijk gevonden een paar uur alleen in de bedstee te liggen en was snel in een diepe, droomloze slaap gevallen, waaruit ze drie uur later aanmerkelijk opgeknapt wakker geworden was. Daarna had ze gekookt en hadden ze met elkaar gegeten. De kinderen deden gelukkig nog een middagdutje en het was prettig geweest een poosje alleen te zitten om na te denken over wat er allemaal was gebeurd. Nee, ze had het afleggen niet eens akelig gevonden. Ze hadden opoe gewassen, de nagels geknipt en de haren verzorgd. Ze had van tante geleerd hoe de lichaamsopeningen moesten worden afgesloten, zodat het lijk geen ontlasting of urine weg kon laten lopen. Ze hadden opoe samen het doodshemd aangetrokken en ten slotte de handen gevouwen op de borst. Tante had opoes kleine kerkbijbeltje naast die handen gelegd. Het was net geweest of opoe sliep, behalve dan dat haar kleur steeds witter was geworden. Anne was niet langer bang voor de geheimen van het levenseinde, besefte ze. Jaap keek haar onderzoekend aan, toen ze hem dat die avond vertelde.

'Gelukkig maar. Het is altijd moeilijk, iemand te zien sterven van wie je veel hebt gehouden.'

Ze besefte aan wie hij dacht. 'Vond jij het moeilijk, met Elly?'

Hij stak de brand in zijn pijp. 'Ja, dat was moeilijk. Jouw opoe was oud en stierf vredig. Dat is een zegen. Elly was net vierentwintig. Haar moeder zat erbij en snikte hartverscheurend. Alleen daarvan zou een mens al van streek raken. Ze was wanhopig geweest, voor ze het bewustzijn verloor, kermde, smeekte om te mogen blijven leven, zodat ze haar kinderen kon zien opgroeien. Ik krijgt er soms nog weleens de koude rillingen van, als ik daar aan terug denk.'

Ze bloosde en keek naar haar handen. 'Ja, zo'n tragisch sterfbed is vanzelfsprekend iets heel anders.'

Hij probeerde haar gerust te stellen. 'Dat neemt niet weg dat je evengoed veel verdriet kunt hebben, ook al was je opoe al oud.'

'Jij hebt haar maar een paar keer gezien.'

Hij knikte. 'Ik weet niet hoe het zit met je kleding, Anne, maar ik denk dat je na de begrafenis zo snel mogelijk zwarte stof moet kopen en een nieuwe japon moet gaan naaien.'

Ze knikte. 'Mag dat?'

'Waarom niet?' vroeg hij verbaasd.

Ze vatte haar moed samen. 'We moeten over een aantal dingen praten, Jaap, dat hebben we nog niet gedaan. Geld bijvoorbeeld. Hoe moet ik daarmee omgaan? Moet ik stof halen en zeggen dat jij de rekening komt betalen? Hoe gaat dat met de boodschappen? Die worden bezorgd, maar moet ik betalen, of betaal je zelf? Mijn moeder heeft nooit geld en laat alles opschrijven tot vader het betaalt. Tante Marie heeft wel zelf geld, maar ze moet van oom alles opschrijven wat ze uitgeeft en waaraan, zodat oom kan controleren of ze niet onnodig geld uitgeeft. Hoe wil jij het hebben?'

Hij keek haar een tikje onderzoekend aan. 'Hoe zou jij het eigenlijk zelf willen?'

'Dat weet ik eigenlijk niet,' moest ze bekennen. 'Mijn vader is van mening dat vrouwen niet tot veel in staat zijn.'

'Ik gaf Elly gewoon elke week een vast bedrag aan geld, en dan zorgde ze er zelf wel voor dat alles wat nodig was in huis kwam en dat betaalde ze daarvan. Ik weet dat ze een potje had waar ze de centen en stuivers die ze over had in opspaarde. Daar had ik nooit wat op tegen.'

'O, zo zou ik het ook wel willen.'

'Goed, dan is dat opgelost.' Hij noemde het bedrag dat ze wekelijks zou krijgen. Ze had er geen idee van of dat voldoende was of niet, voor een gezin waarin vier monden te voeden waren. 'Als er extra uitgaven zijn, zoals voor schoenen, klompen of kleren, kun je gewoon zeggen dat er extra geld nodig is. Dan krijg je dat. Ik heb nooit gedacht dat jij een vrouw bent die het geld over de balk zou gooien aan allerlei onnutte zaken.' Hij glimlachte en ze glimlachte onwillekeurig terug. Eindelijk een moment dat ze hem echt aardig vond, schoot het door haar hoofd.

'De kosten voor de koe en straks weer een nieuwe big, uitgaven buiten het huishouden dus, die betaal ik vanzelfsprekend.'

'Wil je dat ik net als tante Marie alles opschrijf?'

'Nee, Anne, dat is niet nodig. Ik vertrouw er gewoon op dat je zorgvuldig met ons geld omgaat.'

'Dank je,' reageerde ze blozend, terwijl ze een geeuw nauwelijks kon onderdrukken.

'Kom, je moet naar bed. Morgen moet je uitgerust zijn. Je tante kan wel hulp gebruiken als er mensen op bezoek komen om afscheid van je opoe te nemen, en ik ga zelf ook even mee.'

'Kan dat dan?'

'Ja, vanzelf. Als dingen nodig zijn, gaat de molen echt niet altijd voor alles. Ik ga morgen vroeg mee en moet daarna naar het gemaal. De molen staat morgen dus stil. De meisjes moeten echter met jou mee.'

'Ze kunnen wel bij Sien blijven, dan passen wij om beurten op alle kinderen.'

'Ja, dat is fijn. Als ze Sien eenmaal beter kennen, kunnen ze zo nu en dan bij haar logeren, als dat voor ons zo uitkomt. Bijvoorbeeld als het te koud is om ze mee te nemen als we naar de kerk gaan, want tot die tijd moet een van ons naar de ochtenddienst en de ander naar de middagdienst.'

'Ja.'

'Of als we een keer naar Clara willen. Ik maak me een beetje zorgen om Rien.'

'Vond je het erg, dat Clara een voorkind kreeg?'

Hij keek ineens afstandelijk. 'Het was een ramp. Mijn moeder is niet lang daarna van ellende gestorven.'

'Weet ze wie de vader is?'

'Ja, vanzelf. Wat denk je wel niet van haar? Anne, ik wil het er niet verder over hebben.'

Ze bloosde om de terechtwijzing. Ze zweeg en voelde ineens tranen in haar ogen prikken. Kwam dat nu door opoe? Of toch door de muur die hij nu opwierp?

'Kom mee, Anne, we gaan slapen.'

Ze knikte slechts.

Het begon min of meer te wennen dat ze haar kleren uittrok waar hij bij was. Ze hield haar hemd en onderbroek gewoon aan onder haar nachtjapon. Hij droeg geen nachthemd en slaapmuts, zoals haar eigen vader, maar sliep enkel in zijn hemd en lange onderbroek. Toen ze naast hem lag, voelde ze voor het eerst sinds haar trouwdag zijn hand over haar been glijden, maar ze verstrakte direct en hield zich muisstil. Meteen hield hij ermee op. Toch kon ze door dat simpele gebaar niet slapen en ondanks zichzelf draaide ze zich een tiental minuten later toch om. 'Jaap, naast geld of nare familiekwesties, was er dat andere, waar ik niet over durfde praten. Ik bedoel… Ik ben er bang voor, maar het moet toch een keer gebeuren en jij… Wil je bij nader inzien toch liever geen kinderen van een andere vrouw? Is dat het?'

Hij zat meteen recht overeind. 'Nee toch, denk je dat echt?'

'Hoe weet ik nu wat ik moet denken? Ben ik misschien niet goed genoeg? Daar maak ik me echt zorgen over, zie je,' hakkelde ze, blij dat het zo aardedonker was in de molen dat hij het onmogelijk kon zien dat ze opnieuw een felle kleur kreeg van verlegenheid.

'Hoe kom je daar nu bij?'

'Ik dacht… Nu ja, tante Marie heeft me voor het huwelijk verteld dat het net een storm is, die je als vrouw moet laten uitrazen, maar ik ben er alle uren bang voor sinds ik met je ben getrouwd.' Ze huilde bijna, iets wat ze nog niet had gedaan sinds Sien kwam met de onheilsboodschap dat opoe ging sterven.

'Misschien is dat het juist. Je bent bang en ik wil niet dat je bang voor me bent,' hakkelde hij en ze kon aan zijn stem horen dat hij net zo ontdaan was als zijzelf.

'Ik had er niet over moeten beginnen,' snikte ze. 'Wat denk je nu wel niet van me?'

'Ik denk dat je moe bent, overstuur, en ik wil je niet van me afstoten door me op te dringen als je zo moe bent of overstuur als nu. Dat is alles.'

'O. Dus ik doe niets verkeerd?'

'Nee, Anne, jij doet helemaal niets verkeerd. Ik wel, kennelijk.'

Hij slaakte een zucht en ze voelde hoe zijn arm haar zocht. 'Kom, je hoeft van mij niet bang te zijn. Ga maar slapen. Als je opoe is begraven, beginnen we opnieuw, maar nu val ik je niet lastig met de mannelijke behoeften waar jij zo bang voor blijkt te zijn. Maar ik hou van je, Anne, ik ben erg blij dat we getrouwd zijn en ja, ik hoop met heel mijn hart dat wij samen ook kinderen krijgen. Ik ben een man en zou dus heel graag een zoon willen hebben, als God ons die wil geven. Alleen hoop ik niet dat zijn zegening zo groot is dat er twaalf komen.'

Ze kon eindelijk een beetje lachen. 'Twaalf kinderen en dat in een molen. Nee, dat zou inderdaad een te grote zegen zijn, Jaap.'

'Het is niet aan ons om daarover te oordelen, en wat komt of juist niet komt moeten we in dankbaarheid aanvaarden, maar toch...'

'Hoever gaat een mens daarin, Jaap? Ik bedoel, de dominee zei laatst dat een mens het in dank moet aanvaarden, als de Here God een kind met een dodelijke ziekte bezoekt en tot zich neemt, maar daar heb ik moeite mee, hoor. Zo'n almachtig God... Dat maakt ook bang.'

Hij lachte zachtjes. 'De dominee vergeet soms dat God vóór alles liefde is, dat staat toch ook in de Schrift? Maar kom, Anne, je bent te moe voor dergelijke diepgaande zondagse overwegingen. Ga maar lekker slapen. Met ons komt het wel goed, geloof me maar.'

Ze was er niet helemaal zeker van, maar ze was voldoende opgelucht om de hele nacht, voor het eerst sinds ze getrouwd was, diep en droomloos te kunnen slapen.

'Waarom mag ik niet meer weten van het voorkind dat Clara heeft gekregen?'

Kerstmis was zoals te verwachten was in alle rust en stilte voorbijgegaan, met kerkbezoek, koffiedrinken bij haar ouders, en een extraatje bij het eten, maar verder niet. Ze hadden de rouw in de kerk gebracht, wat wilde zeggen dat de dominee aan de rest van de gemeente meedeelde dat opoe was overleden. Dat was vanzelfsprekend niet meer dan een formaliteit, want de aanzegger was rondgegaan, en waar die niet zelf langs was geweest om het overlijden bekend te maken en uit te nodigen voor de komende begrafenis, gingen dergelijke nieuwtjes altijd en overal bliksemsnel in het rond. Tante Marie bleef rustig onder het geleden verlies, maar

Anne stelde min of meer verbaasd vast dat haar moeder helemaal uit het veld leek te zijn geslagen. Het was twee dagen na de Kerst en straks zouden ze opoe gaan begraven. Hendrien van der Panne kwam in het huis van Sien op alle kinderen passen, die te klein waren om mee te kunnen gaan. Het was een opmerking over het oudste kind van zijn zuster die Anne haar vraag deed stellen. Ze had er vaker over gedacht dat de donkerharige Rien geen spat op Clara en Cor leek. Het voorkind kon dus niet van haar zwager zijn.

Ze had Jaap niet vaak ongemakkelijk zien wegkijken, stelde ze onzeker vanbinnen vast. 'Ik zou gewoon graag willen weten wat er destijds is gebeurd, Jaap. Clara is immers verre van losbandig?'

'Er wordt vanzelfsprekend zo min mogelijk over gepraat, maar niettemin is iedereen in Sirjansland ervan op de hoogte.' Hij slaakte een diepe zucht. 'Als jong meisje ging ze uit dienen bij een boer, zoals jullie Sien dat ook deed. Die boer had een zoon. Jozias van Hoogendorp. Die heeft destijds een paar wilde jaren gekend, al zeggen de mensen dat hij later een rechtschapen man is geworden, die goed is voor zijn volk. Maar ik heb hem slechts eenmaal gezien, en dat was ook meer dan genoeg, me dunkt. Cor wil niet dat hij voor Rien betaalt, maar het schijnt dat hij dat later, toen zijn vader was overleden en hij hem was opgevolgd op de Rozenhof, wel heeft aangeboden. Destijds was het werkelijk een drama in ons gezin. Zoals dat echter altijd gaat, gaan de rijkeluisjongens vrijuit als zoiets gebeurt en blijft het meisje met de ellende zitten. Gelukkig zette mijn vader Clara niet op straat, zoals de meeste vaders zouden doen, maar ze lieten haar het kind krijgen en thuis blijven.'

Anne kreeg een vuurrood hoofd. 'Dat was moedig van hen. Ik weet niet wat vader gedaan zou hebben als Adrie niet met Sien had willen trouwen.'

'Als er een voorkind komt, is dat bijna altijd van een welgestelde man die zich aan zijn verplichtingen heeft onttrokken,' verzuchtte hij. 'Zoals gezegd, het heeft veel ellende gegeven. Hoewel iedereen wist dat ze er niets aan kon doen, heb ik me jarenlang diep voor mijn zus geschaamd en dat is pas helemaal weer goed gekomen, toen ze voor de tweeling ging zorgen.'

'Het is een wonder dat ze nog een man heeft gevonden die haar ondanks dat voorkind wilde trouwen.'

Hij knikte. 'Daarom heb ik dus waardering voor mijn zwager. Hij heeft weer een nette vrouw van mijn zuster gemaakt. Hij heeft het kind geëcht en Rien draagt nu zijn naam. Dat neemt niet weg dat zowel Clara als Rien zelf er nog steeds op aangekeken zullen worden, als ze in de verre toekomst oud en grijs zijn. Rien lijkt sprekend op zijn vader, wat uiterlijk betreft en misschien ook wel wat karakter betreft, dat kan ik niet beoordelen. Het lot wil dat Van Hoogendorp de laatste is van zijn geslacht. Na negen jaar huwelijk heeft hij nog steeds geen kinderen gekregen bij zijn echtgenote. Soms denk ik cynisch dat er toch nog zoiets als gerechtigheid moet bestaan.'

'Komt Rien weleens op de stee van zijn vader?'

Jaap haalde de schouders op. 'Het is nooit in me opgekomen daarnaar te vragen. Kom Anne, we moeten gaan. Zie je er erg tegenop?'

Gek genoeg had dit gesprek haar afgeleid en voelde ze zich sterker dan een uur geleden. Ze schokschouderde. 'Zoals je zei, opoe was oud en ze is vredig heengegaan. Dat scheelt inderdaad. Tante Marie is erg dapper, vind ik.'

Hij glimlachte zelfs. 'Je tante mist haar moeder net zoals jouw moeder dat doet, maar vergeet niet dat het leven voor haar een stuk gemakkelijker wordt nu ze niet langer de zware taak heeft om voor een zieke oude vrouw te moeten zorgen die kinds was geworden.'

Ze beet op haar lip. 'Daar had ik nog niet aan gedacht. Je hebt waarschijnlijk gelijk.'

Naast elkaar liepen ze door de frisse winterlucht. Een bleek zonnetje was juist boven de horizon verschenen. Ze begon een beetje aan hem te wennen, besefte ze. Ze waren nu twee weken getrouwd.

In het huis van tante Marie wierp Anne nog een laatste blik op het inmiddels wasbleke gezicht van haar overleden opoe voor de kist werd dichtgetimmerd. Zoals het hoorde, verkeerde het huis in diepe rouw. De luiken waren gesloten. De spiegel was omgekeerd en de klok was stilgezet. Tante had koffiedik onder de kist gezet om te voorkomen dat de lijkenlucht kon worden geroken. Op warme zomerdagen was dat altijd een groot probleem en kwam het daarom geregeld voor dat kisten eerder gesloten moesten worden omdat een lichaam in de warmte al begon te ontbinden.

Wat was het een zegen, dat Adrie paardenknecht was, en dat boer De Bruijne in de wintertijd nooit moeilijk deed als hij paard en wagen wilde lenen. Zo ook deze dag. De kist werd op de boerenwagen gezet. Adrie zette die in beweging en de rest van de familie liep erachteraan. Tante wilde mee, al wilden niet alle vrouwen meegaan in de nieuw opkomende gewoonte dat vrouwen meeliepen in de begrafenisstoet, waar tot voor kort alleen mannen een baar volgden. Zelfs hier op het platteland begonnen dergelijke oude gewoonten te verdwijnen. Anne liep met Jaap naast haar ouders achter oom en tante aan, Sien en Adrie weer achter hen met Johan naast zich. Ze werden gevolgd door enkele buren. Bij het dorp stonden nog enkele mensen te wachten, die zich voor het laatste stuk bij de rouwstoet aansloten.

Het was kil in de kerk, ook al had de koster de kachel aangestoken, maar eer dergelijke grote ruimten min of meer verwarmd waren, dat duurde nogal even. Na de dienst werd de kist het kerkhof opgedragen. Een laatste gebed, een paar laatste woorden. Daarna werd de kist neergelaten in de laatste rustplaats. Tante kreeg toch een paar tranen in haar ogen. Moeder snikte opnieuw tranen met tuiten.

Het was een lange tocht terug. Adrie nam moeder en tante mee op de wagen, die kwamen verstijfd van de kou in huis terug. Anne en Sien zetten haar naast de kachel en zorgden voor de koffie en het begrafenismaal van brood en krentenbollen. Moeder kreeg een cognacje met suiker tegen haar verdriet en ook tegen de kou. Mannen hadden natuurlijk nooit bezwaar tegen een borrel, zeker niet na een koude tocht. Zoals dat meestal ging, maakte de aangeslagen stemming van de begrafenis al snel plaats voor een bijna gezellig te noemen gepraat. Het was al halverwege de middag eer Anne met Jaap en de kinderen terugliep naar de molen.

Vanzelfsprekend stond hun molen net als die van haar vader in de rouwstand, dat was verder doorgedraaid dan de ruststand, zodat de molen stil werd gezet op het punt net voor de onderste wiek zijn laagste punt had bereikt. Als de molen niet maalde, zou de molen als die stilstond gedurende zes weken in deze stand worden gezet.

Voor het eerst sinds haar trouwdag, was dat werkelijk nog maar zo kort geleden, voelde Anne zich een beetje thuis in de grote watermolen waar ze nu woonde. Binnen pookte ze de kachel op. De meisjes waren hangerig van het drukke spelen met Hendrien tijdens de begrafenis, dus legde ze de kinderen alsnog een uurtje in de bedstee voor een middagslaapje. Zelf trok ze haar zwarte japon uit om een werkjurk aan te trekken, een oude zwarte jurk en daarover haar gewone blauwe werkschort. Het werk wachtte. Dat ging altijd door.

Jaap besloot dat ze de jaarwisseling net als alle andere avonden gewoon thuis zouden doorbrengen. Ze zaten samen bij de brandende kachel. De olielamp brandde, Jaap rookte tevreden een pijp en de meisjes sliepen als rozen. Anne breide. Er waren sokken en kousen nodig, voor Jaap alsook voor de kinderen, en aan verstelwerk was in een gezin nooit gebrek. Haar ogen prikten een beetje, omdat ze bij het schaarse lamplicht te lang haar ogen in moest spannen. Uiteindelijk liet ze het werk rusten, toen Jaap opstond voor een laatste rondje rond de molen. Vannacht hoefde er niet gemalen te worden. Het was rustig, vredig bijna. Ze bedacht dat het een bewogen jaar was geweest. Sien die een kind verwachtte en in schande was getrouwd. Een huwelijk dat voor haar zusje toch heel wat minder rooskleurig uitpakte dan ze in het voorjaar in haar meisjesachtige verwachtingen had gehoopt. Adrie was een beste kerel, echt wel, maar hij werd geregeld dronken als zijn borrels verkeerd vielen en werd dan grof in de mond. Sien, die een kind had gekregen. Opoe, die was gestorven. En dan was ze zelf ook nog getrouwd. Was zij gelukkig?

Ach, wat was geluk? Ze was uiteindelijk best wel tevreden, bedacht ze. Jaap was in de tijd dat ze hem kende nog nooit dronken geweest. Ze vond het nog steeds naar dat hij al eens getrouwd was geweest, maar nu ze erop terugkeek was het inderdaad goed denkbaar geweest, dat ze zonder dit huwelijk mogelijk een oude vrijster was geworden, en dat wilde ze niet.

Hij kwam weer binnen en verstoorde haar overpeinzingen. 'Ik ga naar bed, ik ben moe. Kom je ook, Anne?'

Nee, wachten tot middernacht, dat deden hardwerkende mensen meestal niet. Waarom zouden ze ook? De andere morgen zou het evengoed weer vroeg dag zijn.

In de bedstee trok hij haar echter naar zich toe en plantte zijn mond op de hare voor een lange zoen, die Anne bijna deed verstijven van schrik. Toen zijn hand even later verdwaalde onder haar nachtjapon, begreep ze dat het moment dat ze al sinds haar huwelijksdag had gevreesd, eindelijk was aangebroken.

Ze dacht maar aan de woorden van tante Marie. Het was een storm die over haar heen raasde, en die zou vanzelf weer bedaren.

9

Ze durfde niets te zeggen toen hij zich later had omgedraaid en als een blok in slaap gevallen was. Het schrijnde beneden tussen haar benen en ze voelde zich zo vreselijk vies. Pas toen ze er heel zeker van was dat hij diep in slaap was, gleed ze de bedstee uit om naar het keukentje te gaan. Daar stak ze voorzichtig op de tast een olielamp aan, deed ze water in een schaal en vond ze een waslap. Bijtend op het puntje van haar tong maakte ze zich schoon. Het bloedde, zag ze ontzet. Zou ze zo kapot zijn gemaakt dat ze gewond was geraakt? Anne wist het niet en iets dergelijks kon ze natuurlijk evenmin aan iemand vragen. Maar bang maakte het haar zeker wel. Had ze nu maar een maandverband bij de hand, maar de doeken die daarvoor dienden, lagen in de kamer. Een mens had nu eenmaal niet overal kasten, zeker niet in een krappe behuizing als een watermolen. Ze merkte dat haar handen beefden. Maar goed, ze moest flink zijn. Dit scheen het lot te zijn van alle getrouwde vrouwen, tante had haar immers gewaarschuwd? Geen wonder dat moeder er niets over had durven zeggen! Anne rilde. Of ze wilde of niet, ze moest terug naar de bedstee, ze moest opnieuw naast haar man gaan liggen en ze wist dat wat er net gebeurd was, zich voortaan geregeld zou herhalen, omdat mannen dat nu eenmaal plezierig schenen te vinden en er recht op hadden als ze getrouwd waren. Hiervan kwamen dus de kinderen? Ja, nu was ze pas echt een getrouwde vrouw. Nu pas wist ze wat dat inhield.

Met tegenzin schoof ze weer naast hem. De uren kropen tergend langzaam voorbij. Slapen deed ze die nacht niet. Bleek van vermoeidheid stond ze de volgende morgen om halfzes op, de gebruikelijke tijd. Ze stak de lamp op, maakte de asla leeg en pookte het vuur in de kachel op, voor ze de waterketel voorzag van vers water en die op het gat in het midden van de kachel schoof. Het waren de routineklussen van elke morgen. De meisjes giechelden achter de deuren van hun bedstee en Anne hoorde het stro in de andere bedstee kraken omdat Jaap wakker werd. Haastig opende ze de deurtjes van de bedstee van de meisjes. Bezig zijn, dacht ze in een vlaag van paniek, zodat ze haar man niet beschaamd in de ogen hoefde te kijken!

Hij leek die morgen echter opperbest gestemd te zijn, stelde ze verbaasd vast. Een paar maal keek hij haar onderzoekend aan, maar ze liet haar ogen niet vangen. Toen ze later opnieuw haar blaas moest legen, merkte ze tot haar verbazing dat er verder geen bloed was gekomen. Ze begreep er niets van! Maar goed, dan was de wond waarvan ze vannacht zo'n pijn had gehad vast niet ernstig.

Toen ze het vuile afwaswater buiten wegwierp, werd ze echter onverwacht bij de arm gegrepen. 'Wat is er toch, Anne? Je ziet zo wit als een lijk en je kijkt me niet aan.'

Ze staarde naar haar klompen, die onder de zwarte rok vandaan staken, en wit was ze ineens helemaal niet meer!

'Neem je het me kwalijk dat ik bij je kwam, hoewel je nog maar kort geleden je opoe hebt begraven?' wilde hij weten.

Nu moest ze wel opkijken. 'Dat niet. Tante had me al gewaarschuwd. Mannen hebben er recht op en hebben er plezier in, zei ze, als ze getrouwd zijn,' antwoordde ze onschuldig.

'Gewaarschuwd? Recht op hebben? Wat een onzinnig geklets! Denk je er zo over?'

Ze keek weer beschaamd weg. 'Wat anders? Ik wist van niets, Jaap. Moeder vertelt immers nooit wat, dat heb ik je al eens verteld. Op de dag dat ik voor het eerst, eh, mijn periode kreeg, ben ik me ook wezenloos geschrokken. Ik dacht dat ik ernstig ziek was! Wist ik veel? Ook toen was het mijn tante die me wegwijs maakte en me doeken gaf.'

'Zo.'

Ja, dacht ze, hier kon hij weinig op zeggen. Ineens vatte ze moed en keek ze hem eindelijk fier in de ogen. 'Ik zal me niet aan mijn plicht onttrekken, hoor, als je daar soms bang voor bent. Ook al doet het pijn en ben ik gewond geraakt. Ik bloedde, hoor je, zo veel pijn deed het.'

Hij keek geschokt. 'Het is heel gebruikelijk dat het de eerste keer pijn doet en een beetje bloedt. Daar heb je in het vervolg geen last meer van.'

Ze geloofde er geen snars van, maar had vanzelfsprekend geen zin om hem dat aan zijn neus te hangen. Erger nog, ze schaamde zich voor dit gênante gesprek. Ze probeerde haar arm los te trekken.

'Het spijt me, Anne, ik had er geen idee van dat je er zo van zou schrikken.'

'Wat bedoel je?'

'Misschien moet je nog maar eens een gesprek met je tante aangaan. Doorgaans vinden getrouwde vrouwen het allemaal zo verschrikkelijk niet. Pijn zal het niet meer doen. En je moet ook het een en ander weten over hoe je een zwangerschap kunt opmerken, denk ik. Dingen over bevallingen. Kennelijk praat je moeder ook daar niet over, maar het zou goed zijn als je dat eens met je tante bespreekt.'

'Tante heeft een paar miskramen gehad en een te vroeg geboren kindje gekregen, maar nooit een voldragen kindje.'

'Dat gat kan je zuster dan misschien invullen. Zou zij net zo ontwetend een kind hebben gekregen, als jij bent? Vraag haar dat maar.'

Het leek wel of hij boos was, stelde ze stomverbaasd vast.

Door de gebeurtenis in de bedstee gaapte die dag een grote afstand tussen hen en voor het eerst had Anne werkelijk spijt dat ze getrouwd was. Ze voelde zich bitter eenzaam, zonder alleen in de molen te zijn. Toen hij haar die avond in de bedstee opnieuw naar zich toe trok, verstijfde ze meteen van schrik, maar hij trok zich daar niets van aan en toen hij net als de vorige nacht opnieuw in slaap was gevallen, moest ze inderdaad toegeven dat het niet langer pijn had gedaan. Ze huilde wat, stilletjes in het donker, maar was inmiddels zo moe, dat ze toch als een blok in slaap viel.

De volgende morgen werd ze wakker met een bonkende hoofdpijn. Het was haar tijd, wist ze. Elke maand had ze hoofdpijn bij het ongemak waar alle vrouwen last van hadden.

Met een zucht kwam ze de bedstee uit. Er was geen weg terug. Ze zou zich er doorheen moeten slaan!

De kou overviel de mensen. De winter van 1890 bleek een strenge te zijn, zo'n winter die mensen zich nog lang zouden heugen. Sneeuw en strenge vorst namen bezit van het land en de mensen leden niet alleen kou, in veel gezinnen werd regelrecht honger geleden omdat er veel te weinig eten was, naast te weinig turf en kolen. De molen draaide niet nu alles in het land in een ijzige greep verstrikt raakte. Jaap was alle dagen doende met onderhoud van de molen. Nee, geverfd kon er niet worden met die kou, maar hij had voorlopig nog genoeg te doen, net als ze dat altijd van haar vader gewend was. De wegen raakten bevroren en werden daardoor veel beter begaanbaar, maar een dik pak sneeuw maakte het onmogelijk voor de op scherp gestelde paarden om een rijtuig te trekken. De arrensleden werden daarom op de meeste boerderijen tevoorschijn gehaald. Kinderen hadden veel plezier toen sloten en vaarten eenmaal waren dichtgevroren. Jaap en Anne hadden een onverwacht vrolijke middag toen ze samen met de kinderen een grote sneeuwpop maakten, die een winterpeen als neus kreeg, twee kolen als ogen en een oude pet van Jaap als hoofdbedekking, met zelfs een oude en versleten bezem in de armen. Die middag haalde veel van de spanning weg, die tussen man en vrouw was blijven sluimeren. Praten over iets deden ze niet meer. Anne was voorzichtig geworden in het zich uiten. Stil en zonder voldoening ging ze zo veel mogelijk haar eigen gang. De kinderen gaven afleiding. Zo langzamerhand raakten Elly en Evelien eraan gewend dat deze vrouw niet langer een volkomen vreemde was, die ze desondanks moeder moesten noemen. Ze herinnerden zich hun eigen moeder vanzelfsprekend niet en langzaamaan moest Anne toegeven dat ze zich bijna tegen wil en dank aan hen begon te hechten, het meest aan de meest zachtaardige van de twee, Evelien. Nu het zo bitter koud was, gaf ze de kinderen 's avonds een warme kruik mee in de bedstee. Gelukkig hoefde er niemand boven te slapen, want daar stonden de bloemen dik op de ruiten, zelfs overdag als beneden de kachel brandde. Ook in de kamer was dat alle ochtenden het geval, omdat de kachel 's nachts slechts smeulde en dan nauwelijks warmte afgaf. Het water in de lampetkan zat bij het wakker worden verborgen onder een ijslaagje dat ze met haar vuist kapot moest slaan eer ze de waskom kon vullen. Ze deed er dan voor zichzelf en de kinderen stiekem een beetje warm water bij, zodat ze het niet al te koud kregen als ze zich moesten wassen. Op zaterdagavond moest de kachel hoog branden, als ze zich zoals alle mensen een goede wasbeurt gaven en schoon ondergoed aantrokken. Soms waste ze daarbij haar haren, eens in de drie of vier weken. Ook haalde ze op zaterdagavond haar lange blonde vlecht uit elkaar en borstelde haar haren goed, iets waar Jaap altijd graag bij toekeek. Hij vond die losse haren aantrekkelijk, besefte ze al snel, en dat verstopte ze dan zo veel mogelijk, want als dergelijke gevoelens werden opgewekt, had dat onvermijdelijk gevolgen als ze eenmaal in de bedstee lagen. Ach, mannen! Tante Marie had gelijk gehad.

Het waren eenzame dagen, toen het land gevangen was in ijs en sneeuw. Zo nu en dan kwamen er mensen langs, dat deden plattelanders graag in de wintertijd, elkaar in de avond opzoeken om te praten, soms letterlijk over de koetjes en de kalfjes, maar ook om verhalen te vertellen. Elk dorp had van die vertellers, die van alles wisten over vroegere tijden en die prachtig konden voordragen. Zo bleef de kennis over die voorbije dagen bewaard. Maar op sommige plekken lag de sneeuw zo hoog opgewaaid dat het zelfs geen doen was om op zondag helemaal naar het dorp te lopen voor de kerkdienst. Jaap ging wel, op zijn schaatsen over de bevroren sloten. Schaatsen deed Anne ook graag. Het was een uitkomst als je ergens naartoe wilde. Ze leerde de twee kinderen achter een oude stoel zo goed en zo kwaad als dat ging een beetje schaatsen, vooral omdat ze dan toch even buiten konden zijn. Van hele dagen binnen blijven werden de kinderen hangerig en dus vervelend.

Moeder had zich inmiddels weer hersteld van de verslagenheid die haar had bevangen in de eerste tijd na de begrafenis van opoe. Ze leed veel kou en werd ziek. Anne bond vaker de schaatsen onder toen Jaap niet langer hele dagen bezig was met herstelwerkzaamheden en de molen nog steeds niet kon malen omdat het polderwater bevroren was en door niets kon worden weggemalen. Zelfs het stoomgemaal kon niet langer zijn diensten bewijzen. Als Jaap oppaste en ze schaatste over de bevroren sloot in de richting van de andere molen, voelde Anne zich eindelijk weer een beetje gelukkig.

Moeder hoestte, toen Anne haar eind januari opzocht. Maar volgens zeggen waren er inmiddels veel mensen ziek geworden, deze winter. De griep sloeg toe, de een na de ander scheen ziek te worden. Anne bleef niet lang en schaatste verder naar haar tante. Deze was maar wat blij haar te zien.

'Ik heb te weinig omhanden nu mijn moeder er niet meer is en ik niet meer voor haar hoef te zorgen,' mopperde tante goedmoedig. 'Fijn dat je er bent, Anne. Hoe is het met de jonge bruid?'

Ze moest pijnlijk blozen, maar hopelijk dacht tante dat de plotselinge kleur kwam van de overgang van de kou naar de heerlijke warmte in haar keuken, waar het fornuis hoog was opgestookt omdat tante Marie het zo koud had gehad.

'Bij de jonge bruid gaat alles zoals te verwachten is.'

Tante knikte, rommelde om zich heen en lachte over haar schouder: 'Nog geen tekenen van een prille zwangerschap?'

Anne besefte meteen dat ze het inderdaad broodnodige gesprek met haar tante maar liever meteen moest hebben, want hoe meer ze dat uitstelde, hoe moeilijker het was om erover te beginnen en Jaap had wel gelijk gehad toen hij zei dat ze toch wat meer af moest weten van die dingen.

'Hoe zou ik dat merken, tante? Ik weet immers van niets. Ik wist niet eens wat het inhield om een getrouwde vrouw te zijn. Moeder vertelde me niets. U slechts een beetje. Ik durf mijn moeder al helemaal nergens naar te vragen.'

'Je moet er niet te veel op letten. Mannen hebben zo hun behoeften. Die ogenblikken gaan vanzelf weer voorbij.'

'Ja,' knikte ze terwijl ze haar tante niet aan durfde te kijken, 'dat heb ik gemerkt, maar de eerste keer deed erg veel pijn en toen ik ook nog bloedde, ben ik heel erg bang geweest omdat ik dacht dat ik gewond was geraakt.'

Tante liet haar handen rusten. 'Dat is jammer, Anne. Dat was onnodig.'

'Dat heb ik later ook begrepen, maar als ik beter op de hoogte was geweest...' Haar wangen brandden beslist nog meer dan het vuur in het fornuis! Maar nu ze toch zover was, moest ze maar liever helemaal door de zure appel heen bijten.

'Tante, waar merkt een vrouw het aan of ze een kind verwacht?'

'Natuurlijk lieverd. Het eerste is dat je periode niet op tijd komt en helemaal niet meer komt zolang de zwangerschap duurt.'

'O.'

'En verder zijn veel vrouwen in de eerste tijd misselijk. Ik heb een paar maal een miskraam gehad, dus dat weet ik wel. Ik heb weleens tegen Aagt gezegd dat het niet goed was dat ze haar dochters zo onwetend liet, maar Sien heeft het zelf allemaal ontdekt voordat... Nu ja, daar hebben we het niet meer over. Er zijn dingen die niet meer veranderd kunnen worden en het kind zal er jammer genoeg zijn leven lang op aangekeken worden. Mensen hebben soms een heel goed geheugen, vooral als het schandaaltjes betreft.'

Ze had tante graag over Clara verteld, maar dat moest maar

wachten tot een andere keer. 'En de bevalling? Jaap zegt dat het goed is om er iets vanaf te weten en dat ik die dingen maar aan u vragen moest.'

'Zei hij dat?' Tante schoot in de lach.

'Toen ik zo overstuur was toen... Na die eerste keer...'

'Ach kind, het is erg dat je overstuur raakte, maar zoals ik al zei, dat hoeft niet en zonder enige twijfel weet je dat inmiddels.'

'Ja.'

'Een echte bevalling heb ik vanzelfsprekend niet meegemaakt. Vraag dat maar aan je zus, want je moeder zal je niet onbekommerd antwoord geven. Ik vind dat je een verstandige man hebt, Anne. Het is goed als man en vrouw gewoon over dergelijke dingen kunnen praten.'

'Ja, misschien wel, maar het is zo ongemakkelijk.'

'Als je dat een paar keer hebt gedaan, niet meer,' wist tante. Ze schonk koffie voor Anne in en alsof ze geroepen was, stapte Sien juist op dat moment naar binnen. Ze had dikke huilogen, of was dat mogelijk ook van de kou?

Tante lachte naar haar jongere nichtje alsof ze niets in de gaten had. 'Je komt als geroepen, Sien. Je zus stelt vragen waar ik geen antwoord op heb.'

Sien trok een stoel bij het fornuis. 'Waarover dan?'

'Over zwangerschap en bevallingen. Vertel me eens daarover, zus.'

'Ik wist dat ik zwanger was toen de boerin mijn misselijkheid op had gemerkt en daar kwaad over werd. Ze stuurde me naar de dokter en daarna kreeg ik vanzelfsprekend een hele donderpreek. Ik kon meteen vertrekken.'

'Dus het wegblijven van de periode en misselijk worden, daar moet ik op letten?'

'Ja.' Sien nipte aan de koffie en haar ogen trokken bij. Ze glimlachte zelfs een beetje. 'En de bevalling?' ging Sien verder. 'Ja, dat doet pijn. Je krijgt krampen. Eerst om de zoveel tijd, dan erger en korter op elkaar en het kind komt vanzelf naar buiten door die krampen. Dan zorgt de baker voor de rest. Het krijgt een tik op de billen en begint te schreeuwen van de kou of van schrik, maar dat schijnt juist te moeten. Het kind wordt gewassen en ingebakerd en ten slotte bij je gelegd. Juist als je denkt dat de ellende voorbij is, komen er nog wat weeën en komt er een nageboorte, maar dan is het echt over. Dan krijg je doeken om, net als elke maand omdat er de eerste tijd bloed blijft komen en er wordt ook een sluitlaken om je buik gebonden, om ervoor te zorgen dat die zich zo goed mogelijk herstelt van de maanden dat het kind erin zat en almaar groeide en groter werd. Zo gaat dat.'

Anne keek de andere twee vrouwen verlegen aan. 'Maar waarom vertelde moeder dat niet gewoon toen ik ging trouwen? Het is toch raar dat ik ernaar moet vragen?'

Tante ging bij hen zitten. 'Dan weet je in ieder geval een ding: doe het later anders bij je eigen dochters. En leer je zoons dat ze hun echtgenotes moeten respecteren.'

'Dat vooral,' knikte Sien heftig en prompt begon ze opnieuw te huilen.

'Wat is er met jou aan de hand?' vroeg tante op dezelfde rustige manier waarop ze de vragen van Anne had beantwoord.

'Gisteren heeft de boer Adrie een klap gegeven omdat hij dronken bij de paarden bezig was. Als het nog een keer gebeurt, wordt Adrie op staande voet de laan uitgestuurd en staan we op straat.'

'Was Adrie weer dronken?' hakkelde Anne geschrokken.

'Dat is hij wel vaker, dat weet je,' was de rustige en veel nuchterder reactie van de tante.

'Ja, tante. Vroeger ook wel, maar toen merkte ik dat niet zo.'

'Er gingen al lang voor hij wat met jou kreeg, geruchten rond dat hij hem wel graag lustte. Volgens Hendrien heeft hij zelfs weleens iemand afgetuigd met een dronken kop, en is daardoor een paar dagen verplicht bij de veldwachter uit logeren geweest.'

'Nu ja,' moest Anne bijna lachen. 'Maar hij is niet het enige heethoofd, tante.'

'Dat niet, maar je zus heeft het er moeilijk mee gekregen. Niet, Sien?'

Ze snoot haar neus. 'Ik had mijn verstand moeten gebruiken. Als ik het over kon doen, was ik zeker niet met Adrie getrouwd.'

'Maar je kunt het niet overdoen. Je bent getrouwd en hebt een kind.'

'En misschien wel de tweede onderweg, vrees ik.' Sien snoot nogmaals haar neus. 'Heus Anne, weer maar blij dat je een man als Jaap hebt getroffen.'

Ze trok niet veel later haar schaatsen weer naar zich toe, want op die opmerking van Sien wilde ze werkelijk geen antwoord geven. Had haar zusje gelijk? Mocht ze echt haar handen dichtknijpen dat ze een man had als Jaap?

10

Eindelijk werd de bittere winterkou dan toch verdreven door het zich opdringende voorjaar. Niet alleen regende het dagen- en dagenlang achter elkaar, ook ijs en sneeuw begonnen te ontdooien en het polderland van Schouwen leek wel bijna te verdrinken onder al dat water, dacht Anne op een heldere middag in de eerste week van maart. Waar een mens ook keek, de plassen op het drassige land waren zo enorm dat de polder eerder op een grote watervlakte leek. Boeren brachten hun waren met de schouw, een platte roeiboot, naar de markt, omdat het rijden met paard en wagen over de boterzacht geworden polderwegen onmogelijk was. Jaap zag bleek van vermoeidheid, want de molen maalde al bijna twee weken ongeveer dag en nacht. Zijn werk in het stoomgemaal kon hij evenmin laten schieten. Op de dagen dat hij daar was, lette Anne op de molen. Dat waren voor haar de fijnste dagen van de week, besefte ze. Dan was hij weg en kon ze helemaal haar eigen gang gaan. Maar dat waren gedachten die ze amper zelf onder ogen durfde te zien en waar ze vanzelfsprekend met niemand over sprak. Er ontstond zelfs een conflict binnen de kerkenraad over de vraag of de watermolens bij wijze van uitzondering op zondag mochten malen om de nood te lenigen, of dat dit vanwege de zondagsrust verboden moest blijven. Dat meningsverschil was hoog opgelaaid. De dominee was absoluut tegen werken op de dag des Heren, maar enkele boeren die in de kerkenraad zaten, dachten er anders over en opperden dat koeien ook op zondag gemolken mochten worden, eenvoudig omdat dit nu eenmaal niet anders kon. Meneer dokter werd evenmin gehinderd als hij op zondag een zieke moest helpen. Was het malen niet hard nodig? Mensen hielden nu eenmaal graag de voeten droog en op verdronken land kon niet worden gewerkt. Maar de toestemming kwam niet en de molenaars konden wat slaap inhalen na de kerkdienst en misschien ook wel er onder. Het was meermalen gebeurd dat Jaap midden in de nacht op moest staan omdat de wind draaide en de molen opnieuw op de wind gekruid moest worden. Daar was Anne dan ook steeds wakker van geworden, maar omdat hij zo moe was, liet hij haar tenminste met rust in de bedstee en daar was ze erg opgelucht over. Ze begon er inmiddels een beetje aan te wennen wat het betekende in alle opzichten zijn vrouw te zijn, en ze zag er altijd weer tegenop omdat ze het vervelend vond wat hij op die momenten met haar deed.

Eigenlijk waren het eentonige dagen. De molen maalde, Jaap was aldoor aan het werk en kwam amper binnen om te eten. Zelf zat ze veel binnen. De vaste routine van elke huisvrouw bepaalde haar leven. Op maandag deed ze de was, gewoon in de kamer want nergens anders in een molen was voldoende ruimte om de was te doen. Daar moest ook het water op de kachel worden warm gemaakt. Onder deze weersomstandigheden was het geen doen om boodschappen te laten komen uit het dorp. Gelukkig had ze koffie, thee, suiker en stroop op voorraad genomen, zoals haar moeder dat ook altijd deed als de winter naderde. Havermout voor de pap was er ook nog voldoende. Toch moest ze de inmiddels drastisch geslonken voorraden binnenkort aan zien te vullen. Het was jammer dat ze geen eigen bakhuis had, dacht ze soms, maar vuur en molens gingen nu eenmaal erg slecht samen. Gelukkig bakte boerin De Bruijne ruim, en bij haar kocht Anne naast brood ook boter en melk. Groenten en aardappelen hadden ze van zichzelf. Er waren nog voldoende bruine bonen en erwten. Het pekelvat werd wel bedenkelijk leeg, maar ze aten met regelmaat door Jaap gevangen vis of mosselen, die werden geraapt op de pieren buitendijks in de buurt van het stoomgemaal, als sneeuw en ijs dat niet verhinderden. Mosselen waren eigenlijk een beetje armenkost, maar zelfs boeren lieten hun meiden wel mosselen rapen, al moest je bij het koken altijd voorzichtig zijn dat er geen giftige tussen zat. Dat kon je merken als je een hele ui meekookte. Verkleurde die ui, dan deed je er verstandig aan de mosselen niet te eten om narigheid te voorkomen. Mosselen waren er voldoende als je zo dicht bij de zee woonde, en ze waren er van september tot Pasen. Nee, honger leden ze zeker niet, al lukte het Anne maar zelden een paar centen over te houden om in het potje te stoppen waarin ze spaarde voor een extraatje voor zichzelf. Ze wilde erg graag een mooi stukje kant kopen voor een kraag op de japon die ze wilde gaan naaien zodra ze uit de rouw was. Maar kant was duur. De kanten mutsen van de klederdracht toonden dan ook altijd meteen of iemand welgesteld was of niet. Brede kant en veel krullen aan het oorijzer betekenden rijkdom. Als een boerin ook nog een snoer bloedkoralen had, of strenggelovige mensen alleen granaten omdat ze bloedkoralen wat frivool en kleurrijk vonden, dan kon een vrouw die bijvoorbeeld onverwacht weduwe werd daar wel een paar jaar van leven als ze haar sieraden verkocht. Op die manier vormden sieraden ook een soort verzekering als de kostwinner wegviel. Nu Anne in de rouw was, droeg ze vanzelfsprekend een effen batisten muts als ze op zondag naar de kerk ging, zonder een spoortje van kant, maar ook haar gewone zondagse muts had slechts een smalle kanten rand. Haar oorijzers waren gedoopt, wat wilde zeggen dat ze van zilver waren met een dun laagje goud eroverheen. Krulbellen waren in de afgelopen jaren uit de mode geraakt. Toen haar moeder jong was, werden de oorijzers ter hoogte van de wangen gedragen, met bellen eraan. Nu zaten de ijzers hoger, vlak bij de slapen, zonder overdaad. Krulbellen werden niet langer gedragen. Kleding was door de jaren heen ook steeds soberder en donkerder geworden, dat vond haar moeder jammer. In haar jonge jaren had ze japonnen gedragen van kleurige ruiten. Dat werd nu lichtzinnig gevonden.

Echt arme vrouwen droegen slechts koperen krullen met weinig windingen. Rang en stand was zodoende altijd op het eerste gezicht te herkennen. Boeren pronkten graag met hun overdadig opgetuigde vrouwen, zeker als ze welgedane vormen hadden. Dan liet iemand zien dat je je dat permitteren kon. Arme mensen waren immers zelden of nooit dik.

Alle mensen hunkerden naar de zon, de warmte, kortom, het voorjaar. Het was niet langer koud zoals een paar weken geleden, maar de vele regen en het dooiwater van de sneeuw zorgden samen voor veel overlast. Anne werd een beetje somber van het vele binnenzitten in haar eentje en voelde zich dan eenzaam, ondanks dat de twee meisjes aldoor haar aandacht vroegen. Jaap was zwijgzaam van vermoeidheid. De twee kinderen werden ronduit lastig. Het viel niet mee van de ene dag op de andere moeder te zijn geworden van twee driejarige kinderen. Pas over drie jaar zouden Elly en Evelien naar school gaan. Kinderen die ver van het dorp woonden, gingen nooit met hun vierde jaar naar de bewaarschool. Ze konden zover nog niet lopen, en ze halen of brengen was vanzelfsprekend uitgesloten voor wie zelf niet over paard en wagen beschikte en alle dagen hard moest werken.

Dat saaie, rustige leventje werd echter volkomen onverwacht overhoop gehaald toen Jaap midden op een dag in maart binnenkwam, hoestend en met een rode kleur op zijn gezicht. Zijn ogen stonden niet goed, dat zag Anne meteen. 'Je bent ziek,' stelde ze geschrokken vast.

Hij knikte. 'Ik had ook al geen trek in mijn eten, vanmiddag. Ik heb koorts, Anne. Ik ril van de kou en heb hoofdpijn. Alle spieren in mijn lijf doen zeer.'

'Daar hebben de mensen last van die de gemene griep hebben, die deze winter zoveel slachtoffers maakt.'

Hij knikte. 'De molen moet stilgezet worden en ik kan het niet alleen omdat ik er geen kracht voor heb nu ik koorts heb. Je moet me helpen, Anne.' Hij zonk krachteloos op een stoel.

Meteen werd ze kordaat. 'Je gaat meteen naar bed. Vooruit.' Ze trok al aan zijn kleren om hem uit te kleden. 'Help eens een beetje mee.'

'Maar de molen... Een molenaar kan immers nooit ziek zijn, als het zo nat is. Het polderbestuur...'

'Het polderbestuur zal niets te klagen hebben. Ik maal alleen.'

'Anne!'

'Schiet op, de bedstee in jij. Uitzieken moet je de griep. Als je door blijft lopen, krijg je mogelijk longontsteking en daar gaat een mens meestal dood aan. Kom op, we weten allebei dat er al meerdere kerels in de kracht van hun leven door deze ziekte zijn gestorven.'

Ze kreeg hem uiteindelijk in bed en terwijl hij nog lag te rillen onder de dikke deken, maande ze de spelende kinderen tot stilte. 'Denk erom, vader is ziek en als jullie hem hinderen met kabaal, wordt hij nog zieker. Jullie moeten op hem passen, want ik moet op de molen letten.'

Toen haastte Anne zich naar buiten. Ze stond een ogenblik stil om over de nog steeds kletsnatte polder heen te kijken. Ze haalde diep adem. Ze kon maar een ding doen.

Met alle kracht die ze in zich had, haastte ze zich naar de vang om de molen stil te zetten. Langzaam kwamen de wieken tot rust. Als Jaap morgen iets opknapte, zou ze de kinderen bij Sien brengen en zelf malen, besloot ze, net als op de dagen dat hij op het stoomgemaal werkte. Toen alles in orde was, ging ze weer naar binnen. Jaap was zich nauwelijks bewust van het feit dat de wieken niet langer ronddraaiden, zag ze toch wel een beetje bang. Ze dacht even na en nam toen een besluit. De kinderen mochten niet ziek worden. Ze pakte wat spullen van de meisjes in een valies. 'Kom maar mee. Ik breng jullie naar tante Sien omdat vader ziek is.'

Even later liep ze in de striemende regen, met de twee kinderen naast zich, tegen de tot storm aangewakkerde wind in te tornen. Ze zag dat haar vader ook zijn molen stilzette. Bij zwaar weer malen was altijd gevaarlijk. Dan lette haar vader altijd op of het geluid van de draaiende wieken wel regelmatig was, dan lette hij op het geluid van de spillen of het klapperen van de molenzeilen. Pas toen ze getrouwd was, had ze beseft hoezeer ze daar zelf ook op lette, zelfs al was Jaap net als haar vader een goed molenaar.

De toenemende storm rukte bij vlagen aan hun kleren en ze moest de meisjes goed vast houden. Twintig minuten later kwam ze langs de molen van haar vader. Ze ging even naar haar vader toe, die juist bij de vang stond. 'Het stormt. Ik hou net als Jaap op met malen.'

'Vader, Jaap is erg ziek geworden en ligt te ijlen in de bedstee. Ik heb de molen stilgezet, maar zodra de storm weer gaat liggen en er weer gemalen kan worden zonder dat de molen op hol dreigt te slaan, maal ik zelf. Het moet wel. Het is de griep en Jaap is dood-ziek en niet eens in staat zichzelf uit te kleden. Zeg dat tegen moeder. Ik breng de kinderen naar Sien. Hopelijk worden ze dan niet ziek.'

'Als je zelf maar niet ziek wordt, kind.'

'Dat zien we dan wel weer. Nu moet ik opschieten, vader. Maar zodra het kan, laat ik de molen malen.'

'Dat kun je,' was zijn onverwachte en kalme reactie. 'Zolang het polderbestuur van niets weet, komen daar geen problemen van. En als het nodig is, moet Johan je maar een beetje helpen.' Haar broertje had afgelopen tijd veel van school moeten verzuimen omdat het weer het niet toeliet naar school te gaan.

Ze knikte en haastte zich verder. De meisjes huilden een beetje. Ze hadden het koud gekregen en werden moe, maar ze kon hen niet dragen. Bij tante Marie liep ze door en niet veel later zat ze in de warme keuken van Sien, die haar doornat geworden omslag-doek te drogen hing voor de brandende kachel en de koud gewor-den meisjes in een bedstee tilde. 'Worden jullie maar warm.'

Anne legde uit dat ze de komende dagen niet voor de kinderen kon zorgen, voor Jaap zorgen en ook nog de molen laten draaien. Gelukkig vond Sien het niet erg om een paar dagen voor de kin-deren te zorgen. Een halfuurtje later, want ze was er toch niet gerust op dat Jaap doodziek alleen in de molen lag, haastte ze zich alweer terug. Tante kwam naar buiten, toen ze even later langsliep. 'Wat is er aan de hand, Anne?'

Ze wisselden een paar woorden, maar Anne wilde niet nog meer tijd verliezen door ook bij tante naar binnen te gaan.

Weer thuis was de storm inmiddels tot een zware storm aangewakkerd. De kale bomen kromden zich op het land in de felle windvlagen. De plassen water op de landerijen vertoonden hier en daar zelfs witgekuifde golfjes. Jaap ijlde, maar ze verstond niets van zijn onsamenhangende geprevel. Ze deed wat turven in de kachel, want ze had het vuur niet al te hoog durven laten branden toen er niemand in de buurt was om erop te letten.

Huiverend schoof ze de waterketel naar het midden. Eerst droge kleren aantrekken, dacht ze. Ze was moe, ze was nat en ze was bang. Het was halfzes. De storm loeide inmiddels om de molen. Overal hoorde ze gekraak, maar het waren vertrouwde geluiden geworden. Ze was nu een kleine drie maanden getrouwd, rekende ze in de gauwigheid uit. Het was een ongekende verandering geweest, zonder meer, maar ze begon aan haar nieuwe leven gewend te raken. Een paar weken geleden had ze haar maandelijkse periode nog gehad. Jaap had het gemerkt, toen ze hem afweerde in de bedstee. Dat respecteerde hij gelukkig, maar hij had wel gefluisterd dat hij het jammer vond dat ze niet zwanger bleek te zijn. Ze stelde hem teleur, besefte ze. Maar zelf vond ze het niet erg. Van Sien wist ze immers hoeveel ongemakken een zwangerschap met zich meebracht en het was wel prettig om eerst beter aan haar nieuwe leven te kunnen wennen, voor er nog meer veranderingen zouden komen.

De meisjes noemden haar moeder zonder daar nog bij na te denken. Ze luisterden naar haar. Ze praatten nauwelijks meer over tante Clara. Ze had Clara afgelopen zaterdag een briefje geschreven, om haar op de hoogte te stellen van hun welzijn, want Clara zou zich wel vaak hebben afgevraagd of het goed ging met de twee kleintjes die ze vanaf hun geboorte had verzorgd en opgevoed. Anne dacht wel dat Clara hen missen zou. Ze huiverde en besloot dat ze best een boterham lustte. Het was etenstijd. Ze had zin in chocolademelk, ook al omdat dat warm was. Eerst stak ze de olielamp aan. Jaap werd wakker en ze probeerde hem iets te laten drinken, maar hij was gloeiend heet en wilde niets hebben. Ze maakte zich diep vanbinnen best zorgen om hem. Hoge koorts kon gevaarlijk zijn. Wacht, ze zou azijnsokken voor hem maken, zoals moeder had gedaan toen haar vader vorig jaar met hoge koorts in bed had gelegen. Ze doopte natte sokken in azijn en trok ze Jaap aan zijn voeten. Hij sputterde niet eens tegen. Toen nam ze zijn gezicht af met een natte waslap. Hij opende zijn ogen en keek haar glazig aan.

'Je moet iets drinken, Jaap.' Ze stak haar ene arm onder zijn hoofd en tilde dat op. In haar andere hand had ze een glas met water. Hij dronk twee slokken, maar duwde het glas toen alweer van zich af. Ach, vele malen een paar slokjes waren misschien nog wel beter dan in een keer een heel glas, hoopte ze. Toen ging ze zitten. Ze liet de deuren van de bedstee open zodat ze het kon horen en zien als hij naar nodig had. Ze pakte haar breikous op, maar ze telde een paar keer verkeerd, omdat ze net aan de hiel begon, en dus moest ze secuur meerderen en minderen. Dan moest ze weer een paar toeren uithalen. De minuten gingen tergend langzaam voorbij. Ongedurig stond Anne weer op om een rondje om de molen te gaan maken, om te kijken of alles nog wel in orde was. De stormvlagen begonnen iets af te nemen, merkte ze. Hopelijk kon ze morgenochtend gaan malen. Daar verheugde ze zich op. Al snel haastte Anne zich weer naar binnen. Ze moest oppassen niet zelf ziek te worden. Binnen keek ze bij Jaap. Ze druppelde wat water tussen zijn lippen. Hij maakte smakgeluiden toen hij dat doorslikte. Hij was gloeiend heet. Als hij zo ziek bleef, moest ze misschien morgen om de dokter gaan, overwoog ze. Op dat moment, toen ze zo in de stille molen zat, voelde ze een onbekende onrust in zich omhoog kruipen. Stel je voor dat Jaap zo ziek werd dat hij eraan stierf? Dat kon immers. Dat gebeurde meer mannen in de kracht van hun leven. Dan was ze weduwe. En dan?

Dan moest ze alleen zijn kinderen opvoeden, maar waarvan zou ze moeten leven? Dan kon ze niet op de molen blijven, dan moest ze terug intrekken bij haar ouders, of ze moest naar het dorp gaan om er een huisje te vinden, te wassen of al het werk te doen dat ze maar kon krijgen, om niet afhankelijk te worden van de armenzorg, en dat was moeilijk als er kleine kinderen waren die verzorgd moesten worden. Hoe was het mogelijk dat ze binnen drie maanden zo afhankelijk was geworden van Jaap? De onrust in haar hart nam er bepaald niet door af. Opnieuw stond ze op om bij haar zwaar zieke man te kijken. Ze ververste zijn azijnsokken in de hoop dat het toch iets zou helpen. Nu was het voor alles van belang dat hij in leven zou blijven, besefte ze. En daar stond ze alleen voor. Ja, Anne maakte op dat moment kennis met een nieuw soort eenzaamheid. Die had niets te maken met alleen zijn, en al evenmin met zich onbegrepen voelen, zoals ze al eerder had gekend in haar huwelijk. Nee, dit was hulpeloosheid, totale afhankelijkheid. Ze vond het een akelig gevoel.

Nu de kinderen er niet waren en Jaap zo ziek was, besloot ze dat ze beter in de andere bedstee kon gaan slapen. Dan zou ze hem niet storen in zijn rusteloze koortsdromen en zelf geen last hebben van zijn warme lichaam dicht tegen haar aan. Voor ze ging slapen op de gebruikelijke tijd van negen uur, werd hij gelukkig even wakker. Hij moest plassen. Ze hield hem de pot voor toen hij wankel op de rand van de bedstee ging zitten. Ze moest hem helpen, zodat hij zo gezeten zijn blaas kon legen in de po, want hij was simpelweg niet in staat om lang genoeg op zijn benen te staan om op een andere manier te kunnen plassen. Gelukkig kon ze hem overhalen nog wat te drinken.

Het werd toch een rusteloze nacht. Steeds stond ze op om bij hem te gaan kijken en iedere keer was ze opgelucht als ze zijn adem hoorde of hij hoestte. Daar tussendoor viel ze gemakkelijk in slaap, om gedreven door haar bezorgdheid en rusteloosheid toch keer op keer wakker te worden.

Toen ze opstond, was de storm bedaard en de wind in zoverre gaan liggen, dat er weer gemalen kon worden. Gelukkig kwam het ochtendgloren al heel wat vroeger dan midden in de winter het geval was. Malen bij nacht, daar durfde ze niet aan te denken. De molen van haar vader was haar vertrouwd geweest. Ze kende er elke balk, elke spijker bijna. Deze molen was anders, groter, zwaarder. Even voelde ze een zware verantwoordelijkheid op haar schouders drukken. Opnieuw was ze bang, maar ze vermande zich meteen. Toen liep ze naar buiten en keek ze naar het troosteloze gezicht van de grote plassen op het land en het veel te hoge water-peil op de peilschaal. Anne vermande zich. Niet veel later wist ze de molen op de wind gekruid te krijgen. Ze zweette ervan als een otter, maar wist dat dergelijke vermoeidheid een gezonde ver-moeidheid was. Anne lichtte de vang. Langzaam zag ze de wieken in beweging komen. Gelukkig hoefde ze met deze straffe wind niet in de hekken te klimmen om die met zeil te bespannen. Het rad in de molen begon krakend te bewegen. Ze hoorde het water even-eens in beweging komen. Anne liep om de molen heen en contro-leerde alles.

Ineens was dat gevoel er weer, dat tintelende gevoel van blijd-schap, van vrijheid.

Ze was een watermolenaar. Op dit moment hinderde het niet dat ze slechts een vrouw was. De molen maalde. De molen deed zijn plicht. Het polderbestuur had niets om aanmerkingen over te komen maken.

Schouwen, het natte en drassige polderland van Schouwen, zou mede door haar inspanningen weer worden tot rijk en vruchtbaar land, waarop voedsel voor de mensen kon worden verbouwd!

Anne lachte hardop en stak haar armen in de lucht. Ineens was het leven mooier dan het ooit was geweest.

11

'Nou zeg, heb je een pot goud gevonden?'
De nuchtere stem van tante Marie bracht haar weer bij zinnen. Ze bloosde ervan. Toen schoot ze in de lach, want de euforie van even tevoren liet zich niet van de ene seconde op de andere verdrijven. 'De molen maalt, tante. Ik laat zo graag de molen malen!'

Tante grinnikte. 'Mooi zo, als je de wieken maar stilzet als het duister valt. Ik kom trouwens kijken of ik misschien iets voor je kan doen. Sinds opoe niet meer leeft, heb ik soms het gevoel tijd over te houden.'

'Kom mee naar binnen, tante. Ik heb nog niet gegeten en niet eens koffie gedronken. Eerst ben ik naar buiten gegaan en...'

'Ik speel wel een paar uur voor huisvrouw,' bedisselde de oudere vrouw goedig. 'Zorg jij maar voor de molen, dan bekommer ik me om jou en ook je man. Hoe is het met hem?'

'Hij slaapt bijna aldoor. Ik ben vannacht drie keer wakker geworden om bij hem te kijken of alles in orde was en ook heb ik nog een keer de azijnsokken ververst. Gelukkig wil hij steeds een paar slokjes drinken als ik hem zeg dat het moet.'

Tante knikte. 'Drinken moet hij, anders wordt hij slechter. Kom, ik ga naar binnen. Wat moet er vanmiddag op tafel komen?'

Ze aarzelde. 'Zuurkool met spek, tante? De zuurkool is nog niet op en het is koud.'

De ander knikte. 'Echt stevige kost. Ik zorg ervoor en eet meteen een hapje mee.'

'Maar oom Knelis dan?'

'Die smeert wel een boterham voor zichzelf, hoor. Daar doet hij niet moeilijk over.'

'Kook dan zo veel dat u een prakje voor hem kunt meenemen, dat u vanavond voor hem opwarmt.'

'Dat is een verstandig voorstel.'

Toen de deur achter haar tante was dichtgevallen, werd ze rustig van binnen. Zij kon op de molen letten, de dingen doen die haar man gewoonlijk deed. Ze keek naar het water dat werd opgepompt en weer geloosd. Het geluid ervan klonk haar als muziek in de oren. Deze molen klonk anders dan de wipmolen van haar vader. Die molen was veel ouder. Die molen kreunde dan ook als een zieke oude man, als het stormde. Anne lachte stilletjes voor zich uit. Die gedachte was van haar moeder, die hun molen met een zieke man vergeleek, maar dan alleen als vader het niet kon horen. De windrichting veranderde niet, maar het ging wel harder waaien. Anne haalde de vang aan. De hekken moesten met stormfokken gedekt worden als de wind nog verder aanwakkerde, meende ze. Dat was het enige waar ze tegenop zag: in de hekken klimmen met haar lange rokken. Dan zou ze heel goed op haar tellen moeten passen. Ze keek naar de met half zeil gedekte hekken die in grote regelmaat ronddraaiden. Als er helemaal geen zeil op de hekken zat, noemde men dat spottend: op zijn blote benen. Anne haalde ruimer adem dan ooit en keek naar De Koe. Hoe de molen ooit aan zijn naam was gekomen, wist ze niet. Vaak droegen molens de naam van de molenaarsfamilie, maar niet altijd. De schoorsteen van het stoomgemaal rookte. Jaap had haar eens verteld dat het in mei soms gebeurde dat het gemaal stil lag, om de eieren van de vogels te sparen, maar dat ze dan toch de schoorsteen lieten roken om de boeren om de tuin te leiden. Anne ging naar binnen en hing haar omslagdoek aan een spijker. In de kamer was het warm. Ze ging naast de kachel zitten om een beetje warm te worden. Tante zette juist de pan met aardappelen en zuurkool op de kachel. Toen dat aan de kook was, begon het eten een heerlijke geur te verspreiden. Anne keek bij Jaap. Nu in de ochtenduren was de koorts minder hoog dan gisteravond en vannacht. Maar dat hoorde zo, wist ze. In de ochtend was de koorts meestal beduidend lager. 'Zou ik de dokter moeten waarschuwen, denkt u, tante?'

'Welnee. Een griep is een griep en zolang er geen levensgevaar is, hoeft de dokter er niet bij te komen. Wat kan hij nu doen? Nee, blijf maar rustig zitten, meisje, zorg dat je niet te moe wordt. Even vers water putten.'

Tante verdween en Anne leunde achterover. De wieken suisden vertrouwd langs de molenromp, het geluid dat inmiddels zo vertrouwd was. Binten kraakten, raderen zoemden, de geluiden van deze molen waren even vertrouwd geworden als vroeger de geluiden van die andere molen thuis, besefte ze. Jaap hoestte en ze schrok op uit die overpeinzingen. Ze begon een beetje warmer te worden. Ze hoopte dat Jaap op maandag zover was opgeknapt dat zij als gebruikelijk de was kon doen. Als hij dan nog zo ziek was, moest ze dat maar niet doen, want de was werd in de kamer gedaan en dat gaf veel vocht. Waarschijnlijk was dat niet goed voor Jaap.

Tante kwam terug. 'Zo, je hebt er een kleur van gekregen.'

Anne stond op. 'Ik ben al te lang blijven zitten, maar ik zat zomaar wat na de te denken.'

Tante Marie knikte. Anne ging weer naar buiten om nogmaals te controleren of alles ging zoals het hoorde. De wind bleef constant en veranderde niet van richting, gelukkig maar, dat scheelde veel werk. Jaap zorgde goed voor zijn molen, besefte ze. Smeren van de onderdelen hield hij altijd zorgvuldig bij en dat was van het grootste belang om de molen goed te laten draaien. Dat smeren gebeurde met bijenwas en varkensreuzel. Ze zag de wieken van de molen van haar vader stilstaan. Hij klom erin om zeil te zwichten. Ze besefte dat dit verstandig was, nu de wind steeds verder afnam. Anne moest met haar hele gewicht aan de vang gaan hangen om de molen stil te zetten. Dat was een moment waarop ze voelde dat ze vrouw was, flitste het door haar gedachten, ze kwam eigenlijk kracht tekort. Maar uiteindelijk lukte het haar en minderden de wieken steeds meer vaart, totdat de molen stil kwam te staan. Zorgvuldig schortte ze haar rokken op, om het gevaar van vallen te verminderen. Voorzichtig begon ze aan het klimmen.

Al snel brak het zweet haar uit. Ze moest maar liever niet naar beneden kijken, toen ze bijna boven was. Een grotere molen betekende langere wieken, maar daardoor moest ze nu hoger klimmen dan in de molen van haar vader het geval was geweest. Gelukkig was ze molenaarsdochter, anders had Jaap nu een groot probleem gehad. De polder nat, de molenaar ziek? Polderbesturen hadden niet veel hart voor hardwerkende mensen als die zich ziek voelden!

Anne keek omhoog naar haar werk. Ze was er tevreden over. Het zeil op de wiek had ze deels opgerold. Maar een molen had vier wieken en ze was dus nog lang niet klaar! Nu al voelde ze haar handen van de touwen pijn doen, en ze had toch echt voldoende eelt op haar handen in plaats van zachte poezenhandjes zoals de vrouw van de dominee die had.

Toch was het zeil later op alle vier wieken bijna opgerold en Anne hing met haar hele gewicht aan de vang om die weer te lichten. Haar handen deden inmiddels pijn en ze wist dat ze er blaren op zou krijgen. Maar de molen draaide weer en o, wat voelde ze zich trots van binnen!

Een molenaar werd benoemd voor het leven en ze bleven op hun molen zolang ze in staat waren om te malen, al waren ze zeventig! Gelukkig was hun polderbestuur verstandig genoeg om niet te teveel te willen bezuinigen op het onderhoud van de watermolens, zoals elders soms gebeurde. Ach, het was zoals haar vader altijd zei. Een gewone pachtboer zat niet in het polderbestuur. Daar zaten rijke boeren in, die er te veel belang bij hadden hun voeten droog te houden. Maar vanzelfsprekend waren ze zuinig! Te veel mocht het onderhoud van de molens toch ook weer niet kosten. Soms kwamen daar grote spanningen van tussen de bestuurders en de molenaars.

De wind bleef strak uit dezelfde hoek waaien. De molen hoefde niet te worden gekruid. Anne ging weer naar binnen en liet tante, die juist bezig was het spek te bakken, haar pijnlijke handen zien.

Tante wierp er echter nauwelijks een blik op, maar knikte naar de bedstee.

Jaap had zijn ogen open. Hij keek haar aan. Ze ging naar hem toe. 'Je bent wakker. Wil je wat eten, Jaap? Je hebt al vierentwintig uur niets gegeten.'

'Geen trek.'

'Een beschuitje misschien?' probeerde ze.

Hij schudde het hoofd, mompelde een paar woorden die ze bijna niet kon verstaan, maar ze begreep dat hij hoognodig de po nodig had. Ze hielp hem en tante had het fatsoen om haar rug naar de bedstee gekeerd te houden, zodat ook Jaap zich niet opgelaten hoefde te voelen. Anne nam zijn gezicht af met een koele waslap en hielp hem zijn doornat geworden hemd uit te trekken. Nadat ze hem goed droog had gewreven, trok ze hem een schone aan en schudde ze het stro in de matras een beetje op, alsook het kussen. Toen hij weer lag, was hij merkbaar uitgeput. Tante reikte haar zwijgend een boterham aan die in kleine stukjes was gesneden en belegd was met een dikke plak goudgele kaas. Ze stak Jaap een stukje in zijn mond. 'Probeer dit maar op te eten. Het zal je goeddoen iets in je maag te hebben.'

Inderdaad lukte het hem bijna de hele boterham op te eten en hij dronk zelfs een kopje bouillon. Anne was hier erg opgelucht over. 'Je gaat weer de goede kant op, Jaap.'

Hij knikte. Pas nu leek het tot hem door te dringen dat de wieken langs de ramen flitsten. 'Wie is er gekomen om te malen?' fluisterde hij verbaasd.

'Niemand. Ik maal en tante kookt eten. De meisjes zijn bij Sien. Maak je maar niet ongerust, het polderbestuur heeft niets om opmerkingen over te maken.'

Hij trok een gezicht alsof hij er niets van geloofde. 'In je eentje?'

Ze liet hem haar rode handen ziet. 'Morgen heb ik blaren. Het is zwaar werk, Jaap. Ik hou het niet lang vol, dus word alsjeblieft snel beter.'

Er trok een flauwe glimlach over zijn gezicht, voor hij weer als een blok in slaap viel.

Tante keek tevreden. 'Hij redt het wel, Anne. En jij ook. Kom, we gaan eten.'

Ze ging zitten en werd door tante bediend. De zuurkoolstamppot smaakte heerlijk. Zelden in haar leven had eten haar zo goed gesmaakt.

Ze was gebroken, besefte ze op de dag dat Jaap zijn eerste schreden buiten de kamer zette, waarin hij vier dagen koortsig en soms ijlend in de bedstee had gelegen, voor hij op een ochtend wakker was geworden en met heldere ogen zonder koortsblossen op zijn wangen naar Anne keek. 'Ik heb honger.'

Ze was nog nooit zo snel opgestaan. 'Voel je je beter, Jaap?'

'Ik ben, geloof ik, erg ziek geweest, niet?'

Ze knikte. 'Ja, maar nu voel je je duidelijk beter. Je moest eens weten hoe opgelucht ik daarover ben.'

Hij ging zitten. 'Ik wil me wassen en…' Toen hij aanstalten maakte om op te staan, ging hij haastig weer zitten. 'Ik sta te zwaaien op mijn benen.'

'Je krijgt eerst een bord pap en een kom koffie. Ik maak water warm om je te wassen en als je schoon goed aan hebt, moet je in de deken in de leunstoel gaan zitten, want het stro in de bedstee is vochtig geworden van al dat zweten en het moet er uitgehaald worden voor het te veel gaat rotten.'

'Maar…'

'Toe, dan slaap je beter. Je moet niet op vochtig stro liggen. Je dacht er toch niet aan zo aan het werk te gaan?'

'Maar ik moet… Zeg Anne, ik hoor steeds de molen draaien.'

'Precies. Tante is al een paar dagen langs geweest om eten te koken en naar het huishouden om te kijken. Elly en Evelien logeren bij Sien, omdat ik bang was dat jij ze aan zou steken. Nu ze er niet zijn, kon ik de afgelopen nachten in hun bedstee slapen,' herhaalde ze wat ze hem al eerder had verteld. 'Het zou een ramp zijn als er meer zieken komen, Jaap.'

Hij kon niet veel anders doen dan knikken en machteloos toezien hoe zij van alles en nog wat begon te redderen. Ondertussen babbelde ze maar wat. 'Je moet voorzichtig zijn met kou en tocht, want ik heb van tante gehoord dat veel mensen na deze griep longontsteking krijgen, terwijl ze net dachten dat ze beter werden. Daar gaan mensen vaak aan dood, Jaap. Je moet dus voorzichtig zijn en van werken kan de eerste dagen nog geen sprake zijn. Als ik 's morgens ben opgestaan, ga ik aan het werk. Zodra het schemerig wordt en de duisternis verdwijnt, krui ik de molen op de wind en laat ik die draaien. Gelukkig hoefde ik maar twee keer in de wieken te klimmen voor het zeil. Ik heb eerst met stormfokken gemaald, maar nu zit er half zeil op. Als de wind echter gaat liggen, moet ik misschien met driekwart zeil gaan malen.'

Hij keek haar een beetje in de war aan, maar ze lachte monter. 'Je ziet, het heeft zijn voordelen dat je vrouw de dochter van een watermolenaar is.'

Hij knikte en krabbelde in zijn vettig overeind staande haardos. 'Een vrouw die dagenlang maalt alsof ze een kerel is... Ik heb er een keer of wat sterke verhalen over gehoord, maar geloofde nooit dat het waar was.'

'Ik heb blaren in mijn handen staan,' antwoordde ze nogal luchtig, al deden haar handen behoorlijk pijn. 'Morgen is het zondag, dan kan ik uitrusten. Nog een dag of twee, drie, Jaap, dan ben je hopelijk voldoende aangesterkt om de molen zelf te laten draaien en als het nodig is, kan ik je dan desnoods nog een handje helpen. Dan haal ik ook de kinderen weer terug. Nu is het enige wat telt dat je beter wordt en weer de oude wordt, dat je niet opnieuw ziek wordt.'

Hij knikte. Ze goot warm water in een teil, pakte de zeep en gebaarde dat hij al zijn kleren uit moest trekken. Ze had hem in de afgelopen dagen op de po geholpen. Ze was er dus aan gewend geraakt hem zonder iets aan zijn lijf te zien. Als hij toenadering zocht in de bedstee, was daar vanzelfsprekend nooit iets van te zien. De dekens bleven over hen heen liggen, en lampen brandden nooit op die momenten. Gelukkig maar, dacht ze dan, want ze zou er zich de ogen bij uit haar hoofd schamen. Dan schoof hij haar nachtpon op en als het voorbij was, kleedde ze zich zo haastig mogelijk weer fatsoenlijk aan. Hij huiverde, hoewel het toch redelijk warm was in de kamer. Ze moest opschieten. Ze waste hem met zeep, want hij scheen nog niet bij machte te zijn dat zelf naar behoren te kunnen doen. Toen hij een hemd en onderbroek aan had, verschoonde ze het water en waste zijn haar nog. Hij maakte zijn tanden schoon, wat hoognodig was. 'Later vandaag zal ik je nog scheren,' grijnsde ze. 'Je ziet er uit als een landloper met die baardstoppels.'

Ondertussen zette ze hem in de stoel. Hij zag erg bleek, stelde ze vast, maar nipte wel aan een tweede kom koffie.

Ze ging aan het werk om het oude stro uit de bedstee te halen, daarna schuurde ze die uit met zeep en soda en maakte ze de bedstee zorgvuldig droog. 'Als je moe wordt, moet je maar in de andere bedstee gaan liggen,' bedisselde ze. 'Ik geef je zo scheerschuim en je scheermes, als je denkt dat je jezelf kunt scheren. Dan kan ik je niet snijden, want ik ben het scheren immers niet gewend.'

Hij glimlachte maar wat. De bedstee was schoon, maar voor er nieuw stro in gelegd kon worden, moest het schoongeschuurde hout eerst drogen. Ze ging naar buiten en maakte een rondje om de molen. Alles was in orde, maar de wind was iets geruimd en dus moest ze de molen weer vol met de kop in de wind kruien. Even later voelde ze ineens een paar helpende handen. Ze keek verbaasd op. Het was haar vader en hij lachte. 'Ik ben bijzonder trots op je, mijn kind. Ik kon even weg en kwam kijken of alles in orde is.'

'Jaap schijnt aan de beterende hand te zijn. Ik ben vreselijk moe, vader.'

'Dat moet wel. Ik heb gezien dat de molen elke dag maalde. Ik wist wel dat dit een goed huwelijk voor je zou zijn.'

Daar was ze zelf nog steeds niet helemaal zeker van, maar het was fijn dat haar vader eindelijk, misschien wel voor het eerst van haar leven, liet blijken dat hij trots op haar was.

Weer binnen zagen ze dat Jaap in de andere bedstee in slaap gevallen was. Niet langer onrustig draaiend en geplaagd door koortsdromen, maar rustig en diep, een slaap die gezond maakte. Ze deed de deurtjes bijna dicht. Haar vader vertrok weer, want hij kon eigenlijk niet van zijn eigen molen weg. Anne vulde de bedstee met vers stro en maakte het bed weer op. Jaaps kussen was ook doorweekt. Omdat het buiten droog was en lekker fris, legde ze dat hoofdkussen in de wind om goed te laten drogen. Ze was nog druk met dit alles bezig, toen tante weer kwam. 'Ik heb thuis erwtensoep gekookt en dat meegenomen,' vertelde ze. 'Dan kunnen jullie die straks eten. Knelis is vanmorgen niet zo lekker, dus ik wil niet te lang wegblijven, Anne.'

Anne keek haar tante dankbaar aan. 'Als u maar weet hoe blij ik was met uw hulp, tante. Jaap slaapt. Hij wordt weer beter.'

'Mooi zo. Als het echt niet gaat, moet je het me laten weten, hoor.'

Ze knikte. 'Als alles goed gaat, ga ik overmorgen de kinderen weer halen bij Sien, en dan kom ik even bij u aan en ook bij moeder. Gelukkig is het morgen zondag en kan ik uitrusten.'

Ze zette de pan die tante haar gaf op een hoekje van de kachel om langzaam warm te worden. Anne ging weer naar buiten om naar de molen te kijken. Alles ging zoals het hoorde. Weer voelde ze zich zo licht en ruim om het hart, maar ook een beetje weemoedig. Jaap sterkte aan. Lang zou hij niet binnen blijven om zijn vrouw het zware werk te laten doen. De vrijheid waar ze tijdens zijn ziekte van had genoten, was weer bijna voorbij. Maar goed, ze moest realistisch blijven. Langer dan een paar dagen zou ze het zware molenaarswerk nooit vol kunnen houden. Ze keek naar de draaiende wieken. Ja, vader had wat dat betreft gelijk gehad, dat dit een goed huwelijk was. Ze hield ervan op een molen te wonen. Misschien kwam dat omdat ze niet anders kende, maar ze hield van de vrijheid van dit leven. Dat ze niet van Jaap hield, dat ze sommige dingen die ze als getrouwde vrouw moest ondergaan vervelend vond, was dat niet een lot dat de meeste vrouwen trof? En dan, zo verliefd als Sien geweest was toen ze met Adrie trouwde, had die daar inmiddels geen spijt van gekregen nu Adrie steeds meer scheen te gaan drinken? Was ze nu niet voor het leven gebonden aan een man die dat niet kon laten? Die daardoor zijn werk niet altijd goed meer deed en als hij vaker dronken met de paarden in de weer was, misschien zijn werk zou kwijtraken? Die haar zelfs geregeld een grote mond gaf? Maar Sien was getrouwd en had een kind. Haar leven lag vast, net als dat van Anne zelf.

Nee, het was zoals tante haar een keer had voorgehouden. Het beste wat een mens kon doen, was zijn zegeningen tellen en daar dankbaar voor zijn. Daar kwam ze verder mee dan verlangen naar iets dat nooit zou zijn. Ze dacht nog weleens aan Constant, en vanzelfsprekend vroeg ze zich soms af hoe het uiteindelijk geweest zou zijn als hij niet gestorven was en ze met hem was getrouwd, maar ze zou dat nooit weten en het was onverstandig verlangens te koesteren over iets wat nooit meer kon zijn.

Binnen zat Jaap weer in de leunstoel. 'Ik heb lekker geslapen en voel me een stuk beter, Anne. Ik heb in de soep geroerd.'

Ze glimlachte. 'Houd je van erwtensoep? Die heeft tante gebracht.'

12

Het was de zaterdag van de strao. Veel dorpen op Schouwen, en dan met name de dorpen die dicht bij de kust lagen, vierden dit feest in het voorjaar. De paarden kregen weer eens beweging na een lange winter op stal. In optocht reed men op het straofeest met de paarden naar andere dorpen. Sommige dorpen gingen met hun paarden het strand op om de dieren met de benen door het zeewater te laten lopen, zodat die schoongespoeld werden na een lange winter op stal, en zeewater heette bovendien genezend te zijn. Maar niet alle dorpen gingen helemaal naar het strand. De optochten van die dorpen reden een rondje langs de andere dorpen in de buurt. Wat de straofeesten van elk dorp gemeen hadden, was dat daarbij geen enkel café over werd geslagen. Als snel ontaardden de feestelijkheden dan ook in een dolle boel, waarvoor de dorpelingen overal uitliepen. De meeste paarden in de stoet waren grote Zeeuwse werkpaarden, bereden door boerenzoons of knechten en vanzelfsprekend zonder zadel. Maar ook andere paarden reden soms mee, en zelfs trokken enkele koetspaarden een met papieren bloemen versierd rijtuig. Zeker in dit jaar, na de eindeloos lange koude winter, met veel zieken en veel huizen waar zo veel armoede was dat er regelrecht honger werd geleden, was het verlangen naar de komende zomer en een vrolijk verzetje groot. Jaap, nog maar nauwelijks op de been na zijn ziekte, besloot dat het de hoogste tijd was om een pleziertje te hebben met zijn hele gezin, het eerste uitje sinds de trouwdag alweer ruim drie maanden geleden. Hij smoesde wat met Adrie en wist zodoende voor elkaar te krijgen dat boer De Bruijne een van zijn werkpaarden een boerenkar wilde laten trekken, zolang Adrie zelf maar op de bok bleef zitten en beloofde niet te veel te drinken. De andere paarden uit zijn stal werden bereden door zijn zoons en neven, en zelf liet de boer zich ook niet onbetuigd. Wat begon als een gedachte van Jaap, liep daarom uit op een boerenkar die volgeladen was met mensen. De molens zouden vandaag geen water uit de polder malen, ondanks dat er een zacht en aangenaam briesje stond. Het was heerlijk weer voor eind maart. Het blauw in de lucht overheerste de voorbij zeilende witte wolkenvelden. De temperatuur was niet hoog, maar vergeleken bij de strenge vorst van nog maar even geleden, voelde het heerlijk zacht aan. Kortom, vandaag liet het voorjaar zich nog duidelijker voelen!

Anne zat naast Jaap pal achter Adrie. Jaap was dik ingepakt in een warme deken en met een fles jenever in zijn binnenzak. Boerin De Bruijne zat naast haar man in de tilbury. De andere paarden uit de stal volgden de volgeladen wagen, waarin ook Sien met Jantje zat, waarin oom en tante en zelfs vader en moeder een plaatsje hadden gevonden. Eerst ging het via Noordwelle naar Haamstede en Burgh en vandaar naar Renesse om weer terug te rijden naar hun eigen dorp. Als er gestopt werd, kreeg Anne een vruchtenwijntje, maar al na het tweede glaasje werd ze wat licht in haar hoofd en ze was wel zo verstandig zich bij de volgende stopplaatsen van nog meer wijn te onthouden. Sien wierp zo nu en dan een bezorgde blik naar de steeds vrolijker wordende koetsier, maar het was te merken dat Adrie veel drank gewend was, want er gebeurden vandaag geen rare dingen. Van de vermaning van de boer trok hij zich duidelijk niets aan.

In het laatste café hoorden ze een akelig nieuwtje. Een molenaar aan de andere kant van het eiland had zich de vorige nacht in zijn molen verhangen. Verbijsterd en vol ongeloof hoorden ze toe hoe verteld werd dat de man al lange tijd leed onder sombere stemmingen en weleens had gedreigd dat hij zich op zou hangen aan een balk, maar de mensen die dat zeiden, deden het hoogst zelden daadwerkelijk. En nu was het gebeurd. Het was de enige smet op deze verder zo vrolijke rit.

Even later ging het weer lachend verder en leek de onheilstijding alweer bijna te zijn vergeten. Toch was Anne blij, toen ze na een ronde die bijna drie uur had geduurd uiteindelijk weer op het erf van boer De Bruijne stonden. Er werd nogal gelachen door de ruiters en zelfs de boer had op dat moment de grootste pret, terwijl hij door zijn hoofdschuddende vrouw naar binnen werd afgevoerd, ongetwijfeld om in de bedstee zijn roes uit te gaan slapen. Adrie moest de paarden na de lange rit verzorgen en de dieren een welverdiende extra schep haver geven.

Sien was inmiddels al haar vrolijkheid weer kwijt. 'Maak je maar niet te veel zorgen,' probeerde Anne haar zus te troosten. 'Vandaag hebben alle kerels de hoogte.'

'Vandaag wel, ja.'

Voor haar uit liep Hendrien naast Jaap en het meisje keek hem met bewonderende ogen aan. Anne had al eerder gemerkt dat Adries zestienjarige zusje Jaap erg aardig leek te vinden. Maar ze kon er wel om lachen. Kalverliefde! Haar moeder had haar vader bij de arm genomen omdat zijn tred niet al te vast was. Johan stoeide met de tweeling. Oom en tante gingen stijf gearmd hun eigen tuinpad op. Anne bekeek hen met een welwillende glimlach. Ja, besefte ze. Oom en tante hadden een goed huwelijk. Zo kon het ook zijn! Misschien moest het zo wel zijn, en was het juist helemaal verkeerd om huwelijken te sluiten uit de overweging dat het passend was of wat bezittingen betreft gewenst. Uiteindelijk waren ze met hun vieren overgebleven. De meisjes waren moe en hangerig van de lange rit. Vooral Elly kon kattig zijn en klieren, wist Anne inmiddels. De meisjes hadden het koud gekregen en renden ongedurig heen en weer. Jaap zag akelig wit. Ze maakte zich zorgen om hem. Hij had erop gestaan net te doen alsof hij helemaal niet nog maar kort geleden ziek in de bedstee had gelegen! Maar ze durfde er vandaag niets van te zeggen. Zeker, het was fijn geweest eens een verzetje te hebben. Leven op het platteland was vaak eentonig. De meeste mensen hadden geen geld om te besteden aan welk pleziertje dan ook. Die mensen waren al blij als ze niet met een hongerige maag in bed hoefden te stappen en de uren die ze niet werkten, waren broodnodig om uit te rusten van de lange dagen vol zware lichamelijke inspanning. De zondagsrust was voor hen een grote zegen. Op die dag kon het lichaam zich herstellen van alles wat er die week van was gevraagd, konden mensen een beetje slaap inhalen die ze op andere dagen tekort gekomen waren, al moesten veel mensen grote einden lopen om naar de kerk te kunnen gaan. Arme mensen konden geen diensten overslaan, daar lette de voor de armenzorg verantwoordelijke diaken wel op. Wie niet in de kerk kwam, kreeg geen ondersteuning in de vorm van wat eten of brandstof.

Hoe streng de winter ook was geweest en hoe weinig Anne ook maar over wist te houden van het geld dat ze van Jaap kreeg om haar gezin te voeden en in de kleren te houden, honger hadden ze niet hoeven lijden. En een verzetje als vandaag was iets om reikhalzend naar uit te zien, juist omdat het maar zo zelden voorkwam.

Nog maar net terug in de molen, wachtte er een grote verrassing. Een brief. Dat gebeurde zelden of nooit. Jaap herkende meteen het handschrift van zijn zus Clara, waar hij dan ook prompt erg ongerust van werd. Anne zette de meisjes aan tafel om thee te drinken met koek erbij, waarna ze een uurtje in de bedstee moesten gaan liggen om uit te rusten en vooral om weer warm te worden. Ze was nog steeds bang dat zij of de kinderen even ziek zouden worden als Jaap was geweest, maar gelukkig was dat tot vandaag nog niet gebeurd.

Haar man was in de leunstoel gaan zitten om de brief te lezen. Anne wist dat ze het beste zwijgend kon afwachten tot Jaap haar zou vertellen wat er in die brief stond. Ze wist niet of hij het goed zou vinden als ze het papier zelf zou lezen. Ze pookte de kachel nog wat op, want zoals zo vaak bleef het in de molen kil.

Het geruzie en gekwebbel van de meisjes viel stil. Ze vulde zwijgend Jaaps koffiekom bij en ging toen zelf aan tafel zitten, afwachtend, nippend aan de koffie. Ze hadden vanmiddag voor ze vertrokken een stevige maaltijd gegeten van bruine bonen met spek, waarvan Anne had gevonden dat een dergelijke stevige ondergrond verkeerd vallende borrels zo veel mogelijk uit zou bannen. Jaap had de brief inmiddels gelezen en staarde zwijgend naar buiten. Hoewel hij nog best een paar uur kon malen, kwam hij zijn stoel niet uit. Anne beet verschillende keren op het puntje van paar tong, ze werd steeds ongeruster over de inhoud van de brief. Uiteindelijk slaakte Jaap een diep zucht. 'De brief is van Clara,' begon hij moeizaam.

'Dat had ik al begrepen.'

Zijn ogen keken eindelijk haar richting op. 'Ze vraagt me om raad, maar ik heb er geen benul van, wat ik haar moet aanraden.'

'Vertel eens,' nodigde ze uit omdat haar nieuwsgierigheid het ten slotte toch won.

'Lees zelf maar.' Hij stak haar de brief toe en haar ogen vlogen over de regels. Het kwam erop neer dat de boerenzoon die Clara lang geleden had verleid tot onbehoorlijke dingen en die daardoor de vader was van haar voorkind Rien, onverwacht langs was gekomen om met zijn zoon te praten. Daar was Clara enorm van geschrokken. Rien wist dat Cor Kik zijn echte vader niet was. Of Clara hem had verteld over de man die wel zijn vader was en die hij moest kennen, want Van Hoogendorp zat elke zondag in hun kerk, wist Anne niet. Over dergelijke dingen praatten mensen nu eenmaal liever niet. Clara was bang geworden, bleek uit de brief. De vader van haar zoon was al jaren getrouwd met een eveneens welgestelde boerendochter, maar het huwelijk was zonder kinderen gebleven en nu kreeg Van Hoogendorp ineens belangstelling voor zijn natuurlijke zoon. Dit overigens tot tegenzin van zijn vrouw. Gedreven door angst vroeg Clara haar broer of het verstandig zou zijn als Rien een poosje bij zijn oom op de molen zou komen, om zodoende het molenaarsvak te leren, maar vooral om uit de buurt te zijn tot ze wist wat de vader van Rien wilde, en hoe ze daar zelf mee om moest gaan. Ze had Cor noch Rien iets durven vertellen van dat ongewenste bezoek. Alleen Jaap wist er nu van, via deze brief.

Anne liet het papier zakken. 'Ja, dat is een moeilijke zaak. Ik ken Rien amper en zijn natuurlijke vader al helemaal niet. Maar wordt het niet tijd dat de jongen de gehele waarheid te horen krijgt, Jaap, en zelf mag zeggen wat hij ervan vindt?'

'Ondenkbaar,' vond haar man. 'Laten we er rustig over nadenken en als ik Clara weer zie, misschien hunnen we elkaar treffen, dan bespreken we onder vier ogen wat er verder gaat gebeuren. Tot die tijd... Nee. Ik ga er op zaterdagmiddag zelf heen, Anne,' besloot hij toen. 'Dan kan Rien eventueel meteen mee terugkomen.'

Hij nam de beslissing zonder te vragen wat zij ervan vond, besefte ze. En ze vond het hoogst vervelend dat hij zei Rien mee te nemen zonder aan haar te vragen wat ze daarvan vond. Het was al moeilijk genoeg geweest om te wennen aan haar nieuwe leven, met niet alleen een echtgenoot die zijn eisen stelde, maar meteen ook met zijn twee kinderen erbij, en nu kwam er nog een jonge kerel in huis, die al op de drempel van de volwassenheid stond.

Ze huiverde. 'Moet dat?' ontsnapte het vragend aan haar lippen.

Jaap merkte het nauwelijks op. 'Ja, dat moet. Ik ga in de bedstee liggen, Anne. Deze middag heeft toch wat te veel van me gevraagd.'

Daar kon ze het dan mee doen, besefte ze aangeslagen.

Ze bleef een uurtje zitten schemeren. Toen de meisjes zich weer begonnen te roeren in de bedstee, maakte ze ook Jaap wakker. Ze stak de lamp op en dekte de tafel voor het avondbrood. Maar de middag had zijn glans verloren en Anne voelde zich verdrietig, ondanks de strao.

Ze voelde zich niet lekker. Wat het was, wist ze niet. Ze was niet echt ziek. Gelukkig had ze de griep niet gekregen en de meisjes evenmin, maar toch voelde ze zich verre van gewoon. Niettemin was Anne nooit gewend geweest om over zorgen en ongemakken te praten, dus dat deed ze ook nu niet. Thuis deden ze dat niet en ze kon zich niet herinneren ooit een gesprek met Jaap te hebben gehad over zijn kindertijd. Hij had alleen verteld dat hij als kind al vroeg had moeten meehelpen. Zijn vader was vanzelfsprekend ook molenaar geweest. Zo leerden bijna alle kinderen het vak waarin ze later hun brood verdienden. Zijn vader verhuurde zich in de zomermaanden ook geregeld als dagloner bij boeren die extra handen nodig hadden tijdens de oogst. Jaap was toen hij van school kwam bij zijn vader gaan werken. Hij had hem geholpen tot hij een aanstelling op De Koe had gekregen. Hoe hij zich precies voelde bij het verlies van zijn vrouw, hun eigen huwelijk, over gevoelens die daarmee samenhingen, praatten ze maar nauwelijks. Ze had er eigenlijk geen idee van hoe hij destijds had gedacht over zijn zus Clara, toen die ongehuwd een kind moest krijgen. Het was nu eenmaal zo dat de jongemannen in dergelijke gevallen vrijuit gingen. Het waren altijd de vrouwen die met de nek werden aangekeken. Wat Clara was overkomen, kon alle jonge meisjes overkomen, zeker als ze in een afhankelijke positie verkeerden, en Clara had destijds op de Rozenhof gediend. Anne kende zelfs verhalen over boeren die op zondag met een vroom gezicht in de kerk zaten, maar daarbuiten zeiden rechten te hebben op de vrouwen van hun knechten. Maar over zoiets fluisterde men slechts.

Inmiddels was Rien bij hen in huis gekomen. Rien bleek een rustige jongen te zijn, die in het geheel niet op Clara of zijn oom leek. Anne besefte dat hij buitengewoon intelligent was, want hij las en rekende met groot gemak. Eigenlijk bezorgde Rien in het geheel geen overlast. Hij had zijn intrek genomen in een van de twee grote bedsteden, die boven op de halve zolder naast het rad te vinden waren. Hij klaagde nooit over kou of ongemak. In de bedstee borg hij op een plank een rijtje boeken, een ongewoon bezit voor een gewoon werkman met weinig geld, maar niemand die durfde te vragen hoe hij daaraan kwam. Nog steeds vroeg Anne zich af, of de jongen wel wist wie zijn vader werkelijk was. Jaap kon goed met zijn neef overweg. Rien maalde vanaf zijn komst samen met

Anne de molen op de dagen dat Jaap op het stoomgemaal werkte, iets waar het polderbestuur al snel zijn grote tevredenheid over uitte. Nee, inkomsten kreeg Rien niet van dat bestuur. Ze betaalden Jaap en als die hulp nodig had, moest hij zijn knechtje zelf maar betalen.

Rien bleek een snelle leerling te zijn. Jaap hoopte dat de jongen over een poosje een vaste aanstelling op het gemaal zou krijgen. Dan wachtte hem een goede toekomst, dacht hij. Jaap was, in tegenstelling tot Annes vader, de mening toegedaan dat machines het op den duur zouden winnen van mankracht. Zelfs in de landbouw waren veranderingen gaande. Er bestonden zelfs machines, al waren ze nog uiterst zeldzaam, die met stoomkracht het zware dorsen van de boeren overnamen. Dorsen met de vlegel was stoffig handwerk, dat de hele winter duurde en waar alle arbeiders een hekel aan hadden, omdat ze er zo veel stof van binnenkregen dat ze ervan aan het hoesten sloegen, soms tot bloedens toe. Aan de andere kant maakte de opkomst van stoommachines veel mannen ook angstig, want ze waren bang dat ze hun werk zouden verliezen als dat door machines werd overgenomen en het bijbelwoord dat wie niet werkte ook niet zou eten, was nog altijd een strikte waarheid.

Inmiddels was april goeddeels voorbijgegaan. Het polderland was geëgd. Wintertarwe groeide al aardig door en kleurde hier en daar een akker groen. Op andere percelen was gezaaid. Zomertarwe, haver en gerst. Sommige boeren waren bezig met het poten van aardappelen en de bieten. Suikerbieten werden als teelt steeds belangrijker en ook werden er voederbieten verbouwd voor de beesten als die in de lange winter op stal stonden. Er was nog maar weinig land overgebleven waar meekrap werd verbouwd. Nog maar een generatie geleden was de meekrapteelt belangrijk geweest op Schouwen-Duiveland, een oud, driejarig plantengewas met een kostbare kleurstof in het wortelgestel, die gewonnen werd om stoffen een mooie rode kleur te geven. Toen was er echter een kunstmatige kleurstof uitgevonden, en binnen enkele jaren was het gewas dat veel grote boeren in de streek rijk en machtig had gemaakt, geworden tot een randverschijnsel waarmee nauwelijks nog iets te verdienen viel. Meekrapteelt was erg arbeidsintensief en daardoor duur. Meekrap delven was eeuwenlang het zwaarste werk geweest dat een arbeider kon verrichten. Nu raakten zelfs de trots van veel plattelandsdorpen, de meestoven, in verval omdat het te duur werd die naar behoren te onderhouden. Ook de koolzaadteelt was aan het verdwijnen. Lampen brandden sinds een generatie op petroleum, dus het gewas was niet langer nodig om lampolie te winnen. Het enige nut dat koolzaad nog had was, dat er na het uitpersen van de olie een pulp overbleef waarvan veekoeken werden geperst, een nuttig bijvoer voor de wintermaanden als de koeien op stal stonden. Verder werden bonen en erwten alsmede graan dat niet voor consumptie geschikt was, door de korenmolenaars tot mesting vermalen als aanvulling op ander veevoer. Er bestonden naast watermolens en korenmolens ook molens voor het zagen van hout, voor het maken van papier uit vodden en voor het slaan van olie uit zaden. Lijnolie werd tot voor kort het goud van de molen genoemd, want hieruit werd zeep en verf gemaakt.

De boerderijen waren allemaal gemengde bedrijven. Op een deel van het land werden gewassen verbouwd, op het grasland werden de koeien geweid of werd hooi geoogst om naast voederbieten en veekoeken in de winter als veevoer te dienen. Elke boerderij had een of meer paarden om de werktuigen te trekken, een paar varkens voor het vlees en om te fokken, zodat de biggen konden worden verkocht. Elke boerderij had een kippenhok voor de eieren een zo nu en dan werd zo'n beestje ook geslacht, meestal slechts voor eigen gebruik. De mest van de dieren werd in de mestvaalt verzameld en diende weer om het akkerland vruchtbaar te houden. Zo was de cirkel dan rond. Ook werden koeienvlaaien die in de zomer in de wei lagen, verzameld als ze een beetje opdroogden; dat werd hoofdzakelijk door arme sloebers gedaan. Want als de koeienmest verder droogde, was het, gemengd met oud stro, goedkope brandstof voor het fornuis. Mensen op het platteland waren immers al eeuwen gewend om alles te hergebruiken. Nooit werd er zomaar iets weggegooid.

Toen kwam de morgen, niet lang daarna, dat Anne na het ontbijt zo misselijk werd, dat ze naar de po rende en die nog maar het op tijd kon grijpen voor ze over moest geven.

Ineens herinnerde ze zich wat tante Marie haar had verteld.

Anne ging verbijsterd in een stoel zitten.

Ze kreeg een kind!

13

Pas de volgende dag lukte het haar om naar tante Marie te lopen. Zowel Jaap als de twee meisjes deden na de warme maaltijd een dutje. Jaap was nog steeds niet helemaal de oude, maar ze was er dankbaar voor dat hij steeds verder opknapte. In de bedstee liet hij haar gelukkig nog steeds met rust. Als Jaap het hoogstnodige werk had gedaan, was hij zo moe dat hij het liefst meteen na het avondbrood in de bedstee ging liggen. Ook nu, na het warme eten, was hij als een blok in slaap gevallen. Anne nam haar omslagdoek van de spijker. De molen draaide, ze hing de klomp bij de deur. Als de wind zou veranderen, zou Jaap wakker worden, maar nu ze vermoedde dat ze een kind moest krijgen, snakte ze ernaar om tante om raad te vragen. Ze liep langs de molen van haar ouders. Ook haar vader deed tegenwoordig graag een middagdutje, wist ze. Dan bleef hij na het eten een halfuurtje in zijn leunstoel zitten soezen en haar moeder breide dan rustig, zodat ook haar lichaam uit kon rusten. Ja, ze werden wat ouder, haar vader liep al naar de vijftig.

Even later stapte ze bij tante naar binnen. Deze zat rustig bij het raam te borduren. Ze keek Anne glimlachend aan. 'Ik zag je al aankomen. Foei kind, wat zie je bleek! Ben je soms ziek? Wacht, ik ga eerst een lekkere kop koffie voor je inschenken.'

'Mag ik misschien thee, tante?'

De ander keek haar nichtje vol verbazing aan. 'Nu, ik kan me de dag niet herinneren dat jij geen koffie lustte.'

Anne bloosde ervan. 'Daarom kom ik juist. Ik heb vanmorgen overgegeven.'

'Heus?' Tante ging weer zitten en vergat de thee en al het andere. 'Dus het is zover, kind?'

'Ik denk het. Ik kwam u om raad vragen. Aan moeder durf ik immers niets te vragen.'

'Is je maandelijkse ongemak uitgebleven?'

'Sinds Jaap ziek geweest is, kwam het niet meer, en daarvoor zal het een week of twee geleden zijn, misschien toch iets langer. Maar omdat ik zo bang was dat hij dood zou gaan, heb ik er verder niet op gelet. Daarna is het in ieder geval niet meer gekomen.'

'Maar daarvoor was het wel op tijd?'

Ze knikte stom. 'Jaap merkte het omdat ik hem dan, eh,' ze werd vuurrood, 'afweer in de bedstee en eh...'

'Goed, dan ben je dus waarschijnlijk een maand of twee onderweg, misschien iets langer. Het is nu eind april.' Tante telde wat op haar vingers. 'Dan kun je het kind ergens in de tweede helft van november verwachten, Anne.'

'Dat is juist een drukke tijd, omdat er dan meestal veel regen valt en er vaak dag en nacht gemalen moet worden, tante.' Ze slaakte een moedeloze zucht.

'Ja kind, over die dingen heeft een mens niets te zeggen. Wat vindt Jaap ervan, om weer vader te worden?'

'Ik durf het hem nog niet te zeggen. Ik ben er immers nog niet zeker van.'

'Was je nog niet eerder misselijk?'

Ze haalde haar schouders op. 'Niet zo erg. Hooguit dat ik geen zin had in koffie of een boterham minder at omdat mijn eten 's morgens niet zo lekker viel.'

'Wel, als de volgende periode eveneens wegblijft en de misselijkheid aanhoudt... Wanneer moet het de volgende keer komen?'

Ze bloosde. 'Dat hou ik nooit zo precies bij.'

'Als je getrouwd bent, is dat wel verstandig. Maar goed lieverd, we gaan er maar gewoon vanuit dat je zwanger bent, want voor een jonge getrouwde vrouw ligt dat toch in de lijn der verwachtingen. Ben je er blij mee?'

Ze kreeg een paar tranen in haar ogen. 'Dat weet ik niet eens.'

Tante werd weer haar kordate zelf. 'Eerst thee. Een kopje thee doet wonderen, let op mijn woorden. Als je 's morgens misselijk bent, drink je thee of gewoon water en eet je niet meer dan een beschuitje. Dan eet je later in de morgen maar pap of een boterham, als je daar trek in krijgt. Een vrouw die zwanger is, mag zichzelf overigens best een beetje verwennen.'

Van die laatste opmerking schoot Anne zowaar in de lach. 'Verwennen! Dat is iets voor rijkelui! Gewone mensen zijn al blij als hun kleren heel zijn en hun magen op tijd worden gevuld!'

Toen tante weer terug was en ze voorzichtig aan het warme vocht nipte, voelde ze zich al een stuk beter. 'Stel dat Jaap het me kwalijk neemt?' vroeg ze een beetje bang.

'Onzin, maak jezelf niets wijs. Hij wil een zoon, alle mannen willen een zoon en opvolger.'

'Zoiets heeft hij weleens gezegd ja. Maar voor hetzelfde geld wordt het weer een meisje en wat dan?'

'Anne, ben je soms bang van je man? Het is bij jullie toch niet net als bij Sien?'

'Wat is er dan met Sien?'

'Ach lieve kind, Adries drinken loopt echt uit de hand. En je zus is opnieuw zwanger. Ach, ach, wat was het ondoordacht van haar om met hem te trouwen.'

'Ze moest wel, en toen wist ze nog niet dat hij zijn drinken niet kon beheersen.'

'Maar hij dronk al veel en was dan vaak overmoedig.' Tante schudde het hoofd. 'Ze is weer zwanger, maar ze is er helemaal niet blij mee.'

Annes blik werd verdrietig. 'We zien elkaar veel te weinig sinds we getrouwd zijn, zelfs al wonen we op loopafstand van elkaar.'

'Zoek haar een keer op als je daar de kans toe hebt, Anne. Ze heeft behoefte aan de steun van haar oudere zus.'

Anne knikte. Ze had haar thee op en stond op. 'Ik kan niet lang blijven. De meisjes slapen niet zo lang meer tussen de middag.'

'Nog even en ze doen helemaal geen middagdutje meer. Ze worden straks al vier.'

'Ja, daar ben ik ook bang voor. Maar verder zijn het lieve kinderen, tante. Ze bezorgen me geen overlast.'

'Mooi, want het valt niet mee om kinderen van de eerste vrouw op te moeten voeden.'

Anne knikte.

Tante keek haar opnieuw vorsend aan. 'Ben je wel gelukkig, Anne?'

Ze haalde na een lichte aarzeling haar schouders op. 'Ach tante, wat is geluk? Soms droom ik van Constant, nog steeds. Dan vraag ik me af hoe het geweest zou zijn als hij was blijven leven en ik met hem getrouwd zou zijn. Maar Jaap is een goede man. Dat zeker. Geluk is een groot woord, tante, maar ik ben wel tevreden.'

'Goed dan, kind. Ik begrijp het. Maar je moet hem maar liever zo snel mogelijk vertellen dat hij opnieuw vader gaat worden.'

Ze knikte, maar wist niet of ze daar de moed toe zou hebben.

Twee dagen later had ze hem nog steeds niets verteld en ze volgde de raad van haar tante op om 's morgens slechts een beschuitje te eten en thee te drinken. Het leek Jaap niet op te vallen. Het liefst at die 's morgens een bord havermoutpap en ging hij daarna snel aan de slag, om dan om negen uur, de gebruikelijke koffie- en schafttijd op het platteland, nog twee sneden brood te eten en bovendien een plak koek, dik met boter besmeerd. Zelf nam ze dan ook een boterham en dat viel beter op haar maag dan een stevig ontbijt. Maar Jaap bleef moe en toen hij die avond na een dag lang malen in een stevige wind na het avondbrood opnieuw in bed ging liggen, keek ze verlangend naar buiten.

De avonden waren, nu mei was aangebroken, nog lang licht. Het was nog lang niet donker. 'Ik ga even bij Sien langs, als je het goed vindt.'

Hij knikte. 'Ik ga wel in de bedstee liggen, maar nog niet slapen tot de meisjes ook in bed liggen,' antwoordde hij. 'Maak je je zorgen om Sien?'

Ze knikte. 'Adrie drinkt te vaak en te veel, Jaap, en daar is Sien erg ongelukkig over. Ik maak me inderdaad zorgen over haar.'

'Wij allemaal,' antwoordde hij rustig. 'Vraag maar of Rien een beetje op zijn nichtjes let.' Hij schoot in de lach. 'Ze kunnen nogal een potje bij hem breken, zie je.'

Ze riep Rien, die buiten stond. 'Ik wil graag even bij mijn zus langsgaan. Oom Jaap is moe, vind je het erg om op de meisjes te letten, Rien?'

Hij schudde op de hem eigen rustige manier het hoofd. 'Ik vind het leuk om met de kinderen op te trekken, tante Anne. Ik mis mijn eigen zusjes en ik ken Elly en Evelien goed, omdat ze zo lang bij ons hebben gewoond. Mijn moeder liet me toen ook weleens op hen passen. Ze voelt zich al maanden niet zo lekker, maar wil dat voor niemand weten, ziet u. Gaat u maar rustig naar uw zuster. Ik ga een uurtje met Elly en Evelien vissen en breng ze daarna naar bed.'

Kijk, het had toch zijn voordelen deze rustige jongeman in huis te hebben, dacht ze even later. Ze voelde zich ineens licht om haar hart en vrij.

Ze was eerst langs haar moeder gegaan om die in te lichten over het vermoeden van haar zwangerschap en die reageerde al even verheugd als tante Marie. Ze was er niet lang gebleven, want haar vader hoefde nog van niets te weten, vond ze. Er was immers nog niets zeker en bij een prille zwangerschap kon er nog van alles misgaan.

Even later stapte ze bij Sien binnen. Het was te zien dat die had gehuild.

Een paar momenten voelde Anne zich opgelaten, maar omdat Sien zich vermande en net deed alsof er niets aan de hand was, ging ze daar in eerste instantie in mee. Haar zus schonk zonder iets te vragen koffie voor hen beiden in. Zelfs 's avonds had Anne inmiddels moeite om koffie lekker te vinden, maar nog zei ze niets. Toen Sien weer zat, vroeg Anne voorzichtig: 'Wat was dat nu, daarnet?'

De ander schokschouderde alleen maar, dus moest Anne verder vragen, want ze wilde haar zus graag helpen als die zich zo verdrietig voelde. 'Heeft Adrie weer te veel gedronken? Waar is hij trouwens?' probeerde ze daarom. Ze hadden zelden over Siens huwelijk gesproken en nu Anne dat probeerde, merkte ze dat dit moeilijk was.

Sien keek Anne onderzoekend aan. 'Wat wil je weten?'

Anne besloot dat ze zelf ook openhartiger moest zijn. 'Ik begreep mezelf niet goed, de laatste tijd, en wist niet bij wie ik met mijn vragen en zorgen terecht kon. Daarom ben ik naar tante Marie gestapt. Ik ben zwanger, Sien, maar ik weet nog niet of ik daar nu wel zo blij mee ben.'

'O, is dat het?' leek Sien opgelucht vast te stellen. 'Nu, dat is niets bijzonders. Ik moet ook weer een kind krijgen.'

'Moet?'

Ze schokschouderde. 'Ik ben er niet erg blij mee. In Adries familie komen veel grote gezinnen voor. Hij is er zelf een uit een heel groot gezin, dat weet je.'

Ze knikte.

'Er was bij mijn schoonouders vroeger veel ellende thuis.'

'Daar heeft Hendrien weleens iets over losgelaten,' beaamde Anne voorzichtig.

'Daarom was Adrie zo blij toen ik zwanger was. Voor hem is het een paradijs nu vast werk en een eigen huisje te hebben, zegt hij, maar hij maakt er ondertussen toch maar mooi een zootje van door steeds weer te veel te drinken, nietwaar?'

'Is zijn drinken het grootste probleem?'

De ander knikte dof. 'Dat zeker. Dan verandert hij in een onaangename man voor wie ik soms bang ben. We krijgen ruzie als ik zijn flessen verstop of niet op tijd zorg dat er volle flessen in huis zijn. Erger nog, de boer weet het en heeft gezegd dat hij hem op staande voet op straat zet als hij nog eens dronken bij de paarden in de buurt komt. Anne, dat gaat gewoon verkeerd, op een gegeven moment. Ik ben zó bang. En nu opnieuw een kind op komst...'

Sien haperde even voor ze bedrukt verderging en huiverde. 'Vorige week heeft hij me een klap gegeven, omdat volgens hem de aardappelen niet gaar waren.'

'Sien!' Anne was oprecht geschokt.

Sien kon haar tranen niet langer verbergen. 'Wat ben ik dom geweest, hè, maar ik was zo verliefd op hem dat ik alles goed vond wat hij wilde en dat ik niet inzag dat zijn vrolijke stemming slechts door de drank kwam. Ik kende hem ook niet goed genoeg om vast te stellen wat ik nu weet. Dat hij door blijft drinken, 's avonds, tot hij dronken is. Ik heb er allemaal zo'n spijt van, Anne, maar ik kan er niets meer aan veranderen.'

'Nee Sien, dat kan inderdaad niet.'

Sien huilde wat en snoot toen dapper haar neus. 'Als hij geen werk meer heeft... Wat moet ik dan? Ik ken andere vrouwen in het dorp, die bittere armoe lijden omdat hun mannen de paar centen die er verdiend worden, erdoorheen jagen met drinken. Ik ben bang voor de toekomst, Anne. Bang ook, voor wat hij doet of juist niet doet, bang voor het eeuwige tekort aan geld, bang voor wat de boer doet en bang voor nieuwe klappen.'

Anne kreeg bijna geen woord uit haar dichtgeschroefde keel. Wat stelde haar eigen verdriet hierbij weinig voor, besefte ze. En Sien was nog zo jong, nog niet eens twintig.

'Ik wou dat ik iets voor je kon doen.'

'Wees blij dat je het zo goed getroffen hebt met een man als Jaap,' hikte Sien. Toen nam ze een ferme slok koffie en lukte het haar zich te vermannen. 'Zo, dus jij krijgt ook een kind. Is Jaap er blij mee?'

'Ik weet het zelf nog maar net, dus ik heb er nog niets over gezegd. Dat moet ik binnenkort wel doen.'

'Hij zal het wel fijn vinden. Hij wil zeker het liefst een zoon hebben?'

Anne haalde haar schouders op en probeerde luchtig te antwoorden. 'Hij wil inderdaad graag een zoon, aangezien hij al twee dochters heeft. Dat heeft hij altijd gezegd.'

'Ja, je hebt wel ineens een heel gezin. Nu is Rien er ook nog bij gekomen. Ach Anne, jij hebt immers ook je zorgen, nietwaar?'

'Als ik je helpen kan, moet je het zeggen, Sien. Als er geen eten is, kun je altijd met de kinderen bij mij komen eten, hoor je?'

'Tante schuift me ook vaak wat toe. En ik probeer zo veel mogelijk geld te verstoppen, zodat Adrie het niet op kan maken. Maar Anne, als hij mogelijk de grip op zijn leven kwijt raakt, kan dat in de toekomst alleen nog maar meer ellende brengen, denk je niet?'

De ander kon Sien niet troosten. 'Probeer hem duidelijk te maken, dat het zo niet langer kan, Sien. Praat desnoods met vader of met de dominee. Een andere man kan misschien bij Adrie bereiken dat hij stopt met te veel drinken. Wat zegt Hendrien er van?'

'Ach, het is haar broer en Hendrien loopt met haar hoofd in de wolken.'

'Hoezo?'

'Je hebt toch ook wel gezien hoe ze naar Jaap kijkt?'

'Dat zeker,' moest Anne toegeven. 'Maar Jaap let niet op haar, dus het zal wel weer overgaan.'

'Het kind heeft het niet gemakkelijk. Ze dient ergens waar ze het verschrikkelijk vindt, maar een beter dienstje lijkt ze niet te kunnen vinden, en al haar inkomsten moet ze aan haar vader afgeven.'

'Ja, dat is akelig.' Anne stond op. 'Ik moet weer gaan, Sien. Ik hoop dat ik je een beetje heb kunnen steunen.'

De ander knikte. 'Dank je. Het was fijn mijn hart eens te kunnen luchten, Anne. Ik heb me zo vaak zo eenzaam gevoeld met al mijn opgekropte zorgen.'

'Je hoeft Adrie niet tegen de mening van de buitenwereld te beschermen. Je moet zo goed mogelijk voor jezelf zorgen, Sien, en daarmee voor je kinderen. Misschien kun je tante gaan helpen met mutsen wassen en strijken? Daar is wat extra geld mee te verdienen en tante zou je graag helpen het te leren.'

'Ja,' wist Sien. 'Ze mist opoe. Dank je, Anne.'

Ze glimlachte en trok even later de deur achter zich dicht.

Terug in de molen zag ze dat Jaap toch in slaap gevallen was. Ook de meisjes lagen nog in de bedstee. Rien zat in het kleine hokje dat Jaap met een groot woord zijn kantoortje noemde en lachte naar haar toen ze binnenkwam. Ze pakte het verstelwerk op. Na een poosje werd Jaap wakker en ging hij weer aan het werk. Anne besloot te blijven zitten en het opgehoopte verstelwerk af te maken. De meisjes speelden rustig en ze stopte na het avondbrood nog steeds sokken. Gelukkig bleef het lang licht, maar uiteindelijk moest ze toch de lamp opsteken om de draden goed te kunnen zien. Uiteindelijk legde ze het werk weg en staarde ze in gedachten wat voor zich uit. Anne bleef met de laaggedraaide lamp in de kamer zitten en haar gedachten namen haar mee, tot ze tegen negen uur tot het besluit kwam dat ze het Jaap inderdaad maar zo snel mogelijk moest vertellen, dat er een kind onderweg was, en ook dat ze zich grote zorgen maakte om Sien. Ze slaakte een zucht, trok haar kleren uit en over haar ondergoed de nachtjapon aan, voor ze de lamp uitblies en in de bedstee naast haar man kroop.

14

Drie dagen later op zaterdagmiddag, stopte er een sjees bij de molen. Anne keek stomverbaasd door het raam naar de vreemdeling, die uitstapte en de molen grondig in zich opnam.

Vanzelfsprekend kwam Jaap ook kijken wat de onbekende hier te zoeken had. Net toen Anne buiten kwam, verscheen ook Rien om de hoek van de molen. Ze zag de jongen verstrakken en prompt omkeren. Meteen voelde ze zich gealarmeerd. De man stelde zich voor als Van Hoogendorp, en waar had ze die naam toch eerder gehoord? Jaap had de ander beleefd de hand geschud en nu keek de vreemde man haar aan. Ze schatte hem ergens rond de veertig. Rien was ongezien naar boven verdwenen, maar was natuurlijk niet aan de opmerkzaamheid van de man ontsnapt.

'Mooie molen,' keek hij goedkeurend om zich heen en Jaap, als altijd gevoelig wanneer iemand de molen prees, glimlachte onzeker.

'U bent vast niet helemaal hierheen gekomen om mijn molen te bewonderen,' merkte hij afstandelijk op. 'U bent immers geen verdwaalde badgast.' Dat laatste was een nieuw fenomeen, dat de laatste paar jaar een enkele keer voorkwam. Ze hadden horen vertellen dat welgestelde mensen die niets beters te doen hadden dan maar wat rondlummelen met een overschot aan tijd, omdat ze toch niet hoefden te werken, geregeld vertoefden in Domburg op het naburige Walcheren, waar zelfs een heus badhuis stond. Badgasten lieten zich daar met een wagentje dat door een paard in zee getrokken werd de golven in rijden om zich daar zorgvuldig aan het zicht van anderen te onttrekken en in het koude zeewater te laten zakken. Het heette dan dat dit genezend zou zijn. Jaap had weleens verzucht dat de gekkigheid in deze wereld steeds groter werd. Waar de arme man moest sappelen om wat te eten op zijn bord te krijgen en een dak boven zijn hoofd, wisten rijke mensen kennelijk van gekkigheid niet wat ze met al hun geld moesten doen. Ja, het scheen dat zelfs de Oostenrijkse keizerin Elisabeth soms in Domburg verbleef, ook al omdat ze zich daar voor akkefietjes liet behandelen door een dokter. Een dokter! In plattelandsstreken zoals hier moest je dokters met een lantaarntje zoeken en als je er soms een nodig had, dan toch alleen als iemand heel ernstig ziek was! De laatste paar jaar verscheen er zelfs op hun eiland, maar dan bij de duinenkust rond Renesse en Haamstede, een enkele keer zo'n verdwaalde badgast. Ze hadden nog met de strao horen vertellen, dat die dan tegen betaling logeerden bij mensen die op di manier begonnen te ontdekken er een welkom centje bij te kunnen verdienen, want juist keuterboertjes op de zandgronden hadden een ontzettend armoedig bestaan.

Anne schrok van de afwerende klank die Jaap in zijn stem had gekregen.

'Mag ik misschien even binnenkomen?'

'Wilt u een molen van binnen zien?' vroeg Anne verbaasd.

'Daar gaat het niet om. Ziet u, eh, ik zou graag mijn zoon even willen spreken. Maar hij maakte zich uit de voeten zodra hij me zag. Ik zou u ook graag even willen spreken, Clements. Ik denk dat ik er beter aan doe u het een en ander uit te leggen.'

'Bent u de vader van Rien?' ging Anne een licht op, terwijl Jaap zich op het hoofd krabbelde, omdat hij werkelijk niet wist wat hij met het verzoek van deze man aanmoest.

'U bent de man die mijn zuster Clara in grote problemen heeft gebracht, een schande die zij en onze hele familie de rest van ons leven met ons mee moeten dragen,' reageerde hij met een felheid die zelfs Anne overviel.

'Ja, ziet u…'

'En nu valt u ons lastig buiten mijn zuster om? Wegwezen, zou ik zeggen!' bromde Jaap met lage stem. 'Het is duidelijk dat Rien u evenmin wil zien. Ik wil er niets mee te maken hebben. Wat zou mijn zuster er wel niet van zeggen, dat u zo achter haar rug om probeert contact met hem te leggen? Vort, mijn erf af!'

De man keek hulpzoekend van Jaap naar Anne.

Ze aarzelde. 'U weet vast heel goed dat Clara het moeilijk had toen... Nu ja, toen ze een kind verwachtte zonder getrouwd te zijn en waarvan u kennelijk de vader bent. U moet niet hier komen, mijn man heeft gelijk. Als het op uw geweten begint te drukken, moet u Clara om vergeving vragen voor wat u haar destijds hebt aangedaan. U moet er Rien niet mee belasten. De jongen heeft er niet om gevraagd om geboren te worden in schande.'

De man leek nogal van zijn stuk gebracht te zijn door zo veel onverbloemde eerlijkheid. Anne werd bij de arm gegrepen door een boos kijkende Jaap. 'Ga maar liever naar binnen, Anne, en u, mijnheer, u bent hier niet welkom, laat daarover geen enkele twijfel bestaan.'

'Het spijt me allemaal heel erg en ik zou zo graag mijn zoon een beetje leren kennen,' hoorde Anne hem nog zeggen, toen ze al naar binnen werd geduwd. 'Ik heb werkelijk berouw van wat ik in het verleden heb gedaan.'

De deur viel achter Anne dicht. Ook Jaap kwam een paar tellen later naar binnen en bleef binnen tot de sjees van het erf reed. Pas vijf minuten later kwam Rien weer beneden. 'Is hij weg?'

'Is dit de eerste keer dat hij opduikt, Rien? Of heeft hij al eerder geprobeerd om toenadering tot jou te zoeken?'

'Mijn moeder vertelde voor ze me hierheen stuurde dat hij langs was geweest. Ze is daar erg van geschrokken en dat was de voornaamste reden waarom ze u gevraagd heeft of ik bij u op de molen mocht komen, oom. Weet u, ik weet al een paar jaar wat er destijds is gebeurd en ik zie Van Hoogendorp bovendien elke zondag in de kerk zitten. Ik ken de boerderij, zijn vrouw. Ook besef ik dat ik uiterlijk als twee druppels water op hem lijk. Iedereen kan aan mij zien wat er destijds is gebeurd, en mijn moeder lijdt er nog elke dag onder.'

'Zij was niet bij machte om het te voorkomen, Rien. Vergeet niet dat heren met macht wel vaker dingen doen die niet door de beugel kunnen, en daar nog mee weg komen ook, waar een gewoon werkman zijn straf niet zou ontlopen.'

'Als hij een gewoon werkman was geweest, hadden ze mijn moeder gedwongen met hem te trouwen en niet met vader Kik,' bromde Rien nuchter. 'Op sommige van mijn papieren staat Clements, oom, maar omdat moeder alsnog met Kik trouwde en deze mij echtte, heet ik ook wel Kik.'

Anne pakte de koffieketel vast. 'Kom Rien, ik schenk koffie voor je in en dan ga je weer aan de slag en vergeten we gewoon alle drie wat er is gebeurd. Mijd die man zo veel mogelijk, dat lijkt me het verstandigste, niet Jaap?'

Jaap knikte, nog steeds boos om wat er was gebeurd. 'Het lef, je tot hier te achtervolgen!' bromde hij kwaad. 'Geef mij ook maar koffie, Anne. Neem je zelf niet? Ben je soms ziek? Je drinkt al dagen geen koffie meer, is me opgevallen. Ik begin me zorgen te maken.' Zijn ogen keken haar onderzoekend aan.

Ze kon hem niet veel langer in onzekerheid laten, besefte ze. Ze moest het hem vertellen. Ze zou het vanavond maar meteen doen, want hoe langer ze ermee wachtte, hoe moeilijker ze het vond.

Ze kon alleen maar hopen dat hij blij zou zijn opnieuw vader te worden.

De volgende zondag was het heerlijk lenteweer en met elkaar liepen ze naar het dorp om er de kerkdienst bij te gaan wonen. Zoals tegenwoordig vaker gebeurde, was Hendrien gekomen om op de kinderen te passen, zodat ook Sien mee kon naar de dienst. Het was een grote groep mensen die met elkaar naar het dorp liep, want gistermiddag was Clara met man en dochters Hanna en Lijnie gekomen om haar zoon te zien, die ze vreselijk miste. Het was een week na het onverwachte bezoek van Van Hoogendorp. Anne had Jaap, ondanks haar voornemens, nog steeds niet durven zeggen dat ze zwanger was. Ze zag daar erg tegenop, maar ze begreep zelf niet goed waarom. Het zou wel komen doordat ze niet van haar man hield, meende ze. Dat maakte alles zo veel moeilijker. Ze droomde steeds minder van Constant, dat wel. Het was nu eenmaal de nuchtere werkelijkheid, dat ze intussen molenaarsvrouw was, en dat ze dat zou blijven zolang Jaap in staat was te malen met deze mooie molen. Het was geen slecht leven, echt niet. Ze besefte dat er veel was om dankbaar voor te zijn, maar toch... Ze miste het gevoel dat Constant haar tijdens hun verloving gegeven had. Het gevoel van iemand te houden. Ze wilde er zo graag blij mee zijn, dat ze getrouwd was, maar zo voelde ze dat niet. Nog steeds niet, en wat haar soms 's nachts wakker hield en haar ook nu een schuldig gevoel gaf, was dat ze weliswaar probeerde een goede vrouw voor haar man te zijn, maar dat ze niet van hem hield, ook al was ze nu al een paar maanden met hem getrouwd. Haar moeder had eens beweerd dat een vrouw vanzelf van haar man hield als ze met hem getrouwd was, maar dat was niet waar, wist ze nu. Sterker nog, Sien had van Adrie gehouden toen ze met hem trouwde, maar deed dat nu beslist niet meer. Sien was niet langer de vrolijke jonge vrouw van haar trouwdag. Anne probeerde niet te veel te piekeren terwijl ze haar aandacht bij de preek probeerde te houden, maar op de terugweg raakte ze een beetje achter, samen met Clara. Hanna huppelde rond Rien heen. Lijnie was met Elly en Evelien, alsook met de kleine Jantje, in de molen achtergebleven, waar Hendrien op de kinderen paste, zodat de moeders naar de kerk konden. Het zou niet zo heel lang meer duren eer de tweeling groot genoeg was om mee te kunnen gaan. Johan leek Rien graag te mogen en soms gingen de jongens samen vissen.

Waar Anne ineens de moed vandaan haalde, wist ze zelf niet, maar zomaar keek ze Clara aan en kwam het hoge woord er uit. 'Heeft Jaap je verteld van het bezoek dat we vorige week kregen, Clara?'

De ander keek haar blozend van schaamte aan. Ze knikte kort. 'Het is niet de eerste keer dat hij probeert met Rien in contact te komen.'

'Dat weet ik. Wat vind je daar eigenlijk van, Clara?'

'Eerst schrok ik ervan, maar Cor wees me erop dat Jozias toch de vader van de jongen is. Stel dat hij geen wettige erfgenaam krijgt. Hij heeft met zijn vrouw immers geen kinderen gekregen. Jozias heeft zelfs voorgesteld dat Rien als arbeider op de boerderij zou kunnen komen, maar daar wilde Cor niet van weten.'

'Hij heeft spijt gekregen van wat hij destijds heeft gedaan, vertelde hij.'

'Geloof jij het?'

'Ik weet het niet, Clara. Het kan zijn.'

'God heeft mij gerechtigheid gedaan door hem geen andere kinderen te schenken. Geen zoon en opvolger voor die stee, zelfs geen dochter die een goed huwelijk kan sluiten en voor kleinkinderen kan zorgen. Soms begrijpt een mens niets van Gods wegen, maar dat heb ik altijd als een rechtvaardiging ervaren.'

'Ik weet niet of het zo wel werkt,' antwoordde Anne zuinigjes, want de felheid in Clara's stem overviel haar. 'Maar het zou kunnen zijn dat zijn berouw oprecht is.'

'Ik geloof er niets van.' Clara had inmiddels een paar opgewonden blossen op haar wangen gekregen. Het was maar goed dat ze wat achterbleven bij de anderen. Clara haakte haar arm door die van Anne. 'Mag ik? Ik ben zo moe.'

'Je lijkt wel magerder te zijn geworden. Voel je je wel goed, Clara?'

'Ja hoor, best. Maar dat dit is gebeurd, windt me op en dat is niet goed.'

'Wat zegt Cor ervan?'

'Hij heeft Jozias met lege handen weggestuurd toen hij ons kwam opzoeken, maar bedacht later dat de man wel iets kon doen voor de toekomst van zijn zoon. Cor bedoelt, hij heeft geld en het is uiteindelijk zijn vader.'

'Noemde je hem Jozias?'

Clara knikte. 'Ik diende op de hoeve. Het was het oude verhaal.

Ik werd verliefd op hem, maar liet dat nooit blijken, want een rijke boerenzoon en een arbeidersdochter, daar hoor je niet anders van dan dat het onmogelijk is. Maar ik lachte wel voluit als hij grapjes met me maakte. Hij zag ook wel wat in mij, dat wist ik dondersgoed. Ik voelde me gevleid, denk ik. Het gebeurde maar een paar keer, stiekem in het hooi. Later hield hij vol dat ik hem aangemoedigd had en dat...' Haar stem klonk zelfs nu weer, na zo veel jaren van verdriet en schaamte, verstikt. 'We waren verliefd en ik dacht in mijn domheid dat het ondanks ons standsverschil voor altijd zou zijn. Toen ik erachter kwam dat ik een kind moest krijgen na dat gebeuren, is mijn vader met de zijne gaan praten en vol schande van het erf gejaagd. Ik was mijn werk kwijt. Jozias had ineens niets meer te vertellen en werd een poos naar een oom gestuurd. Ik kreeg Rien. Vanaf dat hij een jaar of acht was, heb ik met mijn zoon over de kwestie gesproken, want in een dorp als Sirjansland worden dingen niet vergeten, Anne, en ik wilde niet dat hij het uit een vreemde mond moest horen.'

'Dat was moedig van je, Clara.'

Ze haalde diep adem. 'We dachten dat Rien hier veilig was, bij jullie. Ik weet ook niet hoe Jozias hem heeft kunnen vinden.'

'Rien zelf moet niets van hem weten, Clara, dat was duidelijk. Hij maakte zich onmiddellijk uit de voeten.'

'Hij heeft weleens gezegd dat hij zich schaamde, omdat hij zo op die vreemde man leek. Ik heb geprobeerd hem duidelijk te maken dat ik misschien verkeerd ben geweest, maar dat hij nergens schuldig aan is en wat de mensen er ook van zeggen, hij is alleen maar slachtoffer. Niets anders.'

Anne drukte haar arm. 'Het is voorbij. Je moet maar zo denken dat hij niet nog eens terug zal komen, nu Jaap hem heeft weggestuurd.'

Clara bleef onzeker kijken. 'Dat kan ik alleen maar hopen, Anne.'

Er werd niet meer over het voorval gesproken. Na de gebruikelijke verlate middagmaaltijd op zondag vertrokken de gasten weer, en Adrie was met paard en wagen gekomen om ze weg te gaan brengen, zodat Clara niet het hele eind terug hoefde te lopen. Op de heenweg hadden ze een heel eind mee kunnen rijden met de molenaarsknecht, die gemalen meel en veevoer bij een boer ging afleveren. Anne stond achter Rien en Jaap om ze uit te zwaaien. Rien was er stil van. Toen hij in de molen was verdwenen, trok ze Jaap aan zijn mouw. 'Clara zag er niet goed uit, Jaap. Ik heb haar gevraagd of ze wel in orde was en ze beweerde van wel, al gaf ze toe snel moe te zijn.'

'Deed ze dat?' Hij fronste zijn wenkbrauwen en liep achter haar aan naar binnen.

Ze knikte. 'Ik maak me een beetje ongerust, maar ik kan niet zeggen waarom.'

'Ik wilde dat ze dichterbij woonde,' verzuchtte hij.

'Of dat we paard en wagen hadden, dan konden we gemakkelijker bij hen op bezoek gaan.'

'Paarden zijn duur en rijtuigen hebben alleen rijke mensen, Anne. Het gewone volk zal moeten lopen zoals ze al eeuwenlang doen.'

Ze knikte. 'Ze praten over een stoomtram, maar ik geloof pas dat die er komt als er werkelijk zo'n rokend monster door de dorpen gaat rijden. In de winter, toen het zo hard vroor, was het gemakkelijker, Jaap. Toen konden we schaatsen.'

Hij glimlachte. 'Ik vind schaatsen prettig. Als de polder bevroren is, is er voor een watermolenaar weinig te doen.'

'Wel, nu is het voorjaar en aan een goede visvangst kun je een mooi extra centje verdienen,' glimlachte ze.

'Paling vangen als het stormt,' glommen zijn ogen.

'In de nacht,' wist ze.

'Paling zwemt nu eenmaal alleen 's nachts en dan nog het best in het najaar. In donkere nachten, als het flink waait, en al helemaal als het vlak daarvoor flink heeft geregend. Een goede vangst kan wel zeventig pond paling opleveren in zo'n nacht en ja, dat kan met een goede winst verkocht worden, Anne.'

Ze glimlachte. Vanzelfsprekend viste Jaap ook weleens overdag, dan ving hij snoek. Haar vader net zo, al ging vader er ook weleens stiekem op uit om te stropen in de polder. Een haas, een wilde eend of patrijs, vader kwam ermee thuis en moeder maakte wat hij meebracht klaar zonder daarover ook maar een vraag te stellen. Voor zover ze wist, had Jaap niet gestroopt sinds ze met hem getrouwd was, en ernaar vragen durfde ze niet. Ze zweeg zoals ze over veel dingen zwegen. Zelfs over Clara zouden ze verder wel zwijgen, meende ze.

Omdat Rien kennelijk naar boven was gegaan, haalde ze diep adem toen Jaap een borreltje voor zichzelf inschonk en zijn pijp begon te stoppen. De kachel brandde vanzelfsprekend niet langer, al was het soms ronduit kil in de molen. De haardplaat was schoongemaakt. Het werd als pure verspilling beschouwd na Pasen de kachel nog te stoken, zelfs al vielen die feestdagen in sommige jaren al in maart. Soms kon het na Pasen nog behoorlijk koud zijn. Nu behielp ze zich grotendeels met haar petroleumstellen en brandde de kachel soms enkel als er waswater gewarmd moest worden. Ze waren het gewoon om zuinig te zijn, zoals eenvoudige mensen hoorden te zijn, maar met de beste wil van de wereld kon ze haar man niet krenterig noemen. Gedachteloos legde ze haar hand op haar buik. Nu pas drong het tot haar door dat ze Clara niets had verteld van haar grote geheim en dat deze ook niets had gezien, al lieten veel vrouwen zich wat dat betreft niet om de tuin leiden en zagen ze het snel genoeg aan een andere vrouw als deze weer in gezegende omstandigheden verkeerde. Ja, dat heette zo, dacht ze een tikje bitter. Gezegende omstandigheden, zelfs al had je al acht kinderen die je niet voldoende te eten kon geven.

Ze vermande zich en ging tegenover hem aan de tafel zitten.

'Ik wil er nog even op terug komen, Jaap. Clara is volgens mij werkelijk niet in orde. Ze wilde er niet over praten, anders had ze dat wel gedaan toen ik het probeerde. Denk je dat ik haar een brief kan schrijven, dat als er iets is, ze altijd op onze hulp kan rekenen?'

Hij hield op met het stoppen van de pijp. 'Als ze niets heeft gezegd, betekent het waarschijnlijk alleen maar dat jij je muizenissen in het hoofd haalt,' dacht hij toen. 'Waar is Rien gebleven?'

'Ik denk dat hij naar boven is gegaan. Hij heeft boeken in zijn bedstee waar hij graag in leest. Hij mist zijn familie, denk ik. En dat bezoek van zijn vader zit hem ook niet lekker.'

'Noem die man niet zo. Cor Kik, dat is zijn vader. Hij heeft hem geëcht nadat hij met mijn zuster is getrouwd.'

'Niet alleen Clara is een moeilijke prater, Jaap. Jij bent al net zo erg. Soms weet ik werkelijk niet hoe ik iets moet vertellen dat je toch echt behoort te weten.'

'Onzin,' bromde hij en meteen al stond hij op, zodat ze ook die keer niet durfde te vertellen wat ze op haar hart had: het kind dat moest komen, want ze had zelfs niet de geringste twijfel meer.

Drie dagen later was het drukkend warm geworden en, zoals meestal na een paar hete dagen, dreigde er daarna onweer.

Tegen de avond rommelde en weerlichtte het in de verte, even regende het flink, maar toen trok de bui weer weg en met een opgelucht hart gingen de bewoners van het platteland weer naar bed. Ook op de meeste boerderijen, zeker die met rieten daken, stonden de mensen op als het 's nachts hevig onweerde. Hoewel het na het avondbrood nog lange tijd licht genoeg was en de molen eigenlijk moest blijven malen omdat er nog te veel water in de polder stond, zette Jaap toch de molen stil. 'Het wordt gevaarlijk om door te malen,' meende hij. Een blik in de verte leerde haar dat haar vader er kennelijk anders over dacht.

De wieken kwamen tot rust terwijl er aan de schemerig wordende horizon dreigende donderkoppen zichtbaar werden. Als er een bui over zou trekken, kon dat in deze tijd van het jaar gepaard gaan met hevige windvlagen, dus zette Jaap de molen nog zorgvuldiger dan anders vast en bracht hij een extra touw aan. Pas anderhalf uur later kwamen ook de wieken van de oude wipmolen langzaam tot stilstand. 'Gelukkig maar,' verzuchtte Anne bezorgd. 'Ik dacht al dat vader onverstandig was door met dreigende buien door te blijven malen. Stel dat de molen door een onverwachte rukwind op hol slaat!' Wrijvingsvuur en blikseminslag vormden al eeuwenlang de grootste gevaren voor molens.

Jaap controleerde samen met Rien of alles wat gemakkelijk door de wind gegrepen kon worden vaststond. De tijd van de beruchte voor- en najaarsstormen was gevaarlijk, maar hevig onweer na een periode van ongewone warmte leverde een gevaar op dat mogelijk nog groter was.

Zoals gebruikelijk gingen ze om negen uur die avond naar bed. Jaap wilde Anne in zijn armen nemen, maar ze weerde hem af en al mopperde hij iets over haar onwilligheid, ze besefte dat er maar een manier was om ervoor te zorgen dat ze er daadwerkelijk voor even van bevrijd zou zijn. Ze moest hem nu werkelijk een dezer dagen vertellen van haar zwangerschap, hoe ze daar ook tegenop zag.

Ze draaide haar rug naar hem toe en zuchtend en mokkend draaide ook hij zich om. Zoals meestal sliep hij vrijwel direct in en lag zij nog een hele tijd wakker met een hart vol weemoed en verlangen naar alles wat had kunnen zijn, maar niet mocht zijn.

Ze zakte kennelijk toch in slaap, want ze werd wakker van een vreemd, bonzend geluid dat ze niet thuis kon brengen. Meteen zat ze van schrik rechtop in bed.

15

'Jaap! Jaap, wakker worden.'

Ze was de bedstee al uit voor hij goed en wel zijn ogen open had. Er bonkte iemand op de deur en midden in de nacht mensen aan de deur, dat betekende vanzelfsprekend narigheid.

Het was haar moeder die met een bleek gezicht naar binnen strompelde, op de hielen gevolgd door tante Marie en Johan. 'Wat een windvlagen,' bromde tante terwijl ze probeerde de deur achter zich te sluiten, maar een zware vindvlaag stond er vol op en tegelijkertijd flitste een fel licht langs de hemel, bijna onmiddellijk gevolgd door een knetterende donderslag.

'Dat was dichtbij,' hakkelde haar moeder geschrokken. 'Gelukkig dat we net veilig binnen zijn, Marie.'

Zelfs Jaap was als het weerlicht uit de bedstee gesprongen. 'Ik moet buiten kijken of het nergens is ingeslagen,' bromde hij terwijl hij met verwarde haren zijn broek dichtknoopte. 'Wat is er aan de hand, moeder?'

'Vader heeft ons uit bed gehaald. Hij is bang dat de bovenkant van de molen afwaait. Het kraakt steeds erger bij elke volgende rukwind.' Haar laatste woorden werden overstemd door een nieuwe lichtflits die niet veel later werd gevolgd door een knetterende slag, die Anne de koude rillingen over de rug joeg. 'Die is beslist ergens ingeslagen, Jaap.'

Hij knikte kortaf. 'Ik ben er ook bang voor.'

Rien kwam eveneens beneden, een beetje wit om de neus. 'Ik kan niet in bed blijven liggen als ik bang ben dat de bliksem inslaat,' huiverde hij.

Anne had al een ketel water op een petroleumstel geschoven dat inmiddels brandde. 'Ga zitten. Jaap en Rien gaan straks buiten kijken en dan naar vader toe om te kijken of ze kunnen helpen, maar eerst moet het onweer zo ver over zijn getrokken dat ze zelf geen gevaar meer lopen. Nu is het buiten niet veilig. Kom, ga toch zitten.'

154

De meisjes huilden in de bedstee, het drong nu pas tot Anne door. De klok wees net halftwee in de nacht aan. Ze huiverde, haar hart klopte onrustig. Ze onderdrukte vergeefs een geeuw. De kamer in de molen was ineens bomvol mensen. De kinderen huilden, de kat kroop weg achter de kachel en Rien nam Evelien op schoot. Johan zat stil in een hoekje. Jaap keek verwezen om de hoek van de deur in het molengedeelte. Er waren in elke molen minstens twee deuren, want afhankelijk van waar de wieken draaiden, moest er altijd een deur overblijven waardoor mensen naar binnen of naar buiten konden gaan. Veiligheid was belangrijk. Molenwieken konden iemand met één klap van het leven beroven, als die tijdens het malen werd geraakt. Een enkele keer hoorden ze dergelijke verhalen, maar bijna altijd ging het dan om vreemden. Molenaars en hun gezinnen kenden de gevaren daarvoor te goed, kinderen werden die al met de paplepel ingegoten. 'Ik zie niets,' mopperde Jaap toen hij de kamer vol mensen weer binnenkwam. Het water op het petroleumstel stond al te zingen. Anne dacht dat ze het best thee kon zetten, maar Jaap dacht daar anders over. 'Rien en ik hebben koffie nodig, Anne, en smeer een paar sneden brood. Als er narigheid is bij je vader, moeten we daar een paar uur op kunnen werken. Dan heeft hij onze hulp nodig. Ik kan buiten geen hand voor ogen zien.'

Zijn stemgeluid werd bij dat laatste woord bijna overstemd door een kletterende regenbui met misschien wel hagel. Het water kwam ineens met bakken uit de hemel. 'Nu,' dacht tante nuchter als meestal. 'Als er ergens brand is ontstaan, wordt die nu weer mooi gedoofd. Hoeveel schade er is, horen we toch morgen pas.'

Anne smeerde brood. De meisjes kregen een snee brood met boter en suiker en verdwenen daarmee tevreden in de bedstee, al moesten de deuren openblijven zodat ze iedereen konden zien. De donderslagen volgden elkaar nog steeds in razend tempo op, maar ze kwamen wat langer na de bliksemflitsen, een teken dat de bui verder trok, en daar waren ze allemaal opgelucht over.

Een kwartier later waagden Rien en Jaap zich door de nog steeds gutsende regen naar buiten om de andere molenaar te hulp te gaan schieten. 'Als de kap maar behouden blijft,' mompelde moeder duidelijk overstuur.

'U kunt het beste hier blijven tot het licht wordt, moeder. Voor die tijd kunnen de mannen de schade toch niet goed opnemen.'

'Jaap en Rien zijn jong en sterk. Misschien kunnen ze waar nodig met touwen de kap verankeren,' hoopte haar moeder.

Tante was meer berustend. Ze was op de rand van de bedstee gaan zitten en vertelde de meisjes een sprookje, dat al snel de schrik van hun snoetjes liet verdwijnen en zelfs een glimlachje tevoorschijn toverde. Haar moeder bibberde. 'Wilt u een cognacje met suiker?' vroeg Anne bezorgd. 'Kruip maar in de bedstee, moeder, misschien kunt u nog een paar uurtjes slapen. We kunnen nu toch niets doen. Ga boven slapen, Johan, nu Rien er niet is.'

Haar moeder wilde wel wat cognac en Anne nam zelf het laatste beetje koffie. Nu haar zwangerschap vorderde, kreeg ze daar weer zo nu en dan trek in. Haar moeder kroop in de bedstee en Anne nestelde zich in de leunstoel van Jaap, legde haar benen op een andere stoel en trok haar omslagdoek om zich heen om een beetje toegedekt te zijn. Tante was bij de meisjes gekropen.

Het werd weer stil in de net nog zo bomvolle molen. Zelfs Anne soesde nog een uurtje weg.

Bij het eerste ochtendgloren was ze echter meteen wakker geschrokken. De anderen waren nog stil. Ze sloop naar de deur, schoot in haar klompen en ging naar buiten. Een blik in de richting van de oude wipmolen die het de afgelopen nacht zo zwaar te verduren had gekregen, leerde haar dat de schade in eerste instantie mee leek te vallen. De kap van de molen was er in ieder geval niet afgewaaid, zoals haar vader had gevreesd. Daarom had hij moeder en Johan immers naar hen toe gestuurd, omdat hij wilde dat zijn gezin in veiligheid zou zijn als er werkelijk een ramp gebeurde.

Weer binnen kon ze haar moeder geruststellen, die al met open ogen op de rand van de bedstee zat. 'De kap zit er nog op. We gaan ontbijten en dan even kijken wat de schade is. Maak maar brood voor vader klaar om mee te nemen, moeder, hij is al de hele nacht in touw geweest en zal daar wel honger van hebben gekregen.'

Zo gezegd, zo gedaan. Een kleine koffieketel werd in een doek geknoopt, zodat de koffie warm zou blijven. Tante werd wakker en beloofde voor de kinderen te zorgen, dan kon Anne met haar moeder meegaan. Johan zou straks naar school gaan. Anne merkte dat ze deze morgen nauwelijks nog last had van de ochtendmisselijkheid, maar tante had haar al verteld dat die misselijkheid weer even raadselachtig zou verdwijnen als die de kop had opgestoken. Ze at twee boterhammen, meer kreeg ze echt niet weg. Haar moeder at er nog niet een. Niet veel later gingen ze op weg. Anne droeg de mand met daarin de ketel, koffiekommen en een trommel met klaargemaakte boterhammen.

Moegewerkt als de mannen waren, waren ze dankbaar dat Anne voor hen zorgde. Ook oom Knelis had de hele nacht geholpen. Er was van alles vastgesjord. De mannen waren alle vier doodmoe.

Vader ging wat slaap inhalen. Moeder mocht weer naar binnen, want hij dacht wel dat het veilig genoeg was. De molen was behoorlijk beschadigd geraakt, maar stond niet op instorten. Jaap beloofde dat hij naar de stad zou lopen om het polderbestuur te gaan waarschuwen, als zijn eigen molen maalde. Hij wist immers dat Anne samen met Rien heel goed in staat was de molen te laten draaien. Tante mompelde nog wel, tot Annes schrik, de veronderstelling dat dit misschien niet goed voor haar was in haar toestand, maar Jaap begreep de hint niet. Nu het daglicht vol op de molen scheen, de zon weer tevoorschijn kwam alsof er niets bijzonders gebeurd was in de afgelopen uren, de damp sprookjesachtig mooi boven het zonbeschenen land hing, verbaasde Anne zich voor de zoveelste maal in stilte over de ontzagwekkende natuur. Vannacht zo verraderlijk, dodelijk zelfs, en nu leek het zonnetje slechts een en al vriendelijkheid over de ontwakende aardkorst uit te willen stralen. Tante ging met oom Knelis mee naar huis om nog wat slaap in te gaan halen. Haar vader lag al in de bedstee, uitgeput als hij was en met een gehavende molen die niet langer tot malen in staat was. Haar moeder zat voor zich uit te staren in haar stoel. Jaap nam Anne bij de arm. 'Kom, we gaan. Ik moet me wassen, omkleden en scheren. Nog een beetje havermoutpap eten en Rien en ik zetten eerst de molen in gang. Nu je vader niet kan malen, kan onze molen niet langer stil blijven staan. Dan ga ik naar de stad. Ik zal er de dag wel zoet mee zijn, Anne. Bewaar maar een prakje voor vanavond.'

Ze knikte. Het was toch al snel anderhalf uur lopen naar de stad Zierikzee en die afstand moest Jaap ook nog eens terugkomen, als het hem was gelukt mensen van het polderbestuur te spreken te krijgen. Ze was moe. Ze was nog nooit zo moe geweest, dacht ze, en ze moest zelf ook gaan rusten, besefte ze. Ze was tenslotte zwanger. Dan moest een vrouw een beetje oppassen, anders kon ze het kind verliezen en hoewel ze eerst zo veel afkeer had gevoeld van de gedachte een kind onder haar hart te dragen, besefte ze nu ineens dat het kind verliezen een van de ergste dingen was die haar kon gebeuren.

Vanzelfsprekend duurde het niet lang eer een afvaardiging van het polderbestuur de schade op kwam nemen.

Al even vanzelfsprekend leverden de kosten van de noodzakelijk geachte reparaties stof tot meningsverschillen. Onder meerdere leden van het polderbestuur bestond de mening dat watermolens minder belangrijk werden door de komst van gemalen die de polder beter droog hielden. Anderen beseften terdege dat het stoomgemaal weliswaar een flinke verbetering teweeg had gebracht, maar dat de polder nog zo nat was dat ondersteuning van de oude watermolens een zeer waardevolle bijdrage leverde aan het drooghouden van de kostbare poldergrond. Boeren konden op drassige, laaggelegen poldergronden doorgaans alleen vee weiden en hooi verbouwen. Verbeterde de grond, wat naast voldoende bemesting vaak inhield, dat de grond niet te nat mocht zijn, dan was de verbouw van andere, meer winstgevende gewassen een mogelijkheid. Gebakkelei over geld was echter van alle tijden. Het polderbestuur vertoonde de te verwachten meningsverschilleen, waarbij sommige leden meer zagen in een goedkopere reparatie van de belangrijkste gebreken, zodat de molen weer een paar jaar mee kon en waarna de kwestie van de investeringen opnieuw besproken kon worden. Anderen hadden meer een visie voor de langere termijn en wilden liever een grondig herstel. Goed werkende molens achtten zij nog steeds van groot belang voor laaggelegen polders in de kustprovincies, zoals ook het land van Schouwen er een was. Bovendien voorkwam een beter drooggehouden polder verzilting door het grondwater. Het eiland was immers geheel omringd door het zoute water van de zee en er kwam kwelwater voor. Verdere verzilting van de grond betekende dat het voor boeren moeilijker was om goede oogsten te verkrijgen, een gedegen vruchtwisseling toe te passen zodat de akkers vruchtbaar bleven en niet onnodig werden uitgeput. Braakliggen van akkerland kwam vanzelfsprekend ook voor. Een jaar geen gewas verbouwen droeg eraan bij dat de vruchtbaarheid van de grond zich kon herstellen. Aan mest was altijd een tekort, vonden veel boeren. Daarnaast moesten er dijkwachten zijn die konden patrouilleren bij storm of gevaarlijk hoog water, want alle Zeeuwen wisten al eeuwenlang dat de zee altijd bedreigend bleef.

Uiteindelijk kreeg vader Poldermans dan toch een bedrag te horen waarvoor de molen hersteld kon worden. De plaatselijke timmerman kwam eraan te pas, maar zelf was Poldermans ook niet te beroerd om de handen flink te laten wapperen. Nu de molen niet maalde kon hij groot onderhoud plegen waar een molenaar anders niet altijd in voldoende mate aan toekwam. De Koe maalde zodra er voldoende wind stond, vaak met de hekken helemaal in het zeil om zo veel mogelijk wind te kunnen vangen. Jaap ging geregeld bij zijn schoonvader kijken en stak daar eveneens zo nodig de helpende hand toe. De molens van hun polder vormden geen molengang, zoals elders in het land soms voorkwam. Dan stonden er drie of zelfs vier molens op een rij, die ieder voor zich het water een stuk hoger brachten. Die molengangen hadden een voormolenaar. Als die ging malen, moest de rest dat ook doen.

Anne werd steeds onrustiger. Deze tijd van het jaar bracht voor de boeren altijd veel drukte en werk mee. De gewassen waren inmiddels gepoot of gezaaid, maar het warmer wordende weer in combinatie met nu en dan een groeizaam regentje, zorgde voor het welig tieren van onkruid. Wieden was het werk waar de boeren en dan met name het werkvolk van de boeren, in deze tijd van het jaar druk mee waren. Jaap hoefde lang niet altijd meer te malen, zelfs niet als er wind stond. Het waterpeil was goed. De gewassen groeiden. Molenaars als Jaap Clements of vader Poldermans benutten de voor hen meestal rustiger zomertijd om hier en daar een paar centen bij te verdienen. Ze verhuurden zich in droge perioden geregeld als dagloner bij de boeren. Anne was druk in en om het huis. De hof, zoals de moestuin meestal werd genoemd, gaf veel werk, dat Rien voor het overgrote deel op zich nam. Jaap had grond van een boer gepacht en ze hadden een koe van De Bruijne gekocht voor de melk. Rien dacht er niettemin over weer naar huis te gaan nu het rustiger werd op de molen. Hij miste zijn ouders en zusjes. Maar hij was er niet zeker van of zijn moeder het goed zou vinden dat hij weer in Sirjansland kwam wonen, nu zijn vader de moeite had genomen hem helemaal hier op te komen zoeken. Aan de andere kant vond de inmiddels vijftienjarige jongen het wel aantrekkelijk om als los landarbeider een paar centen extra te verdienen, die hij wat Jaap betrof op mocht sparen om later zijn bruiloft mee te betalen en een eigen huishouding in te richten.

Anne zat er elke dag meer mee in haar maag dat Jaap nog steeds niet wist dat ze in gezegende omstandigheden verkeerde. En hoewel ze eerst had gedacht dat ze alleen maar moed moest vatten en dat ze bang was om het hem te vertellen omdat ze het kind nog gemakkelijk kon verliezen, leek het niet gemakkelijker te worden, maar eerder moeilijker. Ze was inmiddels vijf maanden getrouwd en daarvan zo'n kleine drie maanden zwanger. Van tante en Sien wist ze dat het gevaar voor een miskraam na de derde maand meestal geweken was. Werd het kind in een later stadium alsnog verloren, dan sprak men niet van een miskraam, maar van een vroeggeboorte. Kinderen die voor een tijdsduur van zeven maanden geboren werden, waren totaal kansloos. Van de zevenmaandskinderen stierf ook nog een groot gedeelte, al waren er wel baby's die zo'n vroege geboorte toch overleefden. Ze begon wat dikker te worden en ook een uitzet naaien kon niet langer worden uitgesteld.

Ze besefte echter dat ze de kwestie moeilijker vond worden naarmate ze het bleef uitstellen en toen Jaap na een dag lang wieden in een nieuwe periode van lange hete dagen als versleten thuiskwam, vroeg naar bed ging en als een blok in slaap gevallen was, maar kennelijk weer wakker werd toen ze tegen negen uur naast hem in de bedstee schoof, voelde ze zijn arm naar haar lichaam zoeken. Ze wist een zucht binnen te houden. Wennen zou het nooit, vreesde ze. Altijd weer zag ze er tegenop en was ze blij als ze weer aan de plicht om dat gedoe toe te laten had voldaan, zodat ze weer even van zijn attenties was verlost. Ze hield niet van haar man, of ze zich daar nu schuldig over voelde of niet, het was eenvoudig de waarheid. Jaap was een goede man, hij was het zeker waard om bemind te worden, maar zij kon dat eenvoudig niet voor hem voelen.

Ook die avond kon ze nauwelijks de impuls bedwingen die zoekende arm met een abrupt gebaar weg te duwen. Het drong tot haar door dat ze dat inmiddels al meer dan een maand lang deed.

Nu, in het late voorjaar met de lange avonden, scheen het nog heldere buitenlicht langs de bijna gesloten luiken naar binnen en hield de kamer gevangen in een lichte schemering. Anne ging abrupt zitten.

'Wat is er?' vroeg hij met donkere stem. 'Anne, je kunt me toch niet af blijven wijzen? Je weet wat de plichten zijn van een getrouwde vrouw. Ik wil er nooit moeilijk over doen, maar je moet niet denken dat ik me aldoor weg laat sturen zonder dat te krijgen waar ik als getrouwd man toe gerechtigd ben.'

Ze haalde diep adem. De schemering in de bedstee hielp. Het moest eindelijk worden gezegd.

'Het is niet langer nodig, Jaap.'

Hij trok haar niet al te zachtzinnig achterover de kussens in. 'Wat bedoel je met: niet langer nodig?'

Ze keek van hem weg, was bang voor de blik in zijn ogen. 'Ik bedoel dat je je zin krijgt. Ik ben zwanger.'

Even hield hij zich muisstil. 'Hoe lang al?'

'Ruim drie maanden, volgens tante Marie.'

'Hoe lang weet je het al?'

Ze probeerde er onderuit te komen. 'Een paar weken, maar ik was er niet zeker van of jij het wel goed vond.'

'Wat een enorme onzin. We zijn getrouwd. Natuurlijk is het te verwachten dat daar kinderen van komen. Hoe zo: niet goed vinden?'

'Je hebt al twee kinderen en ooit heb je gezegd dat twaalf kinderen of meer, zoals toch geregeld voorkomt, wel erg veel van het goede is waar het Gods zegen betreft.'

'Maar dat neemt niet weg dat ik eveneens heb gezegd, dat een zoon mijn grootste wens is.'

'Ja, eh… ach…' Eindelijk durfde ze zijn richting op te kijken. 'Het is zo moeilijk om over dit soort dingen te praten. Ik wilde het wel vertellen, maar zag er zo tegenop omdat ik bang was dat je misschien boos zou worden. Ik durf zelden iets te zeggen over dingen die ik denk of voel. Het is allemaal zo… Kil. Met Constant was dat zo anders en…' Ze begon zacht te huilen… 'Hoe wist ik nu of ik er wel blij om mocht zijn?'

'Ben je er blij om, Anne?'

'Dat weet ik niet. Hoe moet ik dat nu weten? Altijd was er iets dat belangrijker leek dan het kind dat ik moet krijgen.'

'Niets is belangrijker dan dat kind, of ja, toch wel: jij. Ik zou zo graag willen dat jij gelukkig bij me was, Anne, en door de dingen die je nu zegt, bekruipt me het onbehaaglijke gevoel dat dit allesbehalve het geval is.'

16

Nu durfde ze hem al helemaal niet meer aan te kijken. Als ze het bekende, zou ze hem mateloos teleurstellen. Dat voelde ze gewoon. Als ze eerlijk was en hem vertelde dat ze hem aardig vond, maar dat de liefde niet gekomen was en dat het gedoe in de bedstee haar tegenstond, zou hij zich teleurgesteld van haar afwenden. Impulsief besloot ze dat het de verstandigste oplossing was zich op de vlakte te houden, zodat ze hem tenminste niet zou kwetsen, want dat laatste had hij niet verdiend. Het was uiteindelijk niet zíjn schuld dat ze niet gelukkig met hem was geworden. Hij deed op zijn manier toch zijn best, dacht ze. 'Ik ben tevreden, Jaap. Mijn vader besloot dat dit een goed huwelijk voor mij zou zijn, en hij had gelijk. De Koe is een prachtige molen. Het leven is hier beter dan vroeger thuis in de oude wipmolen. Ik kan goed met jouw kinderen overweg. We lijden geen armoe. We zijn gezond. Ja, het is een goed huwelijk geworden.'

Ziezo, hierbij had ze geen enkele onwaarheid geuit. Ze glimlachte naar hem, maar een dankbare blik in zijn ogen bleef uit. Wel namen die ogen haar van onder tot boven op. 'Je bedoelt dat het verstandelijk gezien een geslaagd huwelijk is.'

'Voor jou niet dan?' Nu reageerde ze vanuit haar onschuld en uitte gedachten die haar vaak door het hoofd hadden gespeeld. 'Jij had een vrouw nodig om voor je te zorgen. Dat leven in je eentje op de molen was goed voor korte tijd, maar zoiets moet niet te lang duren. Een man die zo hard moet werken, moet goed te eten krijgen, en als je 's avonds doodmoe bent en je moet je eigen kleren nog wassen... Dat kan niet, dat zei mijn moeder ook. Verder miste je je dochtertjes. Ze konden echter alleen bij je komen wonen als je hertrouwde. Denk je nu echt dat ik dat niet begreep?'

'Goed dan,' zuchtte hij. 'Dat was inderdaad mijn overweging om naar je vader te stappen, Anne. Maar wat mij betreft is er iets veranderd toen ik je beter leerde kennen en dat gebeurde al snel. Je zorgt inderdaad goed voor alles, maar je lach, je optimisme, de manier waarop je voor me zorgde toen ik ziek was… Daardoor ging ik je niet alleen beter leren kennen, maar werd ik ook echt blij dat ik met jóu getrouwd was en niet met willekeurig wie.'

Ze begreep dat hij probeerde te zeggen dat hij diepere gevoelens voor haar begon te krijgen en opnieuw kon ze het niet over haar hart verkrijgen om te antwoorden dat die gevoelens bij haar waren uitgebleven.

'Ik ben het gelukkigst als ik de molen laat malen,' ging ze daarom verder. 'Zoals toen je ziek was, hoe zwaar me dat lichamelijk ook viel en al was ik bang om in de hekken te klimmen, of de laatste tijd samen met Rien, als jij in het gemaal aan het werk bent.' Opnieuw was dit een waarheid als een koe. Liegen kon en wilde ze niet tegen hem, maar de bikkelharde waarheid zeggen, zou zout in de wond wrijven en dat wilde ze hem toch niet aandoen.

'Dus je hebt er geen spijt gekregen van dat je met mij getrouwd bent, Anne?' drong hij aan.

'Nee, dat zeker niet. Jaap, nu praten we eindelijk eens met elkaar. Dat heb ik soms zo gemist. Het was alles zo nuttig en praktisch, hoe ons huwelijk uitpakte. En de bedstee… Nu ja,' met een vuurrode kleur op haar wangen keek ze hem aan. 'Daar was ik in het geheel niet op voorbereid. Het zal wel tijd nodig hebben om eraan te wennen.'

'Juist. Nu ja, ik heb ook maar van horen zeggen dat er maar weinig vrouwen zijn die dat wel prettig vinden. Het is kennelijk niet anders. Maar ik vind het heerlijk om je in mijn armen te houden, Anne.'

Ze keek van hem weg. 'Nu kan het niet meer. Het zou het kind in gevaar kunnen brengen, veronderstel ik.'

'Dat weet ik zo net nog niet, maar ik neem de hint mee. Ik zal je met rust laten tot het kind geboren is en je daarvan hersteld bent.'

Ze haalde ruimer adem. Wel, vanaf nu bood een zwangerschap ook een goede kant! 'Jaap, ik ben wel bang voor de bevalling. Ik bedoel, als ik naar de meisjes kijk, wordt me elke keer voorgehouden dat ook ik kan sterven.'

'Denk je niet dat ik daar soms ook akelig over droom, lieve Anne? Nog een keer iemand verliezen van wie ik zo veel houd, ik weet niet of ik dat aan zou kunnen. Soms kan ik me best voorstellen dat er mensen zijn die zo veel tegenslagen te verduren hebben gehad, dat ze het leven niet langer de moeite waard vinden.'

'Zoals die molenaar die zich in zijn eigen molen verhangen heeft?'

'De tijden van de mens zijn in Gods hand en ik vind niet dat een mens dat in eigen hand mag nemen, maar dat wanhoop gezonde gedachten vervormt en dat mensen dan tot een wanhoopsdaad kunnen komen... Daarover moeten we als mensen misschien toch iets minder hard oordelen.' Hij gebaarde dat ze ruimte moest maken. 'Ik wil graag even naar buiten gaan om hierover na te denken, Anne. Ik kan ineens met geen mogelijkheid meer slapen,' bekende hij. Hij was binnen een paar tellen verdwenen. Haar eigen vermoeidheid was ook op slag verdwenen. Ze kwam de bedstee uit. Het was niet kil in de molen, ze ging zo in haar nachtjapon in haar stoel zitten om na te denken. Het begon schemerig te worden in de molen, de luiken voor de kleine ramen waren niet gesloten zoals in de donkere en koude wintertijd. Zou ze een lamp opsteken? Ach nee, als een mens na wilde denken, was dat schemerig wordende licht eigenlijk juist prettig.

Had ze haar man nu teleurgesteld? Waarschijnlijk wel. Hij had graag willen horen dat ze intussen eveneens van hem was gaan houden, zoals hij kennelijk deed van haar. Maar ze kon dergelijke woorden eenvoudig niet over haar lippen krijgen, want ze waren niet gemeend. Destijds met Constant had het geen enkele moeite gekost. De vier belangrijkste woorden van de wereld, ik hou van je, waren toen als vanzelf gekomen. Maar het was niet anders. Dit was geen slecht huwelijk, zoals dat van Sien. Ze moest er tevreden mee zijn, en dat was ze ook wel. Maar jammer bleef het, dat ook.

Ze had graag een man gehad van wie ze kon houden. En ineens besefte ze dat ze het best akelig vond te beseffen dat Jaap op de een of andere manier teleurgesteld was, omdat ze hem niet de liefde kon geven waar hij kennelijk naar was gaan verlangen. Zelfs het feit dat hij opnieuw vader zou worden, had die teleurstelling niet weg kunnen nemen, en nu stond hij buiten om zijn verdriet daarover te verwerken. Het gaf haar het vervelende gevoel ondanks alles tekort te schieten tegenover haar man. Maar gevoelens lieten zich niet dwingen, dat wist ze ook. Ja, het was fijn geweest als ze van haar man kon houden zoals ze vroeger van Constant had gehouden. Zoals tante nog steeds hield van oom Knelis, dacht ze erachteraan. Na al die jaren, waarin ze toch ook de nodige tegenslagen hadden gekend, was dat duidelijk voelbaar als je hen samen zag. Ja, als man en vrouw het zo met elkaar troffen, dan kon het huwelijk een grote zegen zijn. Maar ze moest aanvaarden dat dit niet voor iedereen was weggelegd.

Toen Jaap weer binnenkwam, glimlachte ze naar hem. 'Het is goed dat we eens over onszelf gesproken hebben, Jaap. Dat heb ik gemist. Ik hoop dat we dat vaker kunnen doen.'

Hij leek zich met die woorden niet goed raad te weten. 'Ik zal het proberen,' beloofde hij toen. 'Ik ben er niet in opgevoed het hart op de tong te dragen.'

'Ik ook niet en een mens hoeft er ook niet elke gedachte uit te gooien die hem door het hoofd speelt, zonder zich erom te bekommeren of een ander daardoor gekwetst wordt of niet. Maar kunnen zeggen wat je denkt, wat je blij maakt of juist verdrietig, dat is belangrijk. Ik heb je vanavond beter leren kennen en dat vind ik fijn.'

Hij krabbelde op zijn hoofd, wat hij altijd deed als hij zich onzeker voelde, wist ze inmiddels. 'Mannen zijn anders, denk ik, maar ik zal het onthouden, Anne, en proberen minder voor mezelf te houden.'

'Dank je.' Ze geeuwde. 'Ik denk dat ik nu wel kan slapen.'

'Ik ook,' bromde hij. Toen ze in de bedstee lagen, drukte hij een zoen op haar wang. 'Mag dat wel, Anne? Voortaan elke avond? Gewoon een welgemeende zoen om je een goede nacht te wensen?'

'Ja hoor,' antwoordde ze in het veilige schemerduister van de inmiddels bijna donker geworden bedstee. 'Dat vind ik juist prettig.'

Opnieuw werd er een brief bij de molen bezorgd en ook deze keer was Clara de schrijfster. Jaap scheurde het epistel zorgvuldig open, meteen nadat de brief was afgeleverd. 'Waarschijnlijk probeert de vader van Rien het opnieuw,' verzuchtte hij. 'Misschien moet ik toch een keer met die man praten, als Cor het niet doet.'

Anne was juist bezig verse kleingesneden andijvie door de fijngestampte aardappelen te mengen en knikte over haar schouder. 'Dat is misschien verstandig.' Toen de andijvie naar tevredenheid door de aardappelen was geroerd, uitgebakken spekblokjes waren toegevoegd en ook voor iedereen een ei was gekookt, voor Jaap twee, zette ze de pan terug op een laaggedraaide pit van het petroleumstel om de stamppot nog even door en door te warmen voor ze aan tafel konden gaan. Voor toe had ze karnemelkse pap gekookt, daar hield Jaap van, al vonden de kinderen zoete pap veel lekkerder. Ze keek weer naar haar man en schrok. 'Wat is er?'

De brief was uit zijn handen gegleden en lag op zijn schoot. Het werd haar meteen duidelijk dat de brief slecht nieuws bracht. 'Wat is er aan de hand, Jaap?'

'Clara is ziek,' zuchtte hij. 'Ze heeft tyfus. Moet je kijken.'

Ze nam de brief van hem over. In een bibberig handschrift waren slechts een paar regels geschreven en dat kwam voornamelijk omdat haar man Cor de schrijfkunst nauwelijks meester was. 'Beste Jaap, ik heb hoge koorts en ben erg ziek. De dokter denkt aan tyfus en dat kan gevaarlijk zijn. Stuur Rien naar huis. Wil jou ook graag zien. Clara.'

Annes benen begaven het bijna. 'Tyfus? Daar gaan mensen soms aan dood, Jaap.'

'Ik weet het. Ik ben me lam geschrokken, Anne. We moeten erheen. Allemaal.' Hij leek zijn kracht terug te vinden. 'Rien! Rien, komen!'

De jongen kwam een paar minuten later handenwrijvend binnen. 'Is het eten al klaar? Tjonge, wat heb ik een honger!' Hij lachte vrolijk.

Anne stond op om de stamppot nog een keer om te roeren.

'We gaan zo eten.' Jaap zijn stem had weer de gewone rustige toon teruggevonden. 'Maar eerst moet je dit lezen. Meteen na het eten moet je weg en je spullen meenemen, want we weten niet hoe lang je thuis moet blijven.'

'Maar...' De jongen las. 'Moeder is ziek.' Er klonk angst door in zijn stem. 'Ze is erg ziek.'

'We weten dat je vader moet werken en je zusjes zijn nog aan de jonge kant. Je moet naar huis, Rien, en bij je moeder blijven tot ze beter is, of... Nu ja, daar moeten we maar liever niet aan denken. Ik moet bekijken of er iets geregeld kan worden. Adrie kan je niet brengen. De boer kan zijn paarden in deze tijd van het jaar niet missen. Ik geef je geld zodat je een groot gedeelte met de diligence kunt rijden.'

'Nee oom, dat duurt te lang. Ik ga na het eten op weg en overal waar ik ingehaald word door een boerenwagen of sjees, vraag ik een lift. Als de mensen stoppen en horen waarom ik zo snel mogelijk naar huis moet komen, zullen de meesten me graag een eindje mee laten rijden.'

'Goed dan. Wij komen morgen. De kinderen moeten naar tante Sien of desnoods naar tante Marie, want we mogen niet het risico lopen dat ze ook besmet raken.'

'Ze zeggen dat een mens tyfus kan krijgen door het drinken van ongekookte melk,' wist Anne, omdat ze haar tante dat een keer had horen zeggen, maar niemand die er eigenlijk zeker van was of dat wel waar was.

Ze aten zwijgend en nogal met lange tanden. Na het eten vertrok Rien meteen. Jaap klopte zijn neef op de schouders. 'Wij komen morgen, al zou ik liever meteen met je meegaan. Hier moet toch eerst het een en ander geregeld worden.'

'Ja oom.'

Zijn schouders hingen omlaag, zijn rug was gebogen, toen hij de weg insloeg die hem dwars door de polder naar zijn huis moest brengen. Het was zeker drie of vier uur lopen, maar als Rien geluk had en zo nu en dan op een kar mee mocht rijden, zou hij sneller thuis kunnen zijn.

'Ik pak kleren in voor de meisjes en ga naar Sien,' besloot Anne kordaat. 'Als we geluk hebben, kunnen ze daar meteen blijven en anders wil tante Marie hen wel opvangen.'

Ze legden voorzichtig uit dat tante Clara erg ziek was geworden en dat ze voor haar gingen zorgen. Ze kenden tante Clara nog goed, zo jong als ze waren en ook al woonden ze nu al bijna een halfjaar bij hun vader en stiefmoeder. Jaap ging met haar mee en droeg het valies met de kleren van zijn dochters. Eerst stopten ze bij de molen van haar vader om te melden waarom er morgen en misschien nog wel iets langer niet gemalen zou worden. Daarna gingen ze naar Sien, die al behoorlijk dik was en met een vermoeid gezicht haar huishoudelijke plichten vervulde. 'Weet je zeker dat het niet te veel voor je is?' wilde Anne een beetje ongerust weten.

'Jullie moeten weg. Ga maar. Ze kunnen hier blijven en tante springt wel bij. Dat doet ze vaker.'

'Ja,' dacht Anne, 'we hebben inderdaad een heel bijzondere tante.'

Jaap was verder gelopen naar de boerderij van De Bruijne, het paardenknechtshuisje dat Sien en Adrie bewoonden stond immers vlak bij die oude, machtige hoeve. De boer, dat zag Anne al van verre, stond in de bekende houding naar zijn arbeiders te kijken: hoed op het hoofd, want hij was een welgestelde heer en petten werden gedragen door het werkvolk, duimen achter de bretels van zijn broek, een dikke sigaar in de mond. Hij lette er altijd streng op of het werkvolk niet wat lanterfantte in de uren dat hij ze hun loon betaalde. De Bruijne stond bekend als een strenge boer, maar ook als een zeer rechtvaardige. Hij betaalde geen hongerloon en zorg-de ervoor dat het werkvolk op tijd eten en drinken kreeg van goede kwaliteit. Hij vroeg veel van zijn mensen, maar gaf hen ook waar ze recht op hadden. Bovendien was hij menslievend en zijn vrouw ook. Ze waren ondanks hun welstand zeker niet hooghartig. Soms voelden boeren zich bijna koning in hun eigen koninkrijkje, maar De Bruijne was zo niet. Toen Jaap terugkwam, glimlachte hij. 'De boerin gaat morgenochtend met haar boter en eieren naar de markt, Anne. Wij mogen tot daar met haar meerijden en misschien kun-nen we vandaar nog weer met iemand anders mee. Zo niet, dan scheelt het toch een heel stuk lopen.'

'Dat is aardig,' knikte ze.

'Dat is het zeker.'

Die avond zette Jaap pas laat en met een ernstig gezicht de molen stil. Daarna stond hij nog lang buiten naar de horizon te sta-ren, voor hij eindelijk naar binnen kwam, waar de koffie al koud was geworden in zijn kom. Het was bijna halfnegen. Met een zucht ging hij tegenover Anne aan de tafel zitten. 'Ik kan mijn zus-ter verliezen, Anne, die gedachte laat me maar niet los.'

Ze legde haar breikous neer op de tafel en keek hem aan. 'Ben je daar bang voor?'

Hij knikte. 'God geeft en God neemt, en wij mensen begrijpen lang niet altijd waarom Hij denkt dat iets wel goed voor ons zal zijn.'

'We moeten ons erbij neerleggen dat er dingen op onze weg gelegd worden die we helemaal niet willen.'

'Ja, maar Anne, ik ben bang. Het is een gevoel. Mijn gezonde verstand zegt dat er genoeg mensen beter worden van zulke gevaarlijke ziekten, maar toch…'

'Je zit in de put.'

'Ja. Afgelopen winter had ik zelf wel kunnen sterven. De dood is immers nooit ver weg? Jouw opoe was oud toen ze stierf, dat is toch heel anders, nietwaar?'

'We moeten allemaal eens sterven,' knikte ze.

'Ik weet het, maar dat is het verstand, Anne. Mijn moeder leeft niet meer. Stel dat mijn zus ons moet verlaten, juist nu Rien haar harder nodig heeft dan ooit, vanwege die kwestie met zijn natuurlijke vader. Cor is een beste vent, daar niet van, maar hij heeft niet veel ruggengraat. Ja, ik maak me grote zorgen.'

'Morgen zijn we bij Clara, en Jaap, we doen voor haar wat we kunnen. Kom, je moet proberen het over te geven. Dat moeten wij mensen altijd doen.'

Hij knikte en zuchtte gekweld. 'Wordt een mens zo, als het leven te veel verliezen heeft gebracht, Anne?'

'Soms wel, denk ik. Het moet smartelijk zijn geweest om bij Elly te zitten en machteloos te moeten zien hoe zij uit het leven weggleed.'

Hij keek haar aan. 'Dat was het ergste dat me is overkomen, Anne, en soms voel ik me bijna schuldig omdat het nog niet eens vier jaar geleden is en ik in die tijd niet alleen hertrouwd ben, maar me ook weer gelukkig ben gaan voelen. Het was vreselijk voor haar, het leven los te moeten laten in de wetenschap dat er twee kleine wezentjes achter moesten blijven die zonder haar misschien ook niet in leven zouden blijven. Gelukkig kon Clara ze zogen. Zonder mijn zus waren ook de kinderen er niet meer geweest.'

'Kom, neem een borrel. Je moet je tegen dergelijke gedachten verzetten, Jaap. Morgen gaan we naar Clara en we helpen haar waar we kunnen. Als het langer duurt, ga ik alleen terug en laat de molen malen zodat het polderbestuur er niets van kan zeggen.'

'Dat doen ze heus wel, als ze weten dat de molen draait en ik er niet ben. Daarnaast ben je inmiddels zwanger en is het werk te zwaar om alleen te doen. Nee Anne, van dat laatste komt niets in.'

'Dat je ziek bent geweest, hebben ze ook meegekregen.'

'Dat weet je maar nooit, maar ze zeggen er in ieder geval niets van.'

'Het is jammer dat sommige mensen zo veel macht hebben en anderen helemaal niet,' knikte ze. 'Kom Jaap, komt tijd, komt raad. Nu moet je die gedachten van je afzetten en straks gaan we slapen.'

De boerin was vriendelijk en meelevend. Ze gaf zelfs een doosje eieren mee voor zijn zieke zus, misschien dat ze van een lekker eitje weer wat aan zou sterken. Het mengen van een losgeklopt ei met wat suiker en havermout was erg versterkend, adviseerde ze nog toen zij de stad in reed en Jaap en Anne begonnen te lopen.

Jaap droeg een bundeltje kleren voor als ze misschien een paar dagen moesten blijven, mocht Clara werkelijk heel erg ziek zijn. Anne werd moe. Zelfs al was er nog maar nauwelijks iets van haar zwangerschap te zien, ze was toch vijf maanden onderweg en ze kon merken dat ze minder sterk was dan gewoonlijk. Ze besefte het bijna tegen wil en dank. Ze liepen over de weg in de richting van Nieuwerkerke en wonder boven wonder werden ze onderweg ingehaald door een sjees.

Het rijtuig stopte toen Jaap zijn hand opstak, en pas toen het stilstond beseften zowel Jaap als Anne dat ze dat rijtuig eerder hadden gezien en dat ze de man die het paard mende al kenden.

Het was Van Hoogendorp, die hen vragend aankeek.

Jaap was zo geschrokken, dat er geen woord over zijn lippen leek te willen komen. Het was daarom Anne die zich bijna met de moed der wanhoop vermande, want ze was moe geworden en het was nog wel een uur lopen eer ze bij Clara zouden zijn.

'Mevrouw Kik is ernstig ziek. Ik weet niet of u er al van gehoord heeft, meneer Van Hoogendorp. We zijn op weg om haar op te zoeken en hoopten met iemand een stuk mee te kunnen rijden. Maar in dit geval ligt dat misschien erg moeilijk.'

Tegen haar verwachting in knikte hij vriendelijk. 'Stap maar in. Wat heeft Clara?'

'Tyfus, naar het schijnt. Het gaat niet goed met haar, anders waren we niet bij haar geroepen.'

'En mijn zoon?'

Even leek Jaap kwaad te worden, maar Anne legde sussend haar arm op die van haar man. 'Rien is gisteren, toen we het bericht ontvingen, meteen naar huis gegaan.'

'Ik wil hem erg graag een keer rustig spreken, in de hoop dat hij dan ook wil luisteren naar wat ik hem te zeggen heb. Hij moet niet alleen de waarheid weten,' bromde de ander, 'maar ik wil hem ook vertellen dat ik spijt heb van wat er destijds is gebeurd en dat ik zijn moeder alleen voor alle zorgen en schande heb laten opdraaien. Zitten jullie goed?' Meteen klakte hij met zijn tong en het rijtuig zette zich weer in beweging.

'Als zijn moeder beter is, is dat verstandig. Ik denk wel dat het goed is als niet alleen Clara, maar ook haar man en mijn man, als de oom van Rien, daarbij aanwezig zullen zijn,' ging Anne eigengereid verder, omdat Jaap zijn tong wel verloren leek te hebben en als een kat in een vreemd pakuis in het rijtuig zat van de man, van wie hij eigenlijk helemaal geen gunst had willen aannemen. 'Dingen uit het verleden die verzwegen worden, kunnen soms zeer veel schade toebrengen. Maar hoe een dergelijk gesprek uit zal pakken, weet niemand.'

'U bent een verstandige vrouw.' Er lag een blik van waardering in zijn ogen. 'Of u het gelooft of niet, juffrouw Clements, indertijd hield ik veel van uw schoonzuster. Het was niet bewust mijn bedoeling te ver te gaan, en al helemaal niet dat er een blijvend gevolg van zou komen. Mijn ouders namen op dat moment verdere beslissingen. Ik was te jong en ook te bang toen alles uitkwam. Ja, ik was zelfs een lafaard. Ik was in die tijd eveneens een heethoofd, dat zich snel op de tenen getrapt voelde. Gods straf was mijn latere kinderloosheid, waar ik tot op de dag van vandaag zeer onder lijd.'

Ze knikte en durfde niets meer te zeggen en niet eens naar haar man te kijken. Jozias reed hen regelrecht naar het huis van Clara en stopte pal voor de deur. Gordijntjes in de buurhuizen bewogen dan ook druk, stelde Anne in stilte vast. Ze rechtte haar rug en hield haar hoofd hoog toen ze de man een hand gaf en hem bedankte voor wat hij had gedaan.

'Ik zal voor haar bidden dat ze weer opknapt,' waren zijn welgemeende woorden voor hij wegreed.

'Hoe durft hij,' brieste Jaap zodra de ander buiten gehoorsafstand was. Anne schrok daar een beetje van en bedacht dat hij gelukkig wel zo verstandig was geweest tijdens de verder zwijgzaam verlopen rit zijn mond dicht te houden.

'Ik denk dat hij oprecht was,' meende Anne. 'Als je het niet eens bent met wat ik heb gezegd, praten we daar over zodra er zich een geschikt moment voordoet. Kom, hier en nu gaan we er niet over kibbelen. Nu moeten we voor alles om Clara denken.'

17

Twee nachten waren ze gebleven, en omdat bij Clara de zeer hoge koorts gelukkig weer begon te zakken, kregen ze goede moed en besloten Jaap en Anne weer naar huis te gaan. Gelukkig was het al dagenlang droog en stond het water in de polder niet hoger dan normaal. Nu de zomer begon, stonden watermolens soms langere tijd stil en ook op het stoomgemaal was dan geen werk voor Jaap.

Ze liepen nog maar een kwartier langs de weg toen een inmiddels bekend rijtuig hen inhaalde.

Van Hoogendorp stopte en keek vorsend naar Jaap. 'Hoe is het met juffrouw Kik?'

'De koorts zakt. Het is zaterdag en wij willen naar huis,' bromde Jaap met duidelijk van zijn gezicht af te lezen afkeer. 'We willen morgen graag naar onze eigen kerk.'

'Als u het goed vindt, Clements, wil ik u graag met uw vrouw naar huis rijden en misschien kunnen we dan alsnog rustig met elkaar praten over de kwestie. Ik zou dat werkelijk zeer op prijs stellen.'

Jaap werd daar onzeker van. 'Zeg maar wat je ervan vindt,' mompelde Anne. 'Als je liever gaat lopen, dan is dat ook goed.'

Hij schudde het hoofd. 'Je bent zwanger. Voor alles moet ik om jou denken. We rijden wel mee.'

Voor de tweede keer in een paar dagen tijd zaten ze in het deftige rijtuig. Het begon al bijna gewoon te worden, grinnikte Anne in zichzelf. Het moest waar zijn wat tante Marie altijd beweerde: dat luxe snel wende, en armoe nooit.

Deze rit was Jaap een tikje toeschietelijker dan op de heenweg. 'Gelukkig is mijn zuster weer herstellende. Rien blijft thuis en het is aandoenlijk te zien hoe goed hij voor zijn moeder en zusjes zorgt. Mijn vrouw heeft gisteren samen met hem de was gedaan en vanmorgen voor we vertrokken heeft ze gestreken. Nu moeten we thuis aan het werk.'

'Ik wil Rien zoals gezegd dus beter leren kennen. Mijn vrouw heeft er grote moeite mee, daar zal ik eerlijk over zijn, maar het is haar familie die de meeste stampij maakt.' Er trok een cynische lach over zijn gezicht. 'Ze zijn bang dat ik mijn buitenechtelijke zoon alsnog wil erkennen en hem de boerderij wil nalaten. Hun afgunst heeft me wel op een idee gebracht, moet ik toegeven. Mijn schoonfamilie wil de erfenis liever zelf verdelen.'

Anne zweeg. Jaap keek geschrokken. 'Denkt u daar echt over?'

'Jazeker. Het is toch mijn vlees en bloed!'

'Maar kan dat dan?' vroeg Jaap verbluft.

Jozias van Hoogendorp kreeg een cynische uitdrukking op zijn gezicht. 'U denkt ook al aan mijn erfenis. Geld heeft een grote aantrekkingskracht op mensen, dat heb ik al jaren geleden ontdekt.'

'Het tekort eraan maakt het leven dan ook knap lastig,' bromde Jaap bijna tegen wil en dank. 'Maar voor Rien zou het geweldig zijn. Ik ben kennelijk ook maar een mens, ik hou veel van mijn neef. Het is een goede jongen.'

Van Hoogendorp bood hem een dikke sigaar en even later zaten de twee mannen te roken alsof ze de beste verstandhouding hadden. Anne zat hen verbluft aan te gapen. De rit duurde voor haar gevoel zelfs veel te kort, al werd er sinds die tijd niet veel meer gesproken.

Bij de molen nodigde ze Van Hoogendorp binnen voor een kom koffie. Ze toog meteen aan het werk en hoorde de twee mannen in een ernstig gesprek raken, waar ze zich maar beter niet mee moest bemoeien.

Toen ze aan de koffie zaten, keek Jaap haar aan. 'We zijn overeen gekomen dat ik Cor en Clara over zal proberen te halen, Rien inderdaad voor een poos als arbeider naar de Rozenhof te laten gaan, zoals meneer hier al eerder wilde. Dan kunnen ze elkaar leren kennen en afhankelijk daarvan overweegt Van Hoogendorp verdere stappen.'

'Heeft Rien er zelf nog iets over te zeggen? De vorige keer stelden we toch vast dat hij niet veel van u moest hebben, meneer Van Hoogendorp. Vergeet niet dat hij inmiddels vijftien is en er een nogal uitgesproken mening op na houdt.'

De ander schoot in de lach. 'Hij lijkt dus niet alleen uiterlijk op mij. Vreemd is dat, heel vreemd, om vast te stellen dat hij eigenschappen heeft die ik ook heb, al hebben we elkaar voornamelijk slechts in het voorbijgaan kunnen bekijken en heb ik van hem nooit meer dan afstandelijke en zelfs ronduit vijandige blikken gekregen. Wel, we zullen maar afwachten hoe alles zich verder ontwikkelt. Als juffrouw Kik weer helemaal de oude is, hoop ik de kwestie met haar uit te kunnen praten en ook mijn verontschuldigingen te kunnen maken voor al het leed dat ze door mijn toedoen heeft moeten ondergaan. Ik weet dat het laat is, maar naar ik hoop nog niet te laat.'

Niet lang daarna was hij weer vertrokken. Jaap krabbelde maar weer eens op zijn hoofd. 'Ik weet niet wat ik hier allemaal van denken moet,' mompelde hij. 'Ik laat de molen nog een paar uur malen, Anne, al was het alleen maar omdat de mensen dan zien dat we er weer zijn. Maar nodig is het niet.'

Ze knikte. Ze begreep dat hij in zijn vertrouwde bezigheden rust hoopte te vinden na de enerverende rit en het daaropvolgende gesprek. Terwijl hij bezig was, ging zij op weg naar Sien.

De kinderen zagen er smoezelig uit, alsof ze dagenlang al in hun vieze kleren hadden rondgelopen, en Siens gezicht was rood en pafferig.

'Gaat het wel goed met je?' vroeg Anne ongerust.

'Het was een beetje te druk,' mompelde Sien. 'Ik ben blij dat je er weer bent.'

'Bedankt dat je voor Elly en Evelien gezorgd hebt,' antwoordde Anne rustig. 'Clara is inmiddels aan de beterende hand. Zorg een beetje voor jezelf, Sien. En als je niet in orde bent en tante kan je niet helpen, laat het me dan weten. Jantje kan dan een poosje bij mij komen, zodat jij kunt rusten.'

'We zien wel,' mompelde haar zusje bedrukt, en Anne had het machteloze gevoel dat ze Sien wel wilde helpen, maar dat ze dat niet kon.

Twee weken later werden ze volkomen overrompeld door de boodschap dat de koorts terug was gekomen bij Clara, en dat het er erg slecht uitzag. Anne zag geen andere oplossing dan de kinderen deze keer mee te nemen. Inmiddels was de hooibouw in volle gang en het was onmogelijk een beroep te doen op boer De Bruijne, want van zijn welwillendheid moesten ze maar liever niet te veel vragen. Jaap liet een berichtje achter bij zijn schoonvader, die beloofde zowel 's morgens als 's avonds bij de molen te kijken. Ze gingen op weg. Jaap had ombeurten een van zijn dochters op de schouders en droeg het valies waarin ze spullen hadden om zich een paar dagen te kunnen redden. Anne hield de tweede dochter bij de hand vast. Nog maar halverwege Zierikzee gekomen, huilden de meisjes geregeld, en ze waren zelfs bij lange na nog niet op de helft. Groot was dan ook de opluchting toen ze met een volgeladen hooiwagen een eind mee mochten rijden, en bij de stad aangekomen besloot Jaap tot een voor zijn doen ongehoorde uitgave: hij huurde een koets met koetsier om hen naar Sirjansland te brengen. Anne had het hart niet te zeggen dat ze er het geld niet voor hadden. Deze keer ging het immers om leven en dood.

Ze had het koud, ondanks dat het lekker weer was. Ze wist dat Jaap ook wel besefte dat hij zijn zuster alsnog ging verliezen. Tyfus was een zware ziekte, maar de meest gevreesde complicatie was toch, dat als de zieke na een week of drie eindelijk koortsvrij maar uitgeput was, die zware koortsaanvallen zomaar uit het niets terug konden keren. Tante Marie had Anne duidelijk gemaakt dat de kans op overleven wel heel erg klein was als dat gebeurde. Het inmiddels volledig uitgeputte zieke lichaam had dan immers geen reserves meer om de nieuwe koortsaanvallen te kunnen weerstaan.

179

Jaap had gedurende de hele rit geen woord gezegd. Met een strak gezicht betaalde hij de huurkoetsier toen deze hen voor de deur van Clara afleverde. Ze zag een nieuwsgierige buurvrouw in een deuropening verschijnen. 'Komen jullie bij de buurvrouw waken?' was de onverbloemde vraag.

Anne reageerde er niet op. Binnen schrok ze. Clara was doodsbleek en sterk vermagerd. De dokter was juist weg, vertelde een aangeslagen Cor Kik. Hij kon niets meer voor haar doen. Het liep af.

Bijna tegen beter weten in trok Anne haar schoonzuster azijnsokken aan, het middel dat het beste tegen koorts hielp, voor zover ze wist. Jaap ging met Cor mee naar het varkenskot om een paar strozakken te vullen, die ze op de zolder zouden leggen, waar de familie dan slapen kon. Anne begon meteen Clara te wassen en op te frissen, trok haar een schone nachtjapon aan en zat toen naast de bedstee. 'Dank je,' fluisterde Clara. 'Anne?'

'Je moet rusten,' probeerde deze.

De ander schudde het hoofd. 'Rien…'

'Maak je je zorgen om hem?'

Clara knikte mat.

'Zijn vader wil hem erkennen en voor hem zorgen, zodat hij goed terecht komt,' begon Anne, want nu kon Clara er nog iets over zeggen. 'Vind je dat goed?'

Ze zag Jaap om de hoek van de deur kijken en wenkte hem. 'Ik heb haar gewassen, maar ze is zo verzwakt. Kom, Jaap.' Toen boog ze zich weer voorover naar Clara toe. 'Clara, Jozias van Hoogendorp wil Rien een plek op zijn boerderij geven en daar met de familie over praten. Zou het je geruststellen als Rien bij hem gaat wonen?'

'Dat doet hij niet. Hij heeft een hekel aan zijn vader.'

'De man heeft berouw, dat heeft hij ons zelf verteld,' nam Jaap het van haar over. Cor kwam erbij en trok een gezicht als een donderwolk, maar Jaap trok zich daar niets van aan. 'Clara, als jij er niet meer bent en Van Hoogendorp meent het, hem de boerderij te laten erven, stelt dat je gerust?'

Clara keek naar haar man, bang, dacht Anne even, maar daarin moest ze zich vergissen. 'Waar is Rien?'

'Cor, haal jij Rien eens,' droeg Jaap zijn zwager op.

'De jongen heeft hier niets in te zeggen,' mokte de ander weerbarstig.

'Toe, zijn moeder roept hem en ze is stervende. Dat heb je toch ook wel gezien?' Dat Anne Clara's toestand zo duidelijk bij de naam noemde, bracht allebei de mannen van streek. Clara tastte naar Annes hand. 'Bescherm hem, Anne. Rien is door Cor opgezet, maar Jaap... Jaap...'

Haar broer boog zich voorover om haar zwakker wordende stem toch te kunnen verstaan. 'Bescherm Rien. Niet alleen tegen Jozias, maar ook tegen Cor.'

'Tegen Cor?' vlogen zijn wenkbrauwen omhoog.

Clara knikte vermoeid.

'Ik beloof het, Clara. Ik zal als een vader over de jongen waken.'

'En de meisjes?'

'Ze kunnen bij ons komen, als Cor niet zelf voor hen kan zorgen, maar misschien wil zijn zus ze opnemen. Dan kunnen ze in Sirjansland blijven en hun vader vaker zien.'

'Nee, bij jullie,' zuchtte Clara inmiddels bijna onverstaanbaar van vermoeidheid. Haar ogen sloten zich. Anne schrok, maar zag toen dat Clara gewoon bleef doorademen. Toch waren ze nog maar net op tijd gekomen, besefte ze tot haar ontzetting.

Rien kwam binnen. Zijn gezicht stond bang. Anne had ineens verschrikkelijk veel medelijden met de jongeman, voor wie alles veranderde en voor wie nog veel meer zou veranderen, iets wat hij zeker niet zonder slag of stoot zou ondergaan.

'Beloof me...' mompelde Clara.

'Het is te druk voor haar. Ze moet slapen,' bromde Cor en maakte aanstalten om iedereen de kamer uit te jagen. Clara schudde zwak het hoofd. Anne greep Riens hand en legde die in de hand van zijn moeder. Ze duwde Jaap naar voren en nam Cor bij de mouw. 'Kom, wijs me eens even wat er nog te eten in huis is. Dan zorg ik eerst voor het avondbrood.'

'Ik moet voor het varken zorgen,' bromde Cor Kik en maakte zich uit de voeten naar buiten. Hij bleef lang weg. Zo lang, dat ze hem net wilde gaan zoeken, toen Jaap verslagen de keuken in kwam. 'Het is afgelopen, Anne.'

'Nu al? Dat kan toch niet?'

Jaap ging verslagen bij haar aan de keukentafel zitten. 'Laat Rien nog even alleen met zijn moeder. Ik heb veel begrepen waar ik eerder niet van wist. Cor heeft zijn stiefzoon niet altijd even goed behandeld. Clara heeft Rien gesmeekt zijn vader te vergeven, allebei... Toen hij dat huilend had beloofd, kwam binnen een paar minuten haar laatste zucht.'

Anne moest gaan zitten omdat haar benen haar niet langer wilden dragen.

Op een grauwe, grijze en natte zomerdag werd Clara Kik ten grave gedragen. Cor Kik liep achter de baar met aan elke hand een dochter. Daarachter, nogal verloren, volgde Rien en achter hem weer liepen Jaap en Anne met hun dochtertjes. Ze zag Van Hoogendorp in de hoek van het kerkhof staan, toen ze na de dienst op het kerkhof kwamen. De kist met het stoffelijk overschot werd naar het pas gedolven graf gedragen. Cor Kik stortte een overvloed aan tranen. De twee meisjes keken nogal verschrikt naar hun vader en een zuster van Cor tikte hem vinnig op de schouder en bromde dat hij zich moest vermannen. Jaap wisselde slechts een zwijgende blik met Anne. Aan het graf gingen ze elk aan een kant van Rien staan. De jongen slikte dapper terwijl de kist na een laatste gebed in de touwen de grond inzakte. Anne sloeg haar arm om de vijftienjarige jongen heen. Ach, ook hij was te jong om zijn moeder al te moeten verliezen.

Toen ze zich omkeerde, zag ze Van Hoogendorp achter de familie staan, zijn hoed eerbiedig in de hand om de overledene de laatste eer te bewijzen. Zelfs op dat moment was Anne er niet blind voor hoe de mensen elkaar aanstootten en een veelzeggende blik op hem wierpen. Ach, het oude schandaal leefde vandaag weer op, alsof het slechts een dag eerder had plaatsgevonden. Ze besefte dat ook Rien hem inmiddels had gezien, maar hij reageerde er niet op. Hij werd in ieder geval niet boos, bedacht Anne opgelucht. Bij de uitgang van het kerkhof schoot Van Hoogendorp Jaap aan. 'Zeg het maar als jullie terug naar huis willen. Ik breng u wel.'

'We zijn met teveel, nu de kinderen er bij zijn.'

'Dan neem ik vrouw en kinderen mee terug.'

'We vertrekken morgen om tien uur,' antwoordde Jaap na een korte blik op Anne en op Rien.

'Ik haal u op.'

Terug in het huis waar Clara haar leven met Cor had gedeeld, hadden twee buurvrouwen voor het begrafenismaal gezorgd. Anne was onvoorstelbaar moe. Ze kon bijna niet wachten tot iedereen weer wegging.

Zoals altijd voelde een huis vreemd leeg aan na het vertrek van de laatste gast. Cor nam opnieuw een borrel, maar Jaap zei er niets van, want hij kon maar al te goed begrijpen dat een man dronken wilde worden als hij net zijn vrouw naar de laatste rustplaats had gebracht. Ongetwijfeld had hij vandaag vaak aan zijn eigen moeilijke gang moeten denken. Het was Rien die hem fel aankeek. 'Wat was dat nu, oom Jaap?'

'Je bedoelt met de man die je vader is?'

'Ik heb geen vader en ik heb geen moeder meer.'

'Wil je morgen met mij mee, terug naar de molen, Rien? Wil je mij voorlopig helpen met malen?'

'Mag dat dan, oom?'

'Ja Rien, dat mag. Je hoeft niet hier te blijven.'

'Maar mijn zusjes dan? Vader slaat ze soms met de broekriem, oom. Ik moet ze beschermen nu mijn moeder dat niet meer kan doen.'

'Ik zal aan je vader vragen of ze ook mee mogen, of dat hij liever heeft dat zijn zuster voor hen gaat zorgen zodat ze in hun eigen dorp kunnen blijven.'

Rien stond op. 'Ik moet even frisse lucht hebben.'

Toen ze samen waren achtergebleven, slaakte hij een diepe zucht. 'Ik weet niet wat ik ermee aanmoet, Anne. Clara is te vroeg gestorven, we hebben niet voldoende met elkaar kunnen bespreken wat er nu gebeuren moet.'

'Vraag God maar om kracht, wijsheid en inzicht,' was alles wat ze hem aan kon raden. 'Als Cor het goed vindt, moeten we de meisjes maar meenemen.'

'Maar jij… Het wordt te druk voor jou. Je krijgt zelf een kind.'

'Dan zijn ze bij Rien en kunnen ze elkaar troosten.'

'Cor laat nooit alle kinderen gaan.'

'We moeten het hem vragen, Jaap. Al is het maar voor een paar weken. Dan hebben we in ieder geval de tijd om alles eerst te laten bezinken voor er definitief iets wordt besloten.'

18

Alles verliep opnieuw anders dan ze hadden kunnen denken. Cor stond er in eerste instantie op dat zijn kinderen bij hem bleven wonen, maar ruim een maand later werden ze door Van Hoogendorp alsnog gebracht. Het scheen dat Kik aldoor moedeloos in de bedstee lag en nauwelijks nog naar hen omkeek. Zijn zus had genoeg aan haar eigen zes kinderen, beweerde ze, en weigerde haar nichtjes in huis te nemen. Die zus was eveneens van mening dat haar broer maar eens wat flinker moest zijn en zijn verdriet opzij moest zetten. Hoe begrijpelijk ook, Cor zou zich inderdaad moeten hervatten en zijn leven verder leiden. Dat lukte niet als andere mensen aldoor zijn taken van hem overnamen.

'Het is ondoenlijk,' wist Jaap verbijsterd uit te brengen. 'Een man die alleen is komen te staan, kan niet voor zijn kleine kinderen zorgen.'

Van Hoogendorp keek hem onderzoekend aan. 'In uw geval, Clements, ging het om baby's en dan is er alleen al het eenvoudig vast te stellen feit dat die zonder borstvoeding niet in leven blijven. Geloof me, er zijn genoeg wanhopige mensen geweest die het hebben geprobeerd om met verdunde koemelk een pasgeborene in leven te houden, en misschien lukt dat een heel enkele keer, maar meestal loopt dat verkeerd af. Het gaat hier om grotere meisjes, Hanna vooral, die voor haar vader moest zorgen, in plaats van andersom. Kik werkt niet. Ik heb hem vanmorgen een laatste kans aangeboden, omwille van de herinnering aan uw zuster. Hij wees dat aanbod van de hand. Hij is niet meer in staat om te werken, zegt hij. Ik heb de dominee gevraagd hem op te zoeken om hem moed in te spreken. Ik heb de afgelopen week door een van onze dienstmeiden eten bij de kinderen laten brengen en toen het besluit genomen er met u over te komen praten. Iemand moet de kinderen beschermen. Er moet iets gebeuren en ik vind dat u er vanaf moet weten.'

Jaap krabbelde zich weer eens op zijn hoofd. Anne nodigde de ongenode gast binnen en droeg de meisjes op hun broer te gaan zoeken, die in de moestuin aardbeien plukte, en over een halfuurtje mochten ze binnenkomen om koffie te drinken. De twee kinderen, stil en getekend door kennelijk een paar moeilijke weken na het verlies van hun moeder, verdwenen. Anne volgde beide mannen naar binnen. Vreemd, dacht ze. Sinds ze had gehoord dat Clara ooit een voorkind had gekregen van een rijke boerenzoon, die zich aan haar zou hebben opgedrongen, had ze zich een egoïstische en tot op het bot verwende jongeman voorgesteld. Inmiddels bleek deze Jozias van Hoogendorp een degelijke man van middelbare leeftijd te zijn geworden. Een man die een goed hart scheen te hebben en, misschien van nature of anders gelouterd door geleden verdriet, een man was geworden met het hart op de juiste plaats. Een boer. De vader van Rien, ook al moest de jongen niets van hem hebben. Begrijpelijk was dat wel, na alles wat er in het verleden was gebeurd en zeker ook doordat zijn moeder nooit ergens over wilde praten, en het langzaamaan duidelijk geworden was dat Cor Kik niet zo'n goede vader voor hem was geweest als Jaap altijd had gedacht of graag had willen denken. Clara had nooit ergens over geklaagd. Ze had haar eer gered door te trouwen met de enige man die haar met haar buitenechtelijk geboren zoon had willen hebben en had daarna gewetensvol voor haar man gezorgd, en liefdevol voor haar kinderen. Hoe vreselijk was het te moeten sterven met zo veel zorgen in je hart om je kinderen, begreep Anne. Wat had ze dat graag eerder willen begrijpen! Hoe graag had ze Clara willen troosten met de belofte dat Jaap altijd voor zijn neef en nichtjes zou opkomen, zeker nadat Clara zo liefdevol voor zijn tweeling had gezorgd, toen die zonder moeder in leven moest zien te blijven.

Jaap had een borrel voor beide mannen ingeschonken. Hij leek met de situatie verlegen te zijn, en toen Anne de koffieketel op het petroleumstel had gezet om de koffie op te warmen, luisterde ze stil naar wat beide mannen bespraken.

Jaap begon. 'Ik wil u eerst mijn verontschuldigingen aanbieden. Ook ik ben jarenlang erg boos op u en uw familie geweest om wat mijn zuster is overkomen.'

'Begrijpelijk. Het deugde ook niet. Toen bleek dat mijn gedrag blijvende gevolgen zou hebben, heeft mijn vader uw zuster weggestuurd en ook ik moest een tijd vertrekken. Er werd verder niet over gepraat. Zeggen dat het vaker zo werd opgelost in welgestelde kringen, is niet voldoende, maar dat ben ik pas gaan begrijpen toen ik al lang en breed volwassen was geworden.'

'Goed, in de Bijbel wordt ons voorgehouden dat vergeving een groot goed is, en het is u vergeven. Ik zal me mijn leven lang blijven herinneren, dat het voor mijn zuster een verschrikkelijke tijd was, maar ik ben inmiddels zo wereldwijs geworden, dat ik weet dat het in uw kringen inderdaad niet ongebruikelijk is dat de zoon vrijuit gaat.'

Anne schonk zwijgend koffie in, terwijl ze naar de mannen luisterde.

'Dank u, Clements,' was het eenvoudige antwoord. 'Blijft over dat ik iets voor mijn zoon zou willen betekenen. Of ik dat ook gedaan zou hebben als ik alsnog wettige kinderen had gekregen, daar kan ik geen eerlijk antwoord op geven. Mijn vrouw en ik zijn uit verstandelijke overwegingen getrouwd en onze kinderloosheid heeft ons pas heel veel later dichter bij elkaar gebracht. Ook zij weet wat het christendom werkelijk betekent. Haar familie heeft haar mening lang beïnvloed, maar ze heeft er onlangs toch in toegestemd dat Rien in eerste instantie als knecht bij ons kan komen, en later de hoeve erft zodat die in mijn familie blijft. Ik heb zelf geen broers en zussen, anders zouden die zonder twijfel de erfenis van de familie opeisen. Zij heeft die wel, en ook een paar neven die zo'n rijke boerderij graag zouden willen hebben, al was het alleen maar om die zo snel mogelijk te verkopen en de centen onder elkaar te verdelen. Ik heb echter mijn licht opgestoken. Het is mogelijk dat ik Rien alsnog erken en hem aanneem als mijn zoon om hem in de toekomst te laten erven.'

Jaap haalde diep adem. 'Ik weet alleen niet of Rien dat zelf wel wil. Het is een trotse jongeman.'

'Dat heeft hij dan van geen vreemde. U heeft hem weer meegenomen?'

'Hij is graag op de molen. Hij zou zelf wel molenaar willen worden.' Ze hoorden de deur en even later stonden de kinderen in de kamer. De meisjes keken bang en bleek van de een naar de ander. Riens gezicht stond ongekend strak. 'U weer?'

'Ga zitten, Rien,' gebood Jaap. 'We moeten met elkaar praten en je bent volwassen genoeg om zelf mee te beslissen. Je zusters blijven voorlopig hier. Wij zorgen wel voor ze, niet Anne?'

Wat kon ze anders doen dan knikken? Maar in haar hart groeide toch wel enige angst. Nu had ze al vijf kinderen om voor te zorgen van zijn familie, en ze was zwanger van haar eigen kind. Hoe moest dat allemaal gaan de komende maanden? Ze wilde er niets van zeggen, want Clara had veel voor hem gedaan, zijn kinderen goedbeschouwd het leven gered, en nu was ze er niet meer, dus voor Jaap moest het wel vanzelfsprekend zijn, nu voor de kinderen van zijn zus te zorgen. De zus van Cor moest maar naar haar broer omkijken, maar zij zou als Jaaps vrouw deze extra taak op zich moeten nemen. 'Kom, ga allemaal zitten.' Jaap keek naar de twee nichtjes. De oudste, Hanna, zat inmiddels op school. Als ze over een paar jaar van school kwam, moest ze uit dienen zoals alle arbeidersdochters dat moesten als ze thuis gemist konden worden. Zelfs zonder dat hierover gepraat was, wist Anne dat deze Jozias van Hoogendorp haar dat dienstje wel zou geven. Er waren meisjes van die leeftijd die al voor een gezin zorgden, als de moeder ziek was of niet meer leefde. Ze kende dergelijke kinderen, al had ze er medelijden mee. Misschien kon Hanna haar een beetje helpen? En Lijnie was maar een paar maanden ouder dan de tweeling.

Ze luisterde naar Jaap. 'Jullie kunnen het beste tijdelijk bij ons blijven, Hanna, Lijnie. Hanna kan hier de komende tijd naar school gaan. Ze kan dan met Johan meelopen. Jullie vader moet zijn verdriet verwerken en weer gaan werken. Als hij dat doet en tot zichzelf gekomen is, kunnen jullie over een poosje weer naar huis terug gaan.'

'Alleen als we niet meer met de broekriem krijgen,' begon de jongste van de twee, terwijl een paar dikke tranen over haar wangetjes rolden.

'Goed, jullie blijven een poosje hier. Ik houd contact met je vader en pas als alles weer goed gaat, gaan jullie terug naar Sirjansland. Jullie kennen meneer Van Hoogendorp?'

Beide kinderen knikten zwijgend.

'Weten jullie ook dat hij de eigenlijke vader is van Rien?'

Weer knikten ze. Rien wilde opstaan, maar een onverwacht strenge blik van zijn oom maakte dat hij toch weer ging zitten.

'Van Hoogendorp bedoelt het goed met je, Rien. Hij heeft mij net gevraagd hem te vergeven wat er in het verleden is gebeurd, en ik zal voortaan elke dag bidden dat jij eens zover kunt komen, dat je dat ook kunt.'

Rien trok een afwerend gezicht en antwoordde niet. Jozias keek hem vol aan. 'Luister. Je weet dat ik al eerder heb aangeboden dat je bij mij op de hoeve kunt komen werken. Ik ben met mijn vrouw overeengekomen dat we nog verder willen gaan. Je kunt de hoeve later overnemen, als ik jou als zoon erken. Maar ik weet hoe gevoelig dat bij je ligt. Ik zou erg graag willen dat je bij ons kwam, zodat we elkaar leren kennen, zonder dat je boos naar me kijkt, maar ik weet ook dat ik daarvoor geduld moet hebben. Blijf dus hier als je dat liever wilt. Help je oom met de molen en je tante met je zusjes, maar als je op een dag zover bent dat je werkelijk kunt aanvaarden dat ik spijt heb van de dingen die je moeder door mijn toedoen heeft moeten ondergaan, kom dan naar me toe en je toekomst zal verzekerd zijn. Niet voor jou alleen. Als jij in goeden doen komt te verkeren, kun je ook veel voor je zusjes betekenen.'

'Waarom doet u dit?' bokte Rien, maar misschien wel voor het eerst van zijn leven keek hij zijn natuurlijke vader recht in de ogen.

'Omdat ik ooit van je moeder heb gehouden, al ben ik daar volkomen verkeerd mee omgegaan. Bovendien heb ik oprecht berouw gekregen. En, eerlijk is eerlijk, en dat moet ook gezegd worden, omdat ik er verdriet van heb nooit andere kinderen te hebben gekregen.'

'U bent tenminste eerlijk,' moest zelfs Rien toegeven. 'Ik zal erover denken, meneer Van Hoogendorp.'

Jozias stak zijn jongere uitgave de hand toe. Rien legde de zijne er tot Annes enorme opluchting in.

De dagen hadden zich bijna onmerkbaar aaneengeregen. Op het land was de graanoogst inmiddels binnengehaald. September kwam en bracht mooie nazomerdagen. Anne merkte dat ze snel dikker werd. Hanna was een liever. Het meisje sloofde zich uit om haar te helpen en niemand tot last te zijn. Lijnie huilde vaak. De twee meisjes sliepen op de zolder in de tweede bedstee. Rien timmerde op de dag nadat ze waren gekomen een hek, zodat het niet kon gebeuren dat ze zich in het donker verstapten op de halve zolder. Er waren in andere molens wel eerder kinderen van die halve zolders gevallen en in het rad terechtgekomen, wat ze niet hadden overleefd. Tot tweemaal toe was Jaap naar Sirjansland gelopen op windstille zomerdagen. De eerste keer had hij zijn zwager slapend aangetroffen, zomaar midden op de dag, en hij had hem in niet mis te verstane bewoordingen de les gelezen over zijn gedrag. De tweede keer was Cor gelukkig echter bezig geweest het huisje aan kant te maken en dus had Jaap hem ondanks zijn protesten meegenomen naar de door zijn zwager verafschuwde en gehate boer Van Hoogendorp. Die had zijn aardappelrooiers in de steek gelaten voor een openhartig gesprek in de mooie kamer van de Rozenhof. Cor kreeg een kans van hem en mocht als aardappelrooier aan de slag gaan. De komende winter mocht hij helpen dorsen met de gloednieuwe stoommachine die hij onlangs daarvoor had aangeschaft. De boer zou hem het gebruikelijke loon betalen. Dan hoefde hij geen honger te lijden of afhankelijk te worden van de armenzorg. Jaap onderstreepte dat door Hanna te prijzen, die zich had leren kennen als een flink meisje, helemaal de dochter van de gewetensvolle Clara. Als Cor vast werk had, konden zijn dochters weer thuis komen wonen, weer naar hun ver-trouwde school gaan en omgaan met de vriendinnetjes van hun eigen dorp, maar dan moest Jaap er wel op kunnen vertrouwen dat ze geen klappen meer zouden krijgen en al helemaal niet meer met de broekriem zouden worden geslagen, want daar was Lijnie erg bang voor. Jozias van Hoogendorp beloofde hem dat hij op een zaterdagmiddag zelf Kik in de sjees zou meenemen om zijn kinderen op te komen halen, als het zover was dat deze een paar weken lang plichtsgetrouw op zijn werk was verschenen, maar hij moest er wel goed van doordrongen zijn dat dit de enige kans was die hij hem zou geven. Het kon zo'n stoere vent niet zijn, of Cor moest janken als een geslagen hond. Daarna stonden Jaap en zijn zwager samen bij het graf van Clara, en Cor bezwoer dat hij Van Hoogendorp niet langer zou haten.

Het weer begon om te slaan en Jaap was achterop gereden door Jozias in zijn sjees met de kap omhoog. Anne had het rijtuig al van verre aan zien komen en was daarover niet verbaasd geweest. Jozias van Hoogendorp scheen werkelijk het beste voor te hebben met Rien, moest ze langzamerhand vaststellen. Jaap deed haar binnen verslag en liet de man buiten de gelegenheid om Rien te spreken zonder dat er toehoorders waren. Anne maakte koffie. 'Het is een goed teken dat Rien niet langer voor hem wegloopt,' zei ze na een blik door de kleine ramen van de molen naar buiten te hebben geworpen. 'Hoe was het met Cor, Jaap?'

Hij deed verslag. Anne wist niet goed wat ze er van denken moest. 'Wat zouden de mensen in Sirjansland achter onze ruggen zeggen?' dacht ze hardop.

Jaap kwam achter haar staan een keek mee. 'Een deel zal oprecht geloven dat hij daarmee oude fouten uit het verleden probeert goed te maken,' hoopte hij. 'Een ander deel zal opmerken dat hij zich idioot gedraagt. Dat zullen de mensen van zijn stand zijn, en meer nog de familie van zijn vrouw. En het laatste deel zal denken dat die opleving van medemenselijkheid niet meer is dan een opwelling die vanzelf weer zal overwaaien.'

Ze keerde zich om. 'We zijn bijna negen maanden getrouwd, Jaap, en hebben in die tijd meer meegemaakt dan anderen soms in negen jaar.'

Hij grinnikte verlegen. 'Er is maar een ding echt belangrijk.' Hij legde heel even zijn hand op haar opbollende buikje. 'Dat dit kind gezond geboren wordt.'

'En dat het een zoon wordt?' vroeg ze.

'Het zou fijn zijn, Anne, maar een gezond kind is het allerbelangrijkste.'

Ze knikte. 'Denk je echt dat Hanna en Lijnie binnenkort weer naar Cor toe kunnen?'

'Ik hoop het, Anne. Het zou het beste zijn voor hen, maar ook voor ons.'

'En Rien? Zou die later wel gelukkig kunnen worden als boer?'

'Dat weet God alleen. Hij zal door andere boeren met de nek worden aangekeken, daar ben ik wel van overtuigd. Niemand is vergeten hoe de jongen geboren is, en als hij dan ook nog tot welstand komt en door zijn natuurlijke vader wordt erkend en tot erfgenaam benoemd, dat zal de nodige afgunst opwekken. Misschien is Rien niet eens te benijden, Anne. Dan hoort hij niet tot de boerenstand, maar ook niet langer tot het werkvolk in welke kringen hij is opgegroeid.'

Ze zuchtte. Jozias kwam naar binnen. Jaap vroeg of hij koffie wilde of liever een borrel, en hij was brutaal genoeg om te laten weten dat hij beide wel op prijs zou stellen. Anne lachte en ontdekte dat ze hem begon te mogen.

Wie had dat ooit gedacht!

Een week later vierden ze de vierde verjaardag van de tweeling. Jaap had voor allebei de meisjes een pop gekocht, want de kinderen hadden niet veel speelgoed. Niet meer dan een bal en wat bikkels, een zelfgemaakte hoepel en een handgesneden houten popje, dat hij zelf voor hen had gemaakt en waarvoor Anne een rokje en een truitje had gebreid. Tot hun grote verrassing bleek oom Knelis een wiegje te hebben getimmerd van wat oud hout en moeder had een matrasje genaaid van een oude juten zak, twee lakentjes van een oud laken van opoe, dat gescheurd was en waarvan ze de rest verder had verscheurd tot poetslappen. Anne beloofde dat ze een dekentje voor de wieg zou naaien, al wist ze nog niet waarvan. Tante zei dat ze nog wel een oude ongebruikte deken van opoe had die Anne wel daarvoor mocht hebben. De twee meisjes waren de koning te rijk. Toen Anne de beteuterde gezichtjes van Hanna en Lijnie zag, kreeg ze prompt een brok in haar keel. 'Hebben jullie geen pop?'

'Dat wel, tante, maar die mochten we niet meenemen van vader,' bekende de jongste.

'En hebben jullie er een wiegje voor?'

Eendrachtig schudden de twee hun hoofdjes.

'Wel, oom Knelis, u heeft misschien nog wel een paar plankjes over,' lachte Anne.

Tante keek Anne met een blik vol liefde aan. 'Je bent een schat. Weet je wat, we zorgen dat de meisjes straks een mooi wiegje mee naar huis kunnen nemen als ze teruggaan naar hun vader.'

Vanaf dat moment waren er enkel nog blije gezichten te zien.

Anne voelde zich gelukkig, besefte ze ineens. Jaap lachte naar haar en toen ze die avond in de bedstee kroop en Jaap haar zijn gebruikelijk geworden nachtzoen gaf, had ze voor het eerst sinds ze getrouwd was het verlangen gevoeld om dichter tegen hem aan te kruipen. Hij is eigenlijk een heel lieve man, dacht ze net voor ze in slaap viel. Het was voor haar een drukke tijd geweest met al die kinderen om zich heen, maar Jaap had veel voor zijn familie over en was goedbeschouwd ook heel goed voor haar. Nu ze de achtergronden van het huwelijk van Clara kende en ook zag hoe moeilijk haar zusje het had gekregen met Adrie, besefte ze dat ze eigenlijk heel goed terechtgekomen was.

19

Heel vroeg op een woensdagmorgen aan het einde van september hoorden ze het afschuwelijke bericht dat Sien in de afgelopen nacht na nog geen uur weeën voortijdig was bevallen van een doodgeboren zoontje, dat ze daarbij hevig had gebloed en nu ernstig verzwakt in de bedstee lag. Haar vader had zelfs de dokter laten waarschuwen. Die zou in de loop van de morgen wel langskomen. Het was oom Knelis die de boodschap kwam brengen. Tante Marie bleef bij Sien en haar moeder ook, maar die was zo geschrokken dat ze vooralsnog tot niets in staat was.

Anne werd lijkbleek toen ze die onheilstijding hoorde. Jaap antwoordde oom dat Anne meteen mee zou gaan, zodat tante na de doorwaakte nacht kon gaan rusten. 'Hanna past wel op de andere drie kinderen en Rien houdt daarbij een oogje in het zeil,' beloofde hij. 'Neem alle tijd die je nodig hebt, Anne. Wij smeren tussen de middag wel een boterham en ik heb lang genoeg alleen gewoond om nog te weten hoe ik spek moet bakken om erop te doen. Wij redden ons wel. Nu heeft Sien je nodig.'

Ze knikte en liep even later naast oom met hem mee. De oudere man wierp na een poosje een verschrikte blik op haar. 'Loop ik misschien te hard?'

Ze knikte. 'Ik moet het even iets rustiger aan doen.'

'Het spijt me,' mompelde hij verlegen. 'Ik vergat even dat jij ook zwanger bent.'

'Sien was iets verder dan ik, maar niet zo veel.'

'Arm kind, ben je er bang van geworden?'

Ze bloosde. 'Een kind krijgen brengt vele gevaren met zich mee, oom. Het is niet meer zo erg als in de tijd dat moeder en tante jong waren en er nog veel vrouwen stierven aan de kraamkoorts, maar Jaaps eerste vrouw stierf bij de bevalling en nu gaat het ook niet goed met Sien. Hoe is Adrie eronder?'

'Dat is gewoon om je voor te schamen. Hij greep naar de fles, dat begrijp je. Hij is nog steeds niet helemaal nuchter. Ik heb hem vannacht gezegd maar in het stro van het varkenskot te gaan slapen omdat hij Marie voor de voeten liep. Dat deed hij. Nu zit hij verslagen in huis en belooft nooit meer te drinken, maar ja, dat gelooft ondertussen niemand meer. De baby zag helemaal blauw en had de navelstreng om het halsje. Arme Sien.'

Anne kon alleen maar knikken, terwijl haar keel wel dichtgeschroefd leek. Binnen omarmde tante haar. 'Kom, ga even bij Sien kijken. Ze is er vreselijk aan toe en huilt aldoor tranen met tuiten, terwijl ze heel veel bloed verliest. Ik hoop maar dat meneer dokter snel komt. Gelukkig hebben we sinds een paar jaar een echte dokter op het dorp.'

'Ja tante, dat zijn de zegeningen van deze tijd. Allerlei machines die werken op stoom, er is een wet gekomen die het verbiedt dat jonge kinderen in fabrieken moeten werken en nu zijn er zelfs echte dokters in plaats van de chirurgijn. Er wordt gepraat over een stoomtram, zodat mensen van het eiland die ziek worden, daarmee helemaal naar Rotterdam kunnen, naar ziekenhuizen die ze daar hebben en hier niet.' Anne ratelde maar door, hoofdzakelijk om haar eigen angst het hoofd te bieden, maar een paar tellen later ging ze toch schoorvoetend naar haar zusje toe. Zij schokte van het huilen. Anne ging zitten op de stoel die tante kennelijk net verlaten had. 'Sientje toch. Het spijt me zo voor je.'

'Ik ben bang, Anne,' hakkelde de jongste van de twee zussen.

'Om dood te gaan?'

'Dat ook, maar vooral voor Adrie. Waarom drinkt hij aldoor zo veel en kijkt hij niet naar me om als ik zo bang ben?'

'Waarom drinken zo veel mannen?' verzuchtte Anne. Er waren veel mannen als Adrie, vooral onder de armen. Sommige mannen dronken hun misère weg, zei Jaap weleens, maar op die manier duwden ze hun gezinnen alleen nog maar verder de afgrond in, want als ze hun verdiende centen voor het grootste deel uitgaven in de kroeg, bleef er voor moeder de vrouw al helemaal niets meer over waarmee ze haar gezin in leven moest zien te houden.

'De dokter komt zo. Je moet niet meer zo huilen, Sien. Je baby had geen schijn van kans. Hij zag helemaal blauw, zei tante, en hij was niet voldragen. Er komen vast nog meer kinderen, Sien. En je hebt gelukkig Jantje al.'

De ander ging zitten en snoot haar neus. 'Ik voel me zo duizelig.'

'Dat komt van het bloedverlies,' zei tante op de achtergrond. 'De dokter is gekomen, Sien.'

Anne stond op en trok zich terug. Ze bekeek het levenloze babytje en huiverde. Op hetzelfde moment voelde ze het kind in haar eigen buik druk bewegen. Ze legde een bevende hand op die onrustige buik en haalde diep adem. Het leven was een en al onzekerheid!

Tante had dat gebaar gezien. 'Laat je niet te veel van streek brengen, Anne. Kom, ga zitten. Ik schenk koffie voor je in. Het komt wel weer goed met Sien. Laten we hopen dat de dokter het bloeden kan stoppen.'

'En Adrie?'

'Oom heeft hem zonet in niet mis te verstane woorden de les gelezen. We zullen maar hopen dat het helpt en dat hij zich voortaan wat matigt, als hij drinkt. Ik heb hem naar zijn ouders gestuurd om Hendrien te halen. Die moet mij de komende tijd helpen om voor Sien te zorgen. De baker kunnen ze niet betalen. Adrie heeft schulden bij de boer gemaakt.'

'Nee toch?' Schulden maken was schandelijk, zo dachten de mensen er hier over.

'In ieder geval heeft hij nog steeds werk. Als hij zich hervat, kan het nog goedkomen met die twee.'

'Maar Sien kan sterven, tante. Ik kan er niet nog meer kinderen van anderen bij hebben, en moeder is te oud om Jantje op te voeden.'

'Sien sterft niet en jouw kind wordt vast en zeker gezond gebo-

197

ren. Lieve Anne, je hebt wel erg veel voor je kiezen gekregen in de afgelopen tijd!'

Ze knikte en nam een klein slokje van de koffie. 'Ik kan me nauwelijks voorstellen dat ik nog maar een jaar geleden een onbezorgd leven leidde bij vader op de molen, mijn moeder een beetje hielp en u met opoe. Verder kende ik geen zorgen.'

Tante keek haar onderzoekend aan. 'Ben je blij met Jaap getrouwd te zijn, Anne?'

'Ik heb zo vaak aan Constant moeten denken, zeker in het begin, maar ondertussen hebben we zo veel problemen en narigheid moeten verwerken, dat dit toch op de achtergrond is geraakt. Tante, Jaap is geen slechte man, maar van Constant hield ik en dat was zo anders.'

'Het spijt me voor je, Anne.'

'Ja, maar het is zoals u zegt. Het leven gaat verder. Sommige dingen gebeuren nu eenmaal en een mens heeft daar geen invloed op. Je kunt alleen maar proberen er zo goed mogelijk doorheen te komen. Ik hoop dat Cor Kik binnenkort weer voor Hanna en Lijnie kan gaan zorgen en misschien gaat Rien wel bij Van Hoogendorp werken. Dan zijn we weer alleen met ons eigen gezin.'

'Heb je van de tweeling leren houden? Het valt voor geen enkele vrouw mee om kleine stiefkinderen op te moeten voeden.'

'Ze herinneren zich hun eigen moeder niet, en dat is triest genoeg. Ik doe mijn best, tante, maar eerlijk, soms vond ik het moeilijk om...'

De deur ging open en hun gesprek werd onderbroken door een nog jonge man, die net zijn hemdsmouwen naar beneden stroopte. 'Jammer van het kind, maar nu moeten we goed voor de verzwakte moeder zorgen. Absolute bedrust moet ze houden, dat spreekt vanzelf, en ze moet goed eten. Biefstuk is uitstekend, maar dat zit er natuurlijk niet in. Bloedworst kan er ook mee door en als er ergens een beest geslacht wordt, helpt het haar wel het bloed ervan op te drinken. Daar wordt ze sterker van.'

'Maar…' gruwde Anne bij de gedachte vers dierenbloed te moeten drinken.

De dokter leek dat echter normaal te vinden. 'Als ze geen koorts krijgt, knapt ze snel weer op.'

'Ik heb me goed gewassen, dokter,' meldde tante. 'Ik heb het kind gehaald omdat er geen tijd was iemand anders te waarschuwen, en mijn zuster heeft me geholpen. We waren beiden erg ontdaan toen het zo blauw ter wereld kwam met de navelstreng om het halsje.'

'En de vader?'

'Die heeft nu een kater.'

'Ik zal mijn strengste gezicht trekken en de jongeman eens flink de les lezen. Geloof me, dames, ik kan heel erg vervelend zijn, als ik dat graag wil.'

Ze durfden amper naar zo'n deftig man te glimlachen, maar meteen nadat hij naar buiten was gegaan, wisselden ze een opgeluchte blik met elkaar. 'We zorgen samen voor Sien, Anne, en je zult zien, dan komt alles weer goed hier.'

Wat de dokter gezegd had, wisten ze niet, want Adrie deed er zijn mond niet over open, maar dat de deftige man in zijn koets doorgereden was naar de boerderij van De Bruijne en daar met de boer had gesproken, was niemand ontgaan.

Kennelijk was Adrie met kater en al gewoon aan het werk gegaan alsof het een dag was als alle andere. Oom Knelis had het doodgeboren kindje meegenomen om het te begraven. Sien was uiteindelijk uitgeput in slaap gevallen. Tante Marie beloofde Anne dat ze zich geen zorgen over haar zus hoefde te maken, omdat zij op Sien zou passen en ook voor Jantje zou zorgen, die nog maar net een jaar geworden was. Anne begreep dat het lichaam van haar zus volkomen uitgeput was geraakt door twee zo snel op elkaar volgende zwangerschappen! Terwijl ze naar de molen van haar ouders liep, dacht ze eraan hoeveel vrouwen elk jaar een kind kregen. Tien of twaalf kinderen waren geen uitzonderingen. Er waren vrouwen die zeventien kinderen hadden! Die waren wel heel erg sterk geweest en ze wilde er niet aan denken hoeveel armoede er in dergelijk grote gezinnen werd geleden. Ze besefte maar al te goed dat die vrouwen bang van hun mannen waren geworden, als die hen 's avonds in de bedstee naar zich toe trokken.

Haar moeder zat werkeloos in haar stoel. 'Ik vind het zo erg voor Sien,' snikte ze ontdaan door alles wat er gebeurd was.

'Kom moeder, u moet zich vermannen. Tante kan niet helemaal alleen voor Sien en Jantje zorgen en geld voor hulp is er niet. Dat ze een kind heeft verloren is natuurlijk erg, maar het komt vaker voor. U moet bidden dat Adrie beter voor haar gaat zorgen. Ik weet niet wat er moet gebeuren als hij blijft drinken en ze door de boer op straat worden gezet.'

'Wel, hier kunnen ze niet komen, zegt vader. Hij wil Adrie niet in de molen hebben en zegt alle dagen spijt te hebben dat hij Sien ooit met hem heeft laten trouwen.'

'Toen wist hij nog niet wat we nu weten, moeder, en Sien evenmin. Adrie kan zijn leven beteren. Laten we maar hopen dat de dokter en boer De Bruijne hem voldoende bang hebben gemaakt.'

Moeder veegde verslagen de tranen van haar wangen. 'Kerels die graag drinken zijn niet gevoelig voor nuchtere praat, Anne. Ik heb er meer gezien in mijn leven. Ze gaan er gewoon mee door, ook al gaan vrouw en kinderen daar kapot aan.'

'Kom moeder, ik zal een boterham voor u smeren voor ik naar huis ga. Heeft u al iets gegeten?'

Haar moeder vermande zich eindelijk. 'Dat hoeft niet. Je hebt het druk genoeg van jezelf.' Ze stond op. 'Het gaat wel weer, Anne.'

'Weet u het zeker?'

'Echt waar.'

Nog maar amper gerustgesteld liep ze even later weer buiten. Het was niet ver lopen van de ene watermolen naar de andere. Ze zag hoe donkere wolken zich boven het polderland van Schouwen samenpakten. Jaap had al gezegd dat er regen zou komen, veel regen misschien. Mannen als Jaap hadden daar kijk op. Ze moesten wel. Ze waren afhankelijk van het weer en als ze dat verkeerd inschatten, kon dat akelige gevolgen hebben.

De wind was opgestoken in de uren dat ze bij Sien was geweest. Het kindje in haar buik bewoog druk en dat joeg, zomaar onderwacht, de tranen naar Annes ogen. Ze legde er haar hand op en stond even stil. Ook zij kreeg een kind. Ook zij kon dat weer verliezen. Ze huiverde even. Nee, daar moest ze maar liever niet aan denken. Ze moest de gedachte vasthouden waarmee ze nog niet lang geleden wakker geworden was: als ze een kindje had, was ze nooit meer alleen. Dan was er een ander wezen waar ze van mocht houden, waar ze voor mocht zorgen en dat ze kon koesteren, zeker de eerste jaren als het nog klein was. En dat was een groot geschenk. Ze had geen gemakkelijk jaar gehad, zonder meer. Maar zou ze dan liever ongetrouwd zijn gebleven? Het moederschap nooit hebben leren kennen? Nee, dat evenmin, dat stond als een paal boven water.

Jaap was immers geen slechte man. Ze was met hem getrouwd uit verstandelijke overwegingen, had meteen een heel gezin gehad. Ze dacht aan dat vreemde gevoel van nog maar een paar avonden geleden, toen ze ineens het verlangen had gevoeld om dicht tegen hem aan te gaan liggen. Hij werd haar vertrouwd, besefte ze. Hij zou haar waar hij kon beschermen tegen de ellendige dingen die het leven onvermijdelijk met zich meebracht. Ze kon aan alles merken dat hij langzamerhand veel om haar was gaan geven. Ze praatten de laatste tijd meer met elkaar over wat ze dachten van de dingen die in hun levens gebeurden. Over zijn gevoelens sprak hij maar moeilijk, maar ze wist best dat hij erg leed onder het verlies van Clara, en ze had ook duidelijk gemerkt dat hij lang niet altijd wist wat hij aanmoest met de onverwachte aandacht van Jozias van Hoogendorp voor Rien. Jaap dacht nuchter. Dat de jongen beter af was als hij mogelijk de Rozenhof zou erven van de man die zijn vader was, besefte hij goed. Anne haalde diep adem. Ze besefte dat ze het fijn had gevonden toen Jaap zijn onzekerheid over die dingen met haar had gedeeld. Hoe moest ze dat verlangen dichter naast elkaar te leven, nu opvatten? Kon het misschien zijn dat haar moeder toch aldoor gelijk had gehad, en dat een vrouw vanzelf van haar man ging houden als ze met hem getrouwd was? Nee, wist Anne niettemin. Zo simpel lag dat niet. Maar misschien was het wel waar dat Jaap en zij door hun beider zorgen toch ongemerkt naar elkaar toe waren gegroeid, en was dat dan niet iets om dankbaar voor te zijn? Dat ze niet hoefde te leven met angsten en onzekerheden, zoals Sien die kende? Zelfs al was haar tweede zoontje levend en gezond geboren, Sien zou nooit helemaal vrij van zorgen zijn, besefte Anne met een zucht.

Ineens verlangde ze ernaar weer thuis te zijn. Wat stond ze nu na te denken en te piekeren, midden op de kronkelige landweg? Waarom liep ze niet gewoon door, nu de wolken steeds donkerder en dreigender werden, en de wind aan haar rokken begon te rukken?

Ze zag hoe Jaap de molen op de wind kruide. Straks ging hij weer malen, besefte ze. Ineens gleed er een lach om haar lippen. Ze hield van de molen. Vroeger van die van haar vader, maar nu van hun molen. Haar leven! Nog even, en de molen zou weer malen, na dagenlang stil te hebben gestaan, omdat het polderwater niet te hoog stond na een lange periode waarin het niet tot nauwelijks geregend had.

Kom. Haar leven wachtte op haar! Nog steeds met een glimlach om haar lippen en met een licht gevoel in haar hart, liep ze naar de molen.

20

Jaap keek haar van zijn stuk gebracht aan. 'Het kind dood geboren? Adrie tot niets in staat? Zal ik eens een hartig woordje met hem gaan praten?'

Dus vertelde Anne dat zowel de dokter als De Bruijne dat al hadden gedaan en dat vreemde ogen misschien dwongen, waar familie al zo vaak tegen Adrie had gezegd dat hij minder moest drinken. Even later begon de verwachte regen met bakken uit de hemel te vallen. Jaap had nauwelijks zeil op de hekken gedaan. De vang werd gelicht en de molenwieken begonnen langzaam te draaien, maar steeds sneller. Het vertrouwde geluid van de molen die maalde, maakte Anne licht om het hart. Een kwartier later zag ze door het raampje ook de molen van haar vader draaien. De korenmolen van het dorp maalde eveneens. Ze hield van malende molens. Bijna elk dorp had een korenmolen. Stonden watermolens midden in de polders die ze droog moesten zien te houden, een korenmolen stond meestal vlak bij het dorp. Niet erin, dan vingen ze onvoldoende wind, want graan voor de bakker en voer voor het vee was altijd nodig. Als het niet anders kon dan dat een molen gebouwd was op een plek waar er minder wind werd gevangen, zoals soms gebeurde, dan moest een molen veel hoger worden opgetrokken om toch voldoende wind te kunnen vangen, en dat betekende ook een duurdere molen.

Rien was weer naar buiten gegaan. De kleine meisjes speelden zoet. Hanna was naar school. Het was fijn dat Johan een beetje op haar lette, zowel onderweg als op school. Anne begon de aardappelen te schillen. Straks moest er weer een warme maaltijd op tafel staan. Ze slaakte een diepe zucht, bijna ongemerkt, en liet haar handen in haar schoot rusten. Ze was zo moe. Kwam dat toch omdat ze veel verdriet had om wat Sien was overkomen? Het moest wel!

Jaap was ongemerkt binnengekomen en ze schrok op uit haar

overpeinzingen. Hij keek haar onderzoekend aan. 'Maak je je zorgen?'

Even wilde ze hem met een paar nietszeggende woorden weer wegsturen, zoals ze gewoon was te doen. Maar ineens schroefde een brok in haar keel die dicht. Ze schudde het hoofd. 'Ja en nee. Sien heeft het zo moeilijk, ze heeft net een kind verloren en aan Adrie heeft ze geen steun. Moeder, tante, we maken ons allemaal zorgen om haar en natuurlijk weet ik dat ook ik mijn kind kan verliezen, dat ook ik dood kan gaan bij de bevalling, zoals jij dat al eerder hebt meegemaakt. Natuurlijk ben ik moe, Jaap. Er wonen vijf kinderen in de molen. Dat is een heel gezin en ze zijn niet eens van mij. Mijn kind is voor jou het zesde kind waar je voor moet zorgen en... en...' Ze begreep zelf niet waar ineens, zomaar midden op de dag, al die tranen vandaan kwamen.

Ze zag aan zijn gezicht dat hij van die onverwachte uitbarsting schrok. Onhandig probeerde hij haar te troosten door haar een schone zakdoek te geven en een vruchtenwijntje voor haar in te schenken.

'Nee zeg, drinken midden op de dag, en dat met Adrie als voorbeeld!'

'Ik drink toch ook altijd een borreltje voor het eten?' was zijn nuchtere reactie.

'Ja, eentje.'

'Dat is het verschil. Er zijn mannen, en Adrie is er daar een van, die dan doordrinken. Een borreltje voor de warme middagmaaltijd en 's avonds voor het slapengaan, dat is alleen maar gezond. Hier, drink op. Je bent overstuur. Ik maak me zorgen om je, Anne.'

'Om het kind?' Ze kon het niet helpen dat het schamper klonk.

'Nee. Om jou. Ik heb me deze zomer onvoldoende gerealiseerd wat het voor jou betekende voor een gezin met vijf kinderen te moeten zorgen, die bovendien niet eens van jezelf zijn. Dat was verkeerd van me. Ik ga zorgen dat je hulp krijgt.'

'Hanna doet wat ze kan.'

'Ja, Hanna is een lieverd, maar ze is nog maar een kind en dat ben ik misschien wat te gemakkelijk vergeten.'

'Heb je al gehoord of Cor weer een beetje tot zichzelf is gekomen?'

'Vorige week kwam dat briefje van hem, dat heb je gelezen. Hij woont thuis, zijn zus houdt het schoon, doet zijn was en hij eet tussen de middag soms bij haar. Hij redt het wel. Hij wilde uiteindelijk liever niet voor Van Hoogendorp werken, maar heeft werk gevonden op een mosselschuit. Ik heb zondag teruggeschreven dat de meisjes binnenkort weer thuis komen, omdat jij straks moet bevallen.'

Ze nipte aan haar wijn en hij pakte zijn borreltje op om bij haar te komen zitten. 'Rien heeft vanmorgen gezegd dat hij er na lang nadenken toe heeft besloten bij Van Hoogendorp te gaan werken. Ik geloof niet dat hij graag wil, maar hij wil hier niet langer voor onze voeten lopen, vermoed ik. Ik weet niet wat ik ervan moet denken.'

'Het is verstandig van de jongen,' meende Anne. Of het nu de wijn was of het feit dat ze haar gedachten los kon maken van Sien en haar verdriet, ze wist het niet. Maar langzaamaan werd ze weer haar gewone zelf. Ze wilde opstaan om de aardappelen en de groenten op te gaan zetten, maar Jaap legde zijn hand op haar arm. 'Even nog. Zou je het prettig vinden als Hendrien je een poosje komt helpen?'

Ze aarzelde. 'Natuurlijk heb ik me afgevraagd hoe het allemaal moet als de kleine er straks is, maar als we weer onder elkaar zijn tegen die tijd, scheelt dat al veel.'

'De baker komt. Je tante hoeft niet alles alleen te doen zoals ze nu bij Sien doet. Ze is ook de jongste niet meer. We hebben een goede zomer gehad, Anne. Er hoefde niet vaak gemalen te worden en al die tijd heb ik bij De Bruijne een paar centen bijverdiend door op het land te helpen. Daarnaast hebben Rien en ik behoorlijk veel vis gevangen en goed kunnen verkopen. Nu breekt het najaar aan. Paling vang je het beste in het najaar, dat weet je.'

Ze knikte. 'We hebben goed te eten.'

'We leven zuinig en zo hoort het ook, we hebben geen honger, we dragen geen versleten vodden en we hebben wat reservegeld in een potje. Het is geen rijk bestaan dat we hebben, maar ik ben best tevreden. En jij?'

Ze keek hem verwonderd aan. 'Ik ook wel,' antwoordde ze toen ze haar ogen neersloeg omdat hij haar zo liefdevol aankeek. Hij legde zijn hand over de hare en zijn stem klonk een beetje schor. 'Ik ben toch zo blij dat ik met je getrouwd ben, Anne.'

Ze bloosde en wist niet wat ze daarop moest zeggen. Toch durfde ze hem ten slotte weer aan te kijken. 'We hebben het goed, Jaap, dat is waar, maar je hebt gelijk. Het is een groot gezin dat ik zo snel heb gekregen. Als Hendrien een paar weken komt, is dat wel prettig. Als Rien, Hanna en Lijnie nog een poosje blijven, dan is het wel fijn een hulpje te hebben. Hendrien is een flink meisje.'

'Ze heeft altijd thuis moeten helpen in dat grote gezin. Adrie heeft zijn verlangen naar drank niet van een vreemde, zeggen ze immers in het dorp. Zijn vader weet er ook weg mee.'

Anne knikte. 'Cor gaat dus op zee vissen? Als de meisjes weer hij hem wonen, zijn ze misschien nachtenlang alleen. Of mogen ze dan bij die zus van Cor slapen? Of moeten ze liever toch bij ons blijven wonen, als hij als mosselvisser naar zee gaat?'

'We moeten het er met hem over hebben,' knikte Jaap. Hij keek haar zo vreemd aan dat ze ineens besefte dat hij verdrietig keek, en ze wist ook waarom. Hij had haar zijn genegenheid duidelijk willen maken, maar zij was daar niet op ingegaan en was overgestapt op de praktische zorgen van alledag.

De herfst dat jaar was erg nat. Zoals zo vaak in deze tijd van het jaar stond het water in het polderland van Schouwen doorlopend veel te hoog. Grote plassen bleven op de akkers staan. Ondanks watermolens en ondanks een doorlopend rokend stoomgemaal kon het land niet voldoende bemalen worden. Jaap werkte bijna dag en nacht en Rien bleef hem zolang helpen. De jongen was inmiddels uitgegroeid tot een waardevolle knecht voor Jaap. Hanna en Johan werden soms met de platte schouw die ze bij de molen hadden door Rien naar het dorp geroeid en in de middag weer opgehaald. Jaap zou blij zijn als het eenmaal ging vriezen, zodat het meisje op haar schaatsen naar school kon gaan, dat ging veel sneller en dat kon ze zelf. Johan beweerde dat hij dat hele eind best zelf kon roeien, maar Rien wilde er niet van weten. Nu Anne op het laatst van haar zwangerschap liep, woonde Hendrien een poosje in de molen om haar te helpen.

Er kwam opnieuw een briefje uit Sirjansland. Er was geen tijd om zijn zwager op te gaan zoeken en dat vond Jaap spijtig. Opnieuw liet hij weten dat zijn dochters thuis konden komen nu Anne op alledag liep. Drie dagen later kwam er nogmaals een brief. Deze was voor Rien en kwam van Jozias van Hoogendorp. Hij liet die niet aan de anderen lezen en vertelde evenmin wat erin stond. Rien zei alleen dat hij met Hanna had gepraat en dat deze niet bij haar tante wilde slapen als haar vader uit vissen ging, dus vooralsnog besloot Jaap dat alles dan nog maar even moest blijven zoals het was. Anne noch Jaap durfde Rien naar de brief van zijn vader te vragen.

Toen kwam de nacht dat Anne wakker werd van een vreemde pijnscheut. Ze besefte meteen wat dit betekende. Eerst lag ze in het donker om te voelen hoe de pijn even later weer wegtrok en ze zich weer gewoon voelde als altijd. Ze was al bijna in slaap gesukkeld toen ze de pijn opnieuw voelde. Weeën, begreep ze. Ze had er genoeg over horen praten, maar nu pas wist ze hoe dat werkelijk voelde. Haar leven zou gaan veranderen en nooit meer hetzelfde worden. Ze voelde het kindje druk in haar schoot bewegen. Het was onrustig. Het moest eruit. Heel voorzichtig schudde ze Jaap aan zijn schouder. Maar hij mompelde wat, draaide zich om en sliep rustig verder. Ze ging op de rand van de bedstee zitten en liet een nieuwe pijnscheut komen en gaan, voor ze opstond en de petroleumlamp aanstak. Ze keek op de klok. Het was drie uur in de nacht. Nu al kwam de pijn opnieuw, dat was korter op elkaar dan daarnet en het deed ook meer pijn. Anne goot water uit de lampetkan in de daarbij horende schaal en friste zich op, trok toen haar gewone daagse kleren aan en deed haar blauwe werkschort voor. Het rouwjaar voor opoe was nog niet voorbij. Ze moest nog steeds een hele tijd zwarte kleren dragen omdat daarna de rouw voor Clara erbij gekomen was. Ze wond haar lange blonde vlecht in een knotje en zette dat met spelden vast. Daarna trok ze het gehaakte daagse mutsje over haar hoofd. Toen ze ging zitten voor alweer een wee, huiverde ze hartgrondig. Ze was bang, begreep ze. Maar daar mocht ze niet aan toegeven!

Het drong tot haar door dat ze de kachel op moest gaan poken. De bevalling van een eerste kind duurde doorgaans vierentwintig uur, zei tante Marie, maar het kon ook veel langer duren of voor hetzelfde geld veel sneller gaan. De baker moest gewaarschuwd gaan worden dat het was begonnen. Dat kon gebeuren als Hanna straks naar school ging, of zou het niet zo lang kunnen wachten? Het was immers onmogelijk om midden in een stikdonkere nacht dwars over de weilanden te varen als je geen hand voor ogen zag? Ze hoorden weleens verhalen van mensen die bij leven en dood de dokter wilden waarschuwen en dan in het donker verdwaalden. Nu werd Anne werkelijk bang, haar hart bonkte. Ze besefte dat ook zij dood kon gaan, dat ook zij een doodgeboren kindje kon krijgen, dat zuigelingen maar al te vaak stierven en... Ze gaf er niet langer aan toe en schudde Jaap net zolang tot hij eindelijk wakker werd.

'Wat is er?'

'Mijn tijd is gekomen. Je moet hulp gaan halen. Ik ben bang, Jaap.'

Meteen was hij klaarwakker. 'Komt het kind?'

Ze knikte. 'Het is mijn tijd en ik heb al een paar weeën gehad.

Kleed je aan en neem een lantaarn mee. Je moet tante halen. Laat de kinderen maar slapen. Ik...'

Ineens voelde ze hoe ze drijfnat werd beneden. 'Het water breekt. Tante heeft gezegd dat dat kon gebeuren en als dat zo was, moest ik in de bedstee gaan liggen en mag ik niet meer rondlopen.'

Hij zag de angst in haar ogen. 'Ik ga al. Rien...' hij brulde naar boven. 'Wakker worden. Tante Anne krijgt haar kind. Ik ben al weg, Anne.'

'Moet je niet eerst koffie?'

'Als ik terugkom. Rien, je moet de kachel oppoken en de water-ketel vullen. Tante Anne moet naar bed. Vooruit jij, kleren uit en de nachtjapon aan. En dan de bedstee in, Anne. Ik zal de hele weg voor je bidden.' Weg was hij.

Ze werd iets rustiger nu hij hulp was gaan halen. Tante zou komen en ze had Sien ook geholpen bij de bevalling. Er zou iemand bij haar zijn die wist wat er gebeuren moest. Anne trok net haar nachthemd aan toen Rien verlegen om de hoek keek. 'Mag ik binnenkomen, tante?'

Ze ging op de rand van de bedstee zitten. 'Ja, de kachel en...' Een nieuwe pijnscheut volgde, weer heviger dan tevoren. Ze moest op haar lip bijten om niet te kreunen. Hendrien was wakker geworden en, erg voortvarend voor het veertienjarige dienstmeis-je, blafte orders naar Rien. 'Je hebt gehoord wat je oom zei. Pook de kachel maar flink hoog op en vul de waterketel, die moet je meteen opzetten. Eerst moet er koffie komen en daarna moet de wasteil op de kachel om warm water te hebben voor de bevalling.' Ze opende de deurtjes van de andere bedstee. 'Vooruit, wakker worden jullie twee. Tante is ziek en jullie moeten boven bij Hanna en Lijnie gaan slapen.'

De kleine Hanna kwam echter al naar beneden. Hendrien bracht de kleintjes boven, Hanna kwam bij Anne staan. 'Heeft u pijn, tante? Heeft de ooievaar u gepikt?'

Anne lachte maar wat, want ze kon een kind immers niets vertellen van wat er nu gebeurde? 'Als de ooievaar u heeft gepikt, wordt u ziek en dan brengt hij een kindje, maar dan moet u een hele tijd in bed blijven liggen,' vertelde de kleine met een ernstig snuitje.

'Lieverd,' glimlachte Anne en verbeet alweer een wee. 'Misschien wil jij Hendrien vragen vast brood te snijden en wil jij de boterhammen smeren. We eten nu maar een boterham uit het vuistje, denk je niet?'

Ze ging liggen en trok het deurtje een beetje toe, zodat de anderen niet zagen hoe het zweet op haar voorhoofd verscheen en hoe een nieuwe pijnscheut door haar lichaam kliefde.

Al snel liet ze alles gelaten langs zich heen gaan. Tante kwam en keek om de hoek van de bedstee. Haar moeder kwam ook mee. De kleinste meisjes werden door Hendrien naar Sien gebracht, die weer was opgeknapt en het verlies van haar kind een plekje had gegeven. Stil en getekend door wat ze had meegemaakt ging ze deze weken haar gang, maar het scheen dat Adrie voldoende geschrokken was om het drinken binnen de perken te houden. Rien roeide met de schouw naar het dorp, om eerst de baker te gaan waarschuwen en daarna Johan en Hanna naar school te brengen.

Jaap keek om de hoek toen hij terug was, maar mannen hadden niets in een kraamkamer te zoeken, dus hij ging aan het werk. De wind stak op en de molen moest malen. Tante gaf ondertussen Anne iets te drinken en zo gelaten mogelijk liet ze ondertussen de ene wee na de andere voorbijgaan. Ze at een beetje havermoutpap. Haar moeder ging weer terug naar haar eigen huis, want hier zou ze alleen maar in de weg lopen, besefte ze. De uren begonnen zich aaneen te rijgen terwijl de pijn in hevigheid toenam en de weeën steeds korter op elkaar kwamen, maar tante zei dat het allemaal ging zoals het hoorde en dat Jaap buiten zijn lippen kapot beet van de zenuwen. Rien was nog niet teruggekomen met de baker, wat betekende dat ze niet meteen mee had kunnen komen en daar maakte Anne zich best ongerust over.

'Ik wil Jaap even zien,' liet Anne halverwege de morgen weten. 'Toe, even maar, gaat u maar even een frisse neus halen, buiten.'

'Goed dan,' aarzelde haar tante.

Even later kwam hij binnen. Hij zag rood en vlekkerig van de zenuwen. 'Het gaat goed, zeggen tante en Hendrien,' zei Anne tussen twee weeën door. 'Ben je bang, Jaap?'

'Met Elly ging het immers ook eerst goed, Anne, en toch was ze een paar dagen later dood.' Ze zag de angst ook in zijn ogen. Anne stak haar hand naar hem uit en hij pakte die vast. Even deelden ze een ongekend moment van vertrouwelijkheid. Ze glimlachte. 'Alles komt goed, heus.'

'Ik kan je niet missen Anne, jou niet en de meisjes niet en de kleine…'

'Als het maar gezond is.'

'Anne, ik ben zo blij met je. Ik houd van je.'

Dat had hij nooit eerder gezegd. Net toen er een nieuwe wee kwam, besefte ze dat hij bijna in tranen was.

'Het komt wel goed, Jaap. Met mij, met het kind, met ons. Heb maar een beetje vertrouwen. Ik wilde je even zien, even geruststellen.'

Hij pakte opnieuw haar hand. 'Betekent dat… Dat je er niet langer spijt van hebt dat je met mij getrouwd bent?'

Ze moest even kreunen en wachten tot de ergste pijn voorbij was gegaan, eer ze kon antwoorden. 'Nee Jaap, ik heb er geen spijt van.'

Hij haalde ineens verlicht adem. 'Dat heb ik steeds gedacht, moet je weten. Omdat je moest van je vader, en ik schaamde me omdat je zo veel zorgen kreeg door mijn familie.'

'Daar kon jij niets aan doen. Nee Jaap, ik heb er geen spijt van en we hebben het goed gekregen samen.'

'Ja.'

'Nu moet je gaan. Er komt weer een wee.'

Ze sloot haar ogen om de pijn te ondergaan en voelde hoe hij voorzichtig een kus op haar voorhoofd drukte. En ineens, midden in die pijn, deed ze haar ogen open en keek ze hem aan. Hoe het kwam wist ze ook niet, maar ze kon glimlachen. 'Ga nu maar. Ik denk dat het op gaat schieten.'

Ineens was ze niet langer bang. Ik ben toch van hem gaan houden, besefte ze toen de zoveelste pijnscheut wegebde en tante opgelucht binnenkwam met de baker op haar hielen.

Daarna ging het verrassend snel. Om halfdrie die middag werd hij geboren, Hendrikus Marinus Clements, vernoemd naar zijn grootvader van vaderszijde, zoals dat hoorde. Kleine Hendrik, misschien de volgende watermolenaar van zijn geslacht. Anne stelde verwonderd vast hoe snel ze de pijn van de bevalling vergat. Hoe ze zich herstelde, nadat ze gewassen was, haar bed schoon was en ze van tante een kommetje heerlijk versterkende bouillon te drinken had gehad. Jaap kwam aangedaan binnen. 'Jij leeft, hij leeft. We hebben een zoon!' Zijn gezicht glom van trots toen zijn ingebakerde zoon in zijn armen gelegd werd.

Moeder Poldermans was inmiddels door Rien gewaarschuwd en kwam met Sien en de meisjes, die allemaal bewonderend naar de baby keken. Rien roeide weer naar het dorp om Hanna op te gaan halen. De voortvarende baker wist echter alle overtollige drukte resoluut uit de kamer te verbannen, met de mededeling dat de kraamvrouw nu moest rusten en herstellen, en dat zo veel drukte niet goed voor haar was. Net was de rust weergekeerd, toen Hanna uit school kwam en ook even bij de kleine mochten kijken. 'U bent dus toch door de ooievaar gepikt, tante,' mompelde ze vroegwijs. 'Ik zei het toch al! Nu moet u een hele tijd in bed blijven liggen.'

Anne schoot in de lach. 'Dat vind ik niet zo erg, liever. Ik ben er een beetje moe van geworden.'

De kleintjes gingen met Sien mee en ook Hendrien ging met haar schoonzusje mee, zodat ze daar met de kinderen kon helpen. Sien was stil en er lag verdriet in haar ogen toen ze naar de gezonde zoon van haar zus keek, maar geen klacht of woord van jaloezie kwam over haar lippen. Hanna ging mee naar de andere watermolen. Net toen het eindelijk stil geworden was in de molen en Anne zacht in slaap leek te soezen, werd ze opgeschrikt door vreemde mannenstemmen.

Even later werd ze de hand geschud door Cor Kik en Jozias van Hoogendorp. 'We komen Hanna en Lijnie weer ophalen. Mijn zus zal ze wel in de gaten houden als ik op zee ben, en ik mis ze. Bedankt Anne, dat je zo goed voor hen gezorgd hebt.'

Ze knikte overrompeld en keek verlegen van de ene man naar de andere. 'Lijnie is vanwege de geboorte bij mijn zus en Hanna bij mijn ouders in de andere molen daar.'

'We wisten niet dat het kind al geboren was. Moet ik liever niet een andere keer terug komen?'

'Nee, dat hoeft niet. De baker zal hun spullen wel pakken en...'

Jaap suste alles. 'Ik zorg ervoor dat alles goedkomt. Rien, ga ze maar halen, want ze moeten tante Anne straks maar meteen gedag zeggen.'

Jozias gaf Anne een hand. 'Ik ben met Kik hierheen gereden, zodat de kinderen mee kunnen rijden en niet dat hele eind hoeven te lopen. Bovendien wilde ik Rien graag zien. Hij heeft me net beloofd in het komende voorjaar op de boerderij te komen, juffrouw Clements.'

'Dat is fijn voor u.'

Jozias glimlachte. 'Ik wist niet dat het kind net geboren was, maar nu komt het op voorhand meegebrachte cadeautje goed van pas. Alstublieft.'

Ze pakte een prachtig zilveren kinderbestekje uit. 'Maar... Dat kan ik niet aannemen,' zei ze ontdaan over zo veel vrijgevigheid.

'Natuurlijk wel,' wuifde hij haar bezwaar nonchalant van de hand. 'Ik ben u dankbaar voor alles wat u voor Rien heeft gedaan, en vooral omdat u en uw man mij een eerlijke kans hebben gegeven mijn zoon te leren kennen. Ik hoop dat Clara, waar haar geest ook is, weet dat ik alsnog de verantwoordelijkheden op mijn schouders neem die ik vroeger zo heb verzaakt.'

'Ze zou u vergeven hebben als ze nog had geleefd, meneer Van Hoogendorp.'

'U beiden voelt inmiddels bijna als familie,' glimlachte hij. 'Ik hoop dat u bij uw volgende bezoek aan Sirjansland mijn vrouw en mij op de Rozenhof op komt zoeken.'

'Zou ze dat goed vinden?' vroeg Anne weifelend.

'Mijn vrouw heeft een heel groot hart, heb ik ontdekt. Door dit alles zijn wij niet uit elkaar gegroeid zoals ik heb gevreesd, maar juist dichter bij elkaar gekomen, juffrouw Clements, en daar ben ik God erg dankbaar voor. Kik verdraagt me en meer niet, maar dat is genoeg. Ik beloof u dat ik van een afstand het wel en wee van Hanna en Lijnie in de gaten zal houden. Nu houd ik u niet langer op.'

Het werd stil in de molen toen de mannen en de meisjes vertrokken waren, nagezwaaid door Jaap en Rien. De baker maakte een eenvoudige stamppot klaar, maar zelden had eten haar zo goed gesmaakt als die avond, besefte Anne. Ze had een beetje gerust en de baby had gedronken. Alles ging goed. Er was een weldadige rust over de molen gekomen. Ongetwijfeld stonden de wieken in de vreugdestand! Rien had samen met Jaap de molen stilgezet en vertelde toen erg verrast te zijn dat zijn vader, hij bedoelde werkelijk Jozias van Hoogendorp, uiteindelijk toch geen boze boeman bleek te zijn. Ja, zijn moeder was vroeger schandelijk door zijn familie behandeld, maar zij had hem alles vergeven en hij wilde niet langer achterblijven. Jaap keek hem aan toen de baker in het kleine keukentje de afwas deed en ze dus even onder elkaar waren. 'Daar ben ik blij om, Rien. We maken allemaal fouten in ons leven, en ze elkaar niet langer aanrekenen, dat maakt mensen groot.'

Rien ging vroeg naar boven. De baker verschoonde het kind en legde het voor de nacht in de krib aan het voeteneinde van de bedstee. Jaap kwam bij Anne staan. 'Ik slaap vannacht in de andere bedstee, Anne, zoals jij deed toen ik ziek was.'

Ze knikte en keek hem aan. 'Dat is goed. Alles is goed gekomen, Jaap.'

Hij glimlachte en drukte, net als die middag vlak voor zijn zoon geboren werd, zacht een kus op haar voorhoofd. 'Ja, alles is goed gekomen. Ga nu maar lekker slapen. Welterusten, lieverd.'

Ze glimlachte voor ze haar ogen sloot. Eindelijk kon ze blij zijn met de liefde die hij haar toedroeg en die hij ten slotte toch had uitgesproken.